www.silvolahtela.com

# Silvo Lahtela

# Jenseits der Selfies

## Storys eines Dichters

Bibliografische Information der Deutschen Nationalbibliothek: Die
Deutsche Nationalbibliothek verzeichnet diese Publikation in der
Deutschen Nationalbibliografie; detaillierte bibliografische Daten sind im
Internet über **dnb.dnb.de** abrufbar.

Verlag: BoD · Books on Demand GmbH,
In de Tarpen 42, 22848 Norderstedt
Druck: Libri Plureos GmbH, Friedensallee 273, 22763 Hamburg

ISBN: 978-3-7693-0620-0

# Jenseits der Selfies

## Storys

„No matter what, you must let your inner light guide you out of the darkness.“

**Bruce Lee**

*Striking Thoughts*

# Inhalt

# Vorwort

Der Untertitel dieses Buches ist Warnung und Versprechen zugleich. Dichter sind all diejenigen unter den Autoren, die dominant ihrer inneren Stimme folgen, unbekümmert um den Mainstream des jeweiligen Zeitgeistes. Was naturgemäß zu Irritationen mit diesem führt. Das ist die Warnung. In der aber auch das Versprechen liegt, keine altbekannten Kopien der Welt zu liefern, sondern ursprüngliche Horizonte des Bewußtseins aufleben zu lassen. Es ist diese unverwüstliche und internationale Tradition der Dichter und Dichterinnen aus allen Zeiten, der die hier präsentierten Storys folgen.

# Das Hannah Video

Ihre Großmutter wollte unbedingt, daß Hannah ein Taxi zum Bahnhof nahm, sie würde es auch rufen und bezahlen, aber Hannah Sand schaltete auf stur: „Das ist lieb von dir. Aber hier in der Nähe steht ein Motorroller, den ich mir ausleihen kann. Wenn ich kann, bin ich gerne unabhängig!" Sie zeigte ihr Smartphone, auf dessen Umgebungskarte der Standort eines E-Rollers rot blinkte. Die Frau von 80 Jahren warf einen aufmerksamen Blick auf den Bildschirm. „Das ist der Parkplatz vom Drachenberg. Da komm ich aber mit, viel zu dunkel jetzt, alleine zu gefährlich für eine junge Frau wie dich!"

Hannah verdrehte die Augen, sie lächelte. „Ach geh! Du wohnst im Westend, nicht in Wedding oder Neukölln! Aber trotzdem gerne, laufen wir noch ein paar Schritte."

Ihre Großmutter packte Hannahs Ellbogen mit einem für ihr Alter erstaunlich festen Griff. „Berlin hat sich sehr verändert. Seitdem jeder hierher kann. Die Grenzen sind sperrangelweit offen, aber zur Adventszeit stehen vor jedem Weihnachtsmarkt komischerweise plötzlich Polizisten mit Maschinengewehren. Diese Stadt und dieses Land sind selten dämlich geworden! Letzte Woche ist eine Joggerin im Lietzenseepark von drei jungen Männern zuerst begrabscht und dann fast totgeschlagen worden, weil sich nicht vergewaltigen lassen wollte. U-Bahn fahre ich abends nicht mehr!"

„Oma! Keine Politik! Laß uns losgehen, sonst verpaß ich noch meinen Zug!" Hannah hing sich ihren schwarzen Geigenkasten aus Carbonfaser über den Rücken. Sie verließen die herrschaftliche Villa, in der ihre verwitwete Großmutter, eine ehemalige Chefsekretärin eines größeren Unternehmens, eine Etage bewohnte. Nach einem kleinen Spaziergang, der durch die gutbürgerliche Wohngegend von Berlin Westend führte und dann einen knappen Kilometer eine kaum beleuchtete Ausfallstraße entlang in den Grunewald, kamen sie am Parkplatz des Drachenbergs an. Ein hundert Meter hoher Hügel aus Trümmerschutt des Zweiten Weltkriegs, zu dem steile Holztreppen hinaufführten und von wo aus man einen großzügigen Panoramablick auf Berlin hatte. Hannah identifizierte im Halbdunkel des spärlichen Lichts einer entfernten Straßenlaterne den E-Roller und entriegelte ihn mit ihrer App. Sie entnahm den Helm aus der Gepäckbox.

Ihre Großmutter schaute ihr kopfschüttelnd zu. „Kinder, was sind das für Zeiten! Einfach so ein Ding von der Straße nehmen!" Hannah lächelte. „Ja, ich hab mich auch noch nicht daran gewöhnt. Bin wohl oldschool. Spiele ja sogar noch selbst ein Instrument, statt am Computer Sound zu modellieren." – „Fahr nur vorsichtig! Ein Unfall ist schnell passiert. Wenn du jetzt deine Hände verletzt, ist's vorbei mit deiner Karriere als große Geigerin. Du bist so unvernünftig!"

Hannah gab ihrer Großmutter einen Kuß. „Nicht wirklich, meine Hände sind teuer versichert. Wie die Beine eines Rennpferdes! Außerdem sind ängstliche Musiker doch megapeinlich! Wer will solche Leute spielen hören?! Du doch auch nicht!" Sie lächelte, setzte sich auf den Vespa-ähnlichen Roller und fuhr winkend vom Parkplatz weg.

Hannahs Selbstsicherheit war geschauspielert. In Wirklichkeit steckte sie in einer sich ausbreitenden Sinnkrise. Durch den Corona-Lockdown waren international alle ihre Live-Auftritte abgesagt worden und das erste Mal, seitdem sie vor knapp zwanzig Jahren als jugendliches Supertalent die klassische Musikszene mit Violinpartiten von Bach aufgemischt hatte, war ihr Terminkalender für die kommenden Monate fast leer. Sie hatte zwar vertraglich dieses Jahr noch ein Album für ihr Musiklabel abzuliefern, Violinsonaten von Mozart mit einer befreundeten Pianistin; weswegen sie jetzt nach Berlin für eine erste Studiosession gekommen war. Aufgrund der unklaren Vermarktungslage war der Erscheinungstermin jedoch auf unbestimmte Zeit verschoben worden.

Sie war frei, das zu tun, worauf sie Lust hatte. Auch finanziell gesehen; sie hatte mit Mitte dreißig durch Albumverkäufe und weltweite Auftritte ausgesorgt. Aber der urplötzliche Wegfall des öffentlichen Drucks hatte – ähnlich wie zu schnelles Auftauchen aus tiefem Wasser für einen Taucher zu einer lebensgefährlichen Lungenembolie führen konnte – eine Art psychische Dekompression, eine täglich sich vergrößernde Depression erzeugt: Sie fragte sich, was all diese ganze Musik, die sie seit Jahrzehnten praktisch auf Knopfdruck ablieferte, eigentlich noch mit ihrer wirklichen Person zu tun hatte? Sie wußte es nicht mehr.

Daß sie auf Livekonzerten mit ihrem Geigenspiel Jubelstürme und Andacht gleichermaßen erzeugen konnte, war eine schöne Sache, aber es war, wenn sie ehrlich war, inzwischen völlige Routine geworden. Ihr Markenzeichen als klassische Musikerin: Groove und Leichtigkeit, Soul und Brillanz hatte sich derart verselbstständigt, daß sie nur die Violine in die Hand nehmen und das Podium betreten mußte – und die Leute waren schon begeistert und erwarteten Großartiges. Was und wie sie dann spielte, war zwar nicht völlig egal, denn ihr Publikum war in der Regel nicht taub, aber die Menschen hörten nur noch Hannahs Image, sie hörten, was sie sich vorstellten zu hören.

Was wirklich passierte, etwa, daß sie an manchen Abenden Präsenz im Augenblick, echte Musikalität nur simulierte und stattdessen technische Fingerübungen abspulte, entging den allermeisten sogenannten Experten und Fans dann doch. Sie erlebten unverdrossen auch im Banalen das Besondere, im Künstlichen das Authentische. Sie sahen oder hörten besser gesagt die selbstgemachte Vorstellung in ihren Köpfen, aber nicht die Wirklichkeit.

Hannah selbst war diese stetige Verschiebung der wahren Werte zumindest unbewußt nicht entgangen. Und jetzt, wo der Termindruck so plötzlich abgebrochen war, schob sich diese bisher im Unbewußten gärende Skepsis über den Sinn des Ganzen als nagende Unzufriedenheit in ihr Bewußtsein. Sicherlich konnte sie die Welt nicht ändern, „the show must go on", war ein Prinzip, das sie nicht mit ihren persönlichen Zweifeln ausheben konnte. Im Musikzirkus war sie letztlich jederzeit ersetzbar. Es würde immer wieder hochbegabte oder sogar geniale Geigerinnen geben – das war so ähnlich wie mit der Miss Universum, die auch jedes Jahr aufs Neue präsentiert wurde. Aber was sie machen konnte, sie konnte vielleicht sich selbst ändern. Und das hatte sie vor, auch wenn sie keinen blaßen Schimmer hatte, was das bedeuten würde.

Zunächst hatte sie ein sofort zu lösendes Problem mit dem Lenker ihres Rollers. Er hatte von Anfang an extrem schwammig auf Bewegungen reagiert, aber als sie jetzt den Kreisverkehr am

14

Theodor-Heuss-Platz passierte, wäre sie fast mit einem wütend hupenden Sattelschlepper kollidiert, weil sie die Spur beim Umrunden nicht sauber halten konnte und abdriftete, obwohl sie gegenlenkte. Etwas zittrig in den Beinen und durch den leichten Schock mit einem flauen Gefühl im Magen stellte sie sofort den offenbar defekten Roller ab. Unter die doppelten und hüfthohen Räder eines Lasters zu geraten, wäre mit Sicherheit kein schöner Tod gewesen.

Auf der gegenüberliegenden Ecke der Straße entdeckte sie einen Taxistand. Sie rannte über die rote Fußgängerampel und klopfte gegen die Seitenscheibe des Taxis. Der fünfzigjährige Fahrer Michael Quellenburg saß tief im Sitz versunken mit geschlossenen Augen. Er schrak aus seinem Halbschlaf auf und ließ das Fenster hinunter. Sie sagte: „Ich muß ganz schnell zum Hauptbahnhof!" Er machte eine einladende Geste und Hannah setzte sich direkt hinter dem Fahrer auf dem Rücksitz. Als relativ prominente Frau wählte sie im Taxi immer diesen Platz, wo ihr Gesicht im Rückspiegel nicht zu sehen war. Nicht, daß sie wirklich Angst hatte, erkannt zu werden, aber sie bevorzugte im Zweifelsfall Anonymität. Davon abgesehen waren vermutlich Taxifahrer selten up to date mit den bekannten Gesichtern innerhalb der klassischen Musikszene.

Michael war mit einem Kavalierstart vom Halteplatz losgefahren und sagte: „Falls Sie deswegen im toten Winkel sitzen, um keine Maske aufsetzen zu müssen, – wegen mir müssen Sie keine aufsetzen!" Hannah erwiderte: „Was?! Die Maske? Ganz vergessen, steh auch nicht drauf. Hab mir diesen Platz angewöhnt, weil manche Taxifahrer einen sonst ewig vollquatschen." Der Fahrer erwiderte: „Keine Sorge! Bin keiner von denen." Er schaltete die Musikanlage seines Taxis an; Reggae-Rhythmus in Zimmerlautstärke ertönte, Michael schaltete die Lautstärke leiser.

Hannah, die bei der allgegenwärtigen Musik an öffentlichen Plätzen wie in Kaufhäusern, Cafés oder eben auch in Taxis die Fähigkeit entwickelt hatte, Sound, der ihr auf die Nerven ging, aus ihrer bewußten Wahrnehmung auszublenden, hörte angenehm überrascht hin. Sie kannte wie wohl die meisten musikalisch wachen Menschen den Song: „One love". Ihr Vater hatte, als Hannah noch gar nicht geboren war, als junger Student Bob Marley in der Berliner Waldbühne gehört und sich damals sofort die Platte „Exodus" gekauft. Es war noch die Zeit vor den CDs und jetzt war seltsamerweise schon die Zeit nach den CDs. Technische Epochen schienen in der Gegenwart in einem rasanten Tempo vorbeizuziehen. Als Mädchen hatte sie dieses Album, wenn sie genug von Klassik und täglichem Violinendrill hatte, manchmal zuhause gehört. Möglicherweise hatte der suggestive Beat des Reggae sie damals unbewußt ein bißchen mitgeprägt, dergestalt, daß sie nie vergaß, daß Groove, Swing oder wie immer man lebendigen Rhythmus beschreiben wollte, Teil jeder echten Musik war.

Aber auch wenn Hannahs Haare kräftig und lang genug waren, sie zu Dreadlocks verfilzen zu lassen, sie war keine Rastafari, die Haile Selassie oder sonstwen für den wiedergekehrten Messias hielt. Sie mochte den Rhythmus von Reggae, aber ihre wahren Wurzeln lagen nicht in Jamaika oder Afrika, im Zweifelsfall gehörte Hannahs musikalisches Herz Johann Sebastian Bach. Und vielleicht deswegen lag für sie ein Zauber um Bob Marleys Stimme, spirituell schien er ihr mit Bach wahlverwandt, wenn er und seine Backgroundgirls sangen: „Hear the children crying, one

16

love/Here the children crying, one heart". Seine Songs schienen ihr wie moderne Kantaten, voller Mitgefühl und Religiosität.

Zudem war es ein Hannah seltsam berührender Zufall, daß die Waldbühne, wo ihr Vater damals das Konzert besucht hatte, nur einen Katzensprung weit weg von der Stelle war, wo sie gerade mit dem defekten E-Roller losgefahren war.

Der Song endete, sie sah draußen auf der Straße einen alten Mann, vom Aussehen her einen deutschen Rentner, mit einer Taschenlampe in einer der orangenen, öffentlichen Mülltonnen wühlen. Ein trauriges, aber inzwischen typisches Bild für Berlin. Dann gefroren ihre Gesichtszüge völlig verdutzt, sie hielt instinktiv den Atem an: Was sie jetzt im Taxi hörte, war sie selbst als Teenager, ein Stück aus jenem Album, mit dem sie bekannt geworden war: das erste Menuett der Partita Nummer 3 für Violine solo von Bach. Kein Radiosender, den sie kannte, spielte Reggae und Klassik kommentarlos hintereinander, offenbar hörte sie eine Playlist des Taxifahrers. Es war zudem ein vergleichsweise kurzes, auch nicht wahnsinnig bekanntes Stück, unter zwei Minuten; was ihr deswegen ungewöhnlich vorkam, weil die meisten Leute auf ihren persönlichen Musikmixen mindestens 3 Minuten pro Track bevorzugten. Was mit dem menschlichen Zeitgefühl zu tun haben dürfte: Zwei Minuten wurde wohl allgemein als zu kurzatmig für schöne Töne empfunden. Auf dem Originalalbum ging es ja nach dem Menuett 1 sofort mit dem Menuett 2 weiter.

Sie überlegte, ob sie sich als die Solistin outen sollte? Oder ob der Fahrer sie erkannt hatte? Schließlich hatte sie beim Einsteigen ihren Geigenkoffer in der Hand. Und wer sich in klassischer Musik auskannte, kannte vielleicht sogar ihre Stupsnase. Andererseits, ihr öffentliches Bild auf Albumcovern war immer extrem gestylt, Typ wilde Elfe, – ungeschminkt und in Jeans fiel sie in der Masse nicht weiter auf. Hübsch sicherlich, aber kein modelmäßiger Eyecatcher. Sie beschloß, im Zweifelsfall ihre Anonymität zu bewahren. Ihr war nicht nach Smalltalk, auch wenn der Fahrer aufgrund seines Musikgeschmacks vermutlich ein sympathischer Mann war.

Sie fuhren jetzt durch den Tiergarten in den Kreisverkehr um die Siegessäule hinein. Die Musik hatte wieder gewechselt, eine poppige, brandneue Ballade von Alicia Keys, in der sie von einfachen Leuten sang, von Müttern, Taxifahrern, Straßenhändlern, die alle auf ihre Weise den Moment und ihre Träume lebten. „Underdog", Hannah mochte den Song, den sie aus dem Radio kannte. Und vor allem die tragende Stimme der Sängerin, die sie ein bißchen an aufgewühltes Meer erinnerte: intensiv, ungezähmt. „Keep on keeping at what you love/You'll find that someday soon enough/You will rise up, rise up..."

Es war ein erstaunlicher Musikmix und sie merkte, weil sie sich über das Halten an einer roten Ampel freute, daß sie die Fahrt gerne länger fortgesetzt hätte. Aber sie waren ja schon in Sichtweite des Hauptbahnhofs. Auf jeden Fall würde sie besonders viel Trinkgeld geben, das war sicher. Sie passierten das Untersuchungsgefängnis Moabit, ein Knast, der mitten in einem harmlosen Wohnkiez gelegen eine Ahnung des allzeit gegenwärtigen Bösen und Brutalen in der Welt aufkommen ließ, als Hannahs Überraschung sich noch einmal steigerte. Nach „Underdog" kam wieder Bach, wieder ihr eigenes Violinspiel, diesmal das zweite Menuett der dritten Partita. Das konnte sie nicht mehr unkommentiert lassen. Sie sagte: „Violine solo als Puffer zwischen Popsongs!? Witzige Idee!" Sie rutschte auf dem Rücksitz von links nach rechts, um den Taxifahrer zumindest im Profil ansehen zu können. Ihre Augenpaare trafen sich im Rückspiegel.

Michael war mit den Gedanken bei der finalen Abwicklung seines Taxiunternehmens: Kündigung aller Mitarbeiter, Bescheinigungen für Kurzarbeitergeld, Insolvenzanmeldung, solche Dinge Der Corona-Lockdown hatte seinen Betrieb innerhalb weniger Wochen ruiniert: Kaum jemand fuhr noch Taxi und mit Umsätzen von 50 Euro pro Schicht konnte man nicht überleben, geschweige denn eine Familie ernähren. Nach dreißig Jahren auf dem Bock war praktisch über Nacht Schluß; es war ein Gefühl, wie sich eine Hand abzuhacken. Aber lieber ein Ende mit Schrecken als ein Schrecken ohne Ende, wie es sprichwörtlich hieß.

Er erwiderte Hannahs Blick im Rückspiegel mit einem müden Lächeln. „Mit einer Geige auf dem Schoß ist Ihnen das natürlich nicht entgangen. Ich experimentiere mit meinen Playlists. Einerseits Fahrgäste bei Laune halten, andrerseits mich selbst. Gar nicht so leicht. Wobei Bach komischerweise immer gut ankommt. Schlägertypen, Säufer, Nervensägen, seine Musik macht irgendwie auch die aggressivsten Typen handzahm.“

Hannah lachte. „Offenbar sogar mich. Halte sonst im Taxi immer meine Klappe.“

Der Mann lächelte knapp und wandte seine Augen wieder vom Rückspiegel auf die Straße vor ihm und fuhr stumm weiter; er war offenbar kein geschwätziger Mensch.

Sie dachte an die vor ihr liegende öde Zugfahrt im Intercity Express nach München, wo man luftdicht abgeschlossen durch die Landschaft wie im Flugzeug rauschte; ein steriles, auf Tempo getrimmtes Reisen, das durch die Maskenpflicht noch steriler geworden war. Und wo die meisten Mitreisenden, egal ob in der ersten oder zweiten Klasse, wie autistisch über ihre Handys und Laptops gebeugt waren, versunken in ihren persönlichen Welten wie an Schnullern nuckelnde Babys. Und sie selbst war dann natürlich Teil dieser Zombiewelt.

Sie erreichten den Vorplatz des Hauptbahnhofs, Michael stoppte den Taxameter. Ein bißchen über zwanzig Euro. „Quittung?" Hannah schüttelte den Kopf. Aus den Lautsprechern tönte nach Bach jetzt ein schon etwas in die Jahre gekommener Hit von Zaz: „Je veux". Sie reichte ihm einen grünen 100 Euroschein. „Stimmt so!" Er bemerkte: „Das ist aber sehr großzügig!"

Hannah gab sich einen inneren Ruck; ihre Anonymität in Ehren, aber sie hatte das Gefühl, es würde dem Fahrer noch mehr echte Freude bereiten, wenn sie die Wahrheit sagte. „Eigentlich war die Tour unbezahlbar. Ich bin die Geigerin auf Ihrer Playlist. Sich selbst zufällig im Taxi zu hören, das ist wie ein Gottesgeschenk. – Haben Sie eine Karte von sich? Meine Agentur schickt Ihnen Tickets für mein nächstes Konzert in Berlin oder wo auch immer Sie wollen?!"

Michael erwiderte nach einer perplexen Sekunde: „Hätte Sie nicht erkannt. Obwohl ich Ihr Gesicht auf CDs schon gesehen habe. Zu viele Gesichter auf dem Rücksitz. Hunderttausende im Lauf der Jahre. Da verschwimmt alles. Und ich dachte, ich hätte schon alles in der Taxe erlebt ..." Er kramte eine Visitenkarte aus der Mittelkonsole, Hannah steckte sie ein und streckte lächelnd ihre Hand von hinten zwischen den Vordersitzen zum Abschied aus. „Passen Sie auf sich auf!" Der Fahrer drückte ihre Hand: „Sie auch. Danke!"

Hannah war spät dran, sie eilte ins Bahnhofsgebäude, ein vielstöckiger Klotz aus Glas und Stahl, wie architektonischer Schweizer Käse sehr luftig anmutend gebaut. Man konnte von oben nach ganz unten durch die verschiedenen Ebenen des Bahnhofs schauen, ohne daß der Blick völlig geblockt wurde; ein bißchen schwindelerregend, wenn man Höhenangst hatte. Atmosphärisch mischte sich der provinzielle Charme von typischen Shoppingmail-Geschäften und den bekannten Schnellimbißketten mit dem internationalen Flair des Fernverkehrs.

Auf dem Weg zur Rolltreppe ins Tiefgeschoß stieß sie im Foyer mit einem kräftigen Mitvierziger zusammen, der ähnlich strammen Schrittes wie sie unterwegs war, aber dabei mit aufgesetzten Kopfhörern auf sein *iPhone* starrte und überhaupt nicht auf seine Umgebung achtete. Sie entschuldigten sich mechanisch kurz gegenseitig. Als sie etwas abgehetzt auf dem Bahnsteig nach München ankam, informierte eine Lautsprecherdurchsage die Reisenden, daß der Zug voraussichtlich zwanzig Minuten Verspätung haben würde. Es warteten nicht viele Leute auf den ICE, ein Dutzend Personen, weit über den Bahnsteig verteilt; der allgemeine Lockdown hatte ein ganzes Volk zu Stubenhockern verwandelt.

Sie setzte sich auf eine Wartebank neben einen Abfalleimer aus Edelstahl. Damit Obdachlose sich nicht zum Schlafen hier hinlegten, war jeder einzelne Sitzplatz auf der Bank mit Lehnen isoliert. Ähnlich wie die dicht gebündelten Metallspieße oben auf Anzeigetafeln auf S-Bahnhöfen, die die Tauben abhalten sollten, sich dort niederzulassen.

Es war eine überall auf Abwehr und Angst geeichte Welt, jetzt trugen auch noch die paar Fahrgäste auf dem langen Bahnsteig außer ihr Masken. Hannah merkte, wie ihre gute Stimmung aus dem Taxi sich schnell verflüchtigte und sich eine innere Gereiztheit breitmachte. Die sie zur Genüge kannte. Ein latenter Weltekel. Das Wunderbare vorhin war ja gewesen, daß sich ihre wahre Berufung – Musik zu machen – in der Playlist des Taxifahrers als einen anderen Menschen glücklich machend widergespiegelt hatte. Es war ein alltäglicher Augenblick, wo ihr Leben plötzlich sinnvoll und schön erschienen war. Ohne Planung oder Üben oder Drogen. Und genau solche Momente hatte sie offensichtlich zu wenige in ihrem Leben. Sonst könnte sie nicht zehn Minuten später wieder innerlich angespannt und genervt sein.

Aber etwas war dennoch anders. Das Erlebnis im Taxi hatte zeitverzögerte Folgen für ihr Bewußtsein. In ihr gärte die Erkenntnis, daß eigentlich jeder Moment, nicht nur jener im Taxi, sondern auch dieser auf der Wartebank in der Tiefebene des Berliner Hauptbahnhofs eine Chance auf echtes Leben bot, – wenn man sie nur nutzte. Sie wußte, daß es tatsächlich etwas gab, was sie sofort, genau hier und genau jetzt, glücklich machen würde. Wenn sie sich nur trauen würde, es zu tun.

Und es war sogar etwas, das sie wirklich gut konnte. Sie hatte plötzlich wahnsinnig große Lust, ihre Geige rauszuholen und eben Bach zu spielen; konkret sogar die „Chaconne", jenes weltberühmte und schwierige Paradestück, das sie auf ihrem ersten Album eingespielt hatte. Das Problem war nur, daß öffentliches Musizieren hier im Bahnhof ohne Genehmigung mit Sicherheit verboten war, wegen Corona vermutlich noch strikter als sonst. Vor allem aber war ihr die Mentalität, Leuten ungefragt Musik um die Ohren zu hauen, innerlich völlig fremd. Und Violine war kein Instrument, auf dem man auch unaufdringlich leise wie etwa auf einer Gitarre klimpern konnte. Sie hatte zwar in allen großen Konzertsälen der Welt gespielt, aber immer auf Einladung, sie hatte sich nie aufgedrängt, weder öffentlich noch privat. Sie war so weit von einer Straßenmusikerin entfernt, wie man es als Absolventin eines Elitekonservatoriums nur sein konnte. Ihr wurde bewußt, daß sie tatsächlich noch nie spontan vor Leuten gespielt hatte, die weder an ihr noch überhaupt an Musik interessiert waren.

Sie, die seit ihrer Kindheit vor strengen Jurorenohren vorgespielt hatte – die jeden Verspieler oder jede klischeehafte Intonation sofort registrierten – und die nie wirklich Angst gehabt hatte, weil sie sich ihrer Begabung sicher war, hatte Angst, die Geige in die Hand zu nehmen. Denn hier im Bahnhof ging es nicht um ihre musikalische Begabung, die kümmerte hier niemanden, sondern um sie als Frau, die das tun wollte, wonach ihr gerade zumute war: zu musizieren. Das war keineswegs dasselbe. In Konzertsälen war sie immer sofort heimisch, egal ob in Tokio oder Amsterdam oder New York, – aber in Bahnhöfen kam sie sich mit ihrer Geige eher wie eine Fremde vor.

Diese Schizophrenie, in der Musik zuhause zu sein, aber nicht in der dazugehörigen realen Welt, verstörte sie, sie wollte diesen Zustand ändern. Genau das schien ihr die schicksalhafte Botschaft der kleinen Taxitour gewesen zu sein. Aber dafür mußte sie jetzt mutig beide Sphären vermischen und ihr Instrument auf dem Bahnsteig des Berliner Hauptbahnhofs aus dem Koffer holen.

Es war eine Situation wie der erste Kopfsprung ins Schwimmbecken. Entweder man sprang oder man sprang nicht, weil man zu große Angst hatte. Es gab keine Ausreden, entweder sie war ein Angsthase oder sie hatte Mut. Dazwischen gab es nichts. Wenn sie sogar jetzt, wo sie aufgrund des Lockdowns terminlich frei war, ihre Freiheit im Kleinen nicht nutzte, ihren spontanen Eingebungen nicht folgte, würde sie es wahrscheinlich nie mehr tun. Sicherlich, es gab einen Mann in ihrem Leben, der sie vom Münchener Hauptbahnhof abholen würde, mit dem sie lebte und vielleicht bald Kinder haben würde, aber irgendwie spielte das alles im Augenblick keine wirkliche Rolle.

Sie atmete tief ein und aus. Dann öffnete sie ihren Geigenkoffer und holte ihre geliebte Violine heraus. Ein Guarneri del Gesu Nachbau aus dem neunzehnten Jahrhundert in warmen orangebraunen Holztönen, weit über hundert Jahre älter als sie selbst; eine Viertelmillion Euro wert, aber wenn sie verliebt in den Klang eines Instruments war, nahm sie es überallhin mit. Zufällige Straßenräuber hatten andere Ziele im Visier und kaum einen geschulten Blick für historische Musikinstrumente. Außerdem war in Hannahs Meinung eine wunderbare Violine zum Spielen da, nicht zum Präsentieren hinter Glasvitrinen. Der Preis des Lebens war irgendwann der Verfall, kein Schutz, keine Versicherung, auch keine Maske konnte diese Tatsache aus der Welt schaffen, in dieser Hinsicht war sie intuitiver Buddhist.

Sie stand von der Bank auf und zog aus der Gesäßtasche ihrer Jeans eine zerknüllte Einwegmaske aus weichem Vliesmaterial und zog sie sich vors Gesicht. Wenn sie schon all ihren Mut zusammengenommen hatte, um hier auf dem Bahnhof zu spielen, wollte sie sich nicht noch mehr Ärger durch das Nichttragen einer Maske einhandeln. Auch wenn sie zutiefst von der medizinischen Sinnlosigkeit von Alltagsmasken als Virenschutz überzeugt war, in ihnen mehr den früher oder später unvermeidlichen Tod verdrängende hysterische Placebos sah, – zwei Fronten gleichzeitig wären zuviel gewesen. Sie war nur eine auf sich gestellte Frau auf einem Bahnhof.

Und immerhin minderte die Maske die Chance, daß jemand sie als berühmte Geigerin erkannte. Denn in diesem Fall, das war Hannah klar, würden die Leute natürlich alle sofort respektvoll zuhören, mit ihren Handys Fotos und Filmchen machen, damit die sozialen Netzwerke füttern und sich gar nicht mehr darüber einkriegen, daß ein Klassikstar am Hauptbahnhof Violine spielte. Und genau darum ging es ihr ja nicht. Die mehr oder weniger immergleichen Reaktionen von Fans, Bewunderern, Kennern kannte sie bis zum Überdruß. Sie wollte jetzt als namenloser Mensch spielen, jenseits ihres Images wahrgenommen werden und sehen, was dann passierte.

Sie legte die Geige an ihren Hals, schaute sich aus den Augenwinkeln kurz um, niemand der wenigen Leute direkt in ihrer Nähe schenkte ihr Beachtung. Weder zwei übergewichtige ältere Frauen, die aus den Pappschachteln eines Asia-Imbisses irgendwelche gebratenen Nudeln in sich hinein schaufelten noch ein Mittdreißiger im Anzug, der auf seinem Laptop herumtippte. Naturgemäß auch nicht ein junges Pärchen, das sich mit zum Kinn verrutschten Masken schon lange innig auf der gegenüberliegenden Sitzseite von Hannahs Bank umschlungen knutschte. Sie schloß kurz die Augen, um sich zu sammeln und begann zu spielen, entschlossen und ungehemmt.

Die Anfangstakte der „Chaconne" waren suggestiv und feierlich, wer nur ein bißchen musikalisches Empfinden hatte, mußte automatisch aufhorchen. Im Unterschied zu vielen extrem bekannten Melodiefetzen, wie etwa dem Anfang von Mozarts „Eine kleine Nachtmusik", die durch massenhafte mechanische Wiederholung ihren Charme verloren hatten, schien Bachs Musik auf seltsame Weise immun gegen Banalisierung zu sein. Selbst wenn man ihn tausendmal hörte oder spielte, es war immer so, als würden Meereswellen an das Ufer rauschen. Ein Vorgang, der aufgrund einer natürlichen Gesetzmäßigkeit bei aller Wiederholung auch nie langweilig wurde.

Hannah blendete wie so oft, wenn sie erst einmal ins Spielen geriet, ihre Umgebung jenseits der Geige völlig aus. In diesem Zustand hätte sie genauso gut in der Royal Festival Hall in London spielen können. So bekam sie nicht mit, daß das verliebte Pärchen beim ersten Ton, der gleich ein durchdringender Akkord gewesen war, zusammenzuckte und beide sich erschrocken aus ihrer Umarmung lösten. Sie bekam auch nicht mit, daß der Mann am Laptop nach einem kurzen verärgerten Aufschauen ungerührt weiter auf seiner Tastatur herumfingerte. Und daß die beiden älteren Frauen, sie abschätzig musternd, kopfschüttelnd weiter mit kleinen Plastikgabeln fettige Nudeln und völlig übergartes Hühnchenfleisch aus den Pappschachteln fischten.

Auch Menschen weiter entfernt auf dem Bahnsteig reagierten nicht wirklich auf die Musik. Sie nahmen sie zwar für einen Moment wahr, aber in Berlin, wo Straßenmusiker zu Vor-Corona Zeiten oft mit Bettlern in den U- und S-Bahnen um Aufmerksamkeit und Kleingeld konkurrierten, war die Erscheinung als solche den meisten nicht einmal einen Blick wert. Unterbrochen vom Geräusch einfahrender Züge auf Nebengleisen, Lautsprecherdurchsagen, dem Rattern der Rollkoffer ging Bachs erhebende Musik und Hannahs intensives Spiel im allgemeinen Alltagstrubel unter. Hannah, versunken und vereint mit ihrer Violine, bemerkte vom allgemeinen Desinteresse zunächst nichts.

Allerdings erschien sie auf einem Monitor der zentralen Überwachungsanlage und zwei Personen des Sicherheitsdienstes wurden losgeschickt, um im Sinne der Hausordnung ihr Musizieren zu beenden. Es waren ein Mann und eine Frau; er hatte die Statur eines alternden Türstehers, unter viel Bauch viel Muskeln, sie war deutlich kleiner, aber ähnlich kompakt. Als sie Hannah erreichten, die immer noch wie im Tunnel spielte, musterten sie sie abschätzig. Nach wenigen Sekunden Beobachtens sagte der Mann spöttisch und laut: „Klingt wie meine Katze, wenn ihr jemand auf den Schwanz tritt!" Er sah seine Partnerin beifallheischend an. Sie nickte zustimmend. Hannah spielte weiter ihre Passage, aber ihre Wahrnehmung öffnete sich wieder nach außen. Sie realisierte an den Uniformen, daß sie es mit dem hauseigenen Wachschutz zu tun hatte. Sie spielte nicht mehr ganz so versunken, eher auf Autopilot.

Die stämmige Frau bellte: „Schluß jetzt! Oder es kommt zur Anzeige!" Hannah schaute von der Geige auf und in das maskenbewehrte Gesicht der Frau. Die gleichen wasserblauen Augen wie ihre Großmutter. Aber kein freundlicher Glanz in ihnen, ungesund gerötete Haut, nicht das mindeste Zeichen von Sympathie. Sie registrierte auch, daß niemand der anderen wartenden Fahrgäste ihr überhaupt nur zuhörte. Das Pärchen hinter ihr war immer noch in inniger Umarmung versunken, was in gewißer Weise das einzige Kompliment für ihre kleine Performance zu sein schien. Ihr Musizieren war wenigstens kompatibel zum Küssen. Hannahs Bogenhand erstarrte. Sie war seit Jahrzehnten, praktisch seit ihrer frühen Kindheit Beifall gewöhnt, sei es milden, sei es stürmischen, sei es orkanartigen. Das hier, völlige Kälte und absolutes Desinteresse, war ihr neu.

Das sie seltsam Schockierende war überhaupt nicht, daß sie es mit offensichtlichen Banausen zu tun hatte. Die Welt war komplziert genug, man konnte sich nicht überall auskennen. Und daß das sogenannte gegenwärtige digitale Zeitalter kein musikalisches war, daß Berechnung überall das Intuitive und Spontane ersetzte – beispielhaft verkörpert im Boom von Online-Partnervermittlungen –, war geistig wachen Menschen auch schon recht lange klar.

Aber was Hannah auf dem Berliner Hauptbahnhof realisierte und darüber war kein Zweifel möglich, war eine neue Qualität von sich ausbreitendem Autismus: Die Leute traten emotional gar nicht mehr in Kontakt, nicht einmal negativ; es war so, als existierte sie gar nicht. Weil sie nicht als Star gelabelt war wie sonst. Die Sicherheitsbeamtin vor ihr betrachtete sie nur als Störung des Betriebsablaufes, die beseitigt werden mußte. Wie Graffiti oder Müll. Und die Menschen um sie herum auf dem Bahnsteig waren alle derart in ihren eigenen Welten eingepfercht, daß sie musikalisch die Sterne vom Himmel hätte spielen können, was sie eigentlich auch gerade getan hatte und es war völlig egal. Weil sie nicht in das Bild paßte, das die Menschen vom gegenwärtigen Augenblick hatten, wurde sie ausgeblendet. Beziehungsweise als unangenehme Störung des normalen Programms empfunden. Sie war eine Art Bug, der jetzt vom Systemadministrator, den Ordnungskräften, entfernt wurde.

Hannah erinnerte sich an eine Freundin, eine junge Mutter, die ihr verzweifelt davon erzählt hatte, daß ihr später als autistisch diagnostiziertes Baby keinen Augenkontakt mit ihr suchte. Genau diese Erfahrung, in einen psychisch kontaktlosen Raum geraten zu sein, machte Hannah mit ihrer Musik. War der Taxifahrer der Himmel gewesen, so war sie jetzt, nur eine Viertelstunde später, in der Hölle gelandet. Musikalisch und menschlich.

Immerhin hatte sie vor sich selbst Mut bewiesen, indem sie überhaupt gespielt hatte. Sie war darauf durchaus stolz. Aber sie war auch eine praktisch denkende Frau. Sie hatte keineswegs die Absicht, am Bahnhof jenseits ihres bisherigen Spielens weiter eine große Szene zu machen. Die Leute wollten sie nicht musizieren hören, sei es also so, dachte sie. Sie sagte, sowohl dem Mann als auch der Frau kurz in die Augen schauend: „Alles gut."

Sie verstaute ihre Violine und setzte sich wieder auf die Bank. Eine Durchsage kündigte die Ankunft des Zuges nach München an. Der Mann vom Sicherheitsdienst sagte: „Diesmal belassen wir es bei einer Verwarnung! Und nehmen sie das nächste Mal vor einem Auftritt in der Öffentlichkeit besser Unterricht! So was Schreckliches habe ich schon lange nicht mehr gehört!" Er grinste zu seiner Partnerin und beide stiefelten breitbeinig und wichtigtuend zur nach oben führenden Rolltreppe.

Der Mann tat Hannah aufrichtig leid. Er hatte mit seiner letzten Bemerkung, die natürlich höhnisch und verletzend gemeint war, nur sich selbst als musikalisch völlig tot geoutet. Es war faszinierend zu sehen, wie ein bißchen Macht Leute zu menschlich erbärmlichen Verhalten verleiten konnte. Hannah schaute sich um. Kein Mensch interessierte sich für die Situation mit ihr; es war, als hätte sie nie die Geige am Bahnhof in die Hand genommen und angefangen, die „Chaconne" zu spielen. Wahrscheinlich würde es Videoaufzeichnungen vom Sicherheitsdienst geben. Vielleicht sollte sie ihre Agentur deswegen benachrichtigen. „Das Hannah-Video", eine bessere Werbung für ihre musikalische Authentizität dürfte es nicht geben. Oder eine schlechtere für die sogenannte Musikalität einer Weltstadt. Der Clip könnte sogar viral gehen.

Als sie schließlich im Nachtzug nach München saß, müde und innerlich erschöpft, wurde ihr aber bewußt, während sie langsam in den Schlaf dämmerte, daß das Ergebnis des heutigen Abends eben nicht eine neue coole Marketingidee war, sondern das völlige Gegenteil von business as usual: Sie würde von nun an öfter intuitiv die Geige in die Hand nehmen. Auf Flughäfen, auf Autobahnparkplätzen, in Nachtclubs; wo immer ihr danach zumute war. Mit den Reaktionen darauf würde sie leben lernen. Und vor allem war sie dem Taxifahrer dankbar: Hätte sie sich nicht selbst auf seiner seltsamen Pop-Klassik-Playlist gehört, hätte sie ganz sicher nicht spontan Violine auf dem Hauptbahnhof gespielt. Sie war innerlich bereit, die Welten zu vermischen, die Unmusikalische und die Musikalische. Sie fühlte sich freier und echter als jemals zuvor.

# Jenseits der Selfies

Es war am letzten Tag eines Ashtanga Yoga Workshops, den ich in Bangkok leitete, als ich Zeuge einer der erstaunlichsten menschlichen Metamorphosen wurde, die ich je erlebt hatte. Und ich war nicht erst seit gestern auf der Welt, sondern seit über vierzig Jahren.

Als eigentlich alle ihrer Wege gehen wollten, öffnete einer der Teilnehmer, mit dem klassisch deutschen Namen Friedrich, plötzlich öffentlich sein Herz und erzählte eine ziemlich seltsame und berührende Story, die mir zudem das erste Mal seit langem wieder das Gefühl gab, daß Yoga und damit mein Beruf als Yogalehrer vielleicht doch noch Sinn und Zukunft hatte. Was für mich keineswegs mehr selbstverständlich war. Und in gewißer Weise immer noch nicht ist. Aber es ist nicht mehr alles Dreck, was nicht glänzt im internationalen Yoga-Business.

Bevor ich jetzt wiedergebe, was ich gehört habe – und es ist authentisch, nicht durch Erinnerungslücken oder persönliche Einfärbungen verzerrt, denn ich habe damals die Story und Stimme von Fritz, wie ihn alle nannten, geistesgegenwärtig mit meinem Smartphone akustisch aufgenommen –, schildere ich ein wenig den Hintergrund, damit man eine bessere Vorstellung von der Situation bekommt. Mit Geschichten ist es ja so wie mit Essen:

Wo und wie es serviert wird, ob Imbißbude, Sternerestaurant oder zuhause am Küchentisch, macht schon etwas aus. Normalerweise passierte am Ende von Yoga Workshops nicht mehr allzu viel. Eine Woche stundenlang jeden Tag mit anstrengenden Körperübungen auf der Matte zu verbringen, hinterließ bei den meisten Schülern Spuren von auch geistiger Erschöpfung. Herausfordernd waren nicht nur die einzelnen Posen als solche – seien es tiefe und oft verborgene Gefühle freisetzende Rückbeugen oder die gewohnte Weltsicht im wahrsten Sinne des Wortes auf den Kopf stellende Umkehrhaltungen wie Kopfstände oder die Eingeweide massierende brezelähnliche Twists –, sondern die dadurch forcierte ständige Konzentration auf den gegenwärtigen Moment.

Denn dem trügerischen Augenschein zum Trotz war die oft schillernde äußere Performance beim Yoga keineswegs die Hauptsache. Wichtiger war die bewußte Wahrnehmung dessen, was körperlich und psychisch im jeweiligen Augenblick gerade stattfand. Wer etwa bei einer simplen Vorwärtsbeuge mit gestreckten Beinen seine Zehen mit den Händen nicht erreichen konnte – der Normalzustand vieler untrainierter Menschen –, konnte es entweder trotzdem mit Gewalt und angestrengt dabei atmend versuchen, vom Ego oder von der Angst angetrieben, sonst als physischer Versager wahrgenommen zu werden, zudem alle möglichen Verletzungen dabei riskierend. Oder aber akzeptierend gerade so weit zu gehen, wie es der eigene und einzige Körper im Augenblick zuließ.

Diese Art von Sensibilität für den realen Moment und Akzeptanz der eigenen Grenzen – um sie allerdings möglicherweise auch genau dadurch zu überwinden– war der Anfang von allem echten

Yoga; und ähnelte von der inneren Fokussierung her deutlich mehr der Tiefenpsychologie als nur simpler Gymnastik, war eher eine Übung in Spiritualität als eine in zirkusreifer Akrobatik. Es ging ans persönlich tief und oft traumatisch Eingemachte und Ungelöste. Die muskulären Voraussetzungen beispielsweise für Kopfstand – etwa Kraft in den Schultern und Armen als notwendige Basis – waren vergleichsweise leicht trainierbar, aber die bei manchen durch diese Haltung ausgelöste Konfrontation mit echter Todesangst war eine ganz andere Sache. Doch genau um diese inneren und oft aufwühlenden Geschichten kreiste Yoga. Allerdings war das Spiel- oder oft sogar Schlachtfeld dieser Auseinandersetzung mit sich selbst und der Welt eben nicht der Intellekt, die Sprache, das Reden, das Grübeln, sondern der eigene Körper, – der oft ehrlicher und wahrhaftiger war als der sogenannte Geist der Menschen. Mit dem Körper konnte man nicht schummeln wie mit Worten. Das war die spirituelle Rechtfertigung des körperorientierten und deswegen von manchen Puristen als primitiv und oberflächlich verpönten sogenannten Hatha Yoga.

Weil jeder Teilnehmer während einer solchen intensiven Yogawoche mehr oder weniger physisch und psychisch an sein Limit gebracht wurde, ließ ich üblicherweise – wie ein Schiff, das nach hoher See wieder den Hafen ansteuerte – die letzte Stunde nach einer kleinen Meditationssession oft damit ausklingen, spontan Fragen aller Art zu Yoga zu beantworten oder besser noch in der Gruppe zur Diskussion zu stellen. Denn die gängige Guru-Nummer vieler erfolgreicher Yogalehrer, auf alles und immer eine Antwort zu wissen, versuchte ich, so gut es nur ging zu vermeiden.

Allein schon deshalb, weil ich tatsächlich oft keine Ahnung hatte: Ob es eine Promille-Grenze für Alkohol ähnlich wie im Straßenverkehr für Yogis auf der Matte gebe? Oder ob Rückbeugen wie „das Kamel" wegen der öffnenden Wirkung gut bei Liebeskummer seien? Oder im Gegenteil schlecht, weil sie die notwendige Distanz erschwerten? Oder ob Eskimos, die sich hauptsächlich angeblich von Robbenfleisch, unter anderem von roher Leber, ernährten, deswegen gegen das yogische Prinzip der Gewaltlosigkeit, „Ahimsa" auf Sanskrit, verstoßen würden? Mit derartigen Fragen konfrontiert zu werden, war im internationalen Yoga für Lehrer mit einem gewißen Bekanntheitsgrad durchaus Alltag.

Eine solche, bei aller Lockerheit immer noch sehr konzentrierte Plauderstunde – denn natürlich erwarteten die Schüler auf ihre Fragen von mir Antworten mit Substanz und kein Geschwätz – wäre vermutlich in jeder anderen Woche des Jahres in dem Bangkoker Studio der normale Verlauf gewesen. Die gut zwei Dutzend Schüler im Alter von Anfang zwanzig bis Ende fünfzig saßen in einem losen Halbkreis um mich herum, manche checkten ihre Smartphones oder sprachen halblaut miteinander, entspanntes Lächeln und Lachen hier und da.

Aber, das war der große Unterschied zum Ende anderer Workshops, fast alle von uns hatten weißbeschmierte Gesichter und Kleidung und sahen viel zu lustig aus, als daß irgendwie seriös angehauchte Themen oder Ernst überhaupt noch eine große Chance gehabt hätten. Überall in Thailand hatte heute das Fest Songkran begonnen, den Frühling als Beginn des neuen Jahres feiernd. Auf den Straßen Bangkoks tobte eine völlig verrückte öffentliche Wasserschlacht, wo nicht nur jeder sekundenschnell von Kopf bis Fuß vollkommen naß, sondern oft noch gründlich mit weißem Puder fett bemalt oder zart bestäubt oder geradezu meliert wurde.

Als ich nach der Mittagspause die paar hundert Meter vom Restaurant zum Studio zurückgegangen war, wurde ich aus Gartenschläuchen und Wassermaschinenpistolen großzügig vollgespritzt; eine engagierte Thai-Großmutter schüttete mir herzensgut lächelnd einen Eimer Eiswasser über den Kopf, dabei mein Shirt nach hinten lupfend, so daß das Wasser ungehindert den Rücken hinunter rinnen konnte. Dann schmierte sie meine Wangen und Haare mit energischer Zärtlichkeit mit weißem Puder ein. Das Wasser wusch das alte Unglück ab, das durch die Feuchtigkeit zu haftender Paste sich verwandelnde Puder schützte vor dem Bösen. Mehr anonyme und trotzdem echte Liebe in einer Minute ging kaum.

Die nasse Kleidung trocknete draußen in der Gluthitze zwar sofort, aber die weiße Schicht blieb zunächst haften. Und da wir alle mehr oder weniger derart vom äußeren Leben bespritzt und bemalt im Studio saßen, weißgescheckte menschliche Promenadenmischungen, hatte sich eine allgemeine Partystimmung breitgemacht und es war klar, daß niemand mehr große Lust hatte, irgendwelche ernsthaften Fragen zu Yoga oder zu was auch immer zu stellen.

Was mir gelegen kam, denn ich war auf eine ungewohnte Weise ausgebrannt und froh, morgen endlich wieder nach Hause zu fliegen, in mein heimatliches Basislager nach Finnland. Seit drei Monaten war ich in Asien auf Tour, begleitet von meiner Frau und unserem kleinen Baby. Ich hatte gutbezahlte Retreats an der westindischen Küste in Goa, auf der Insel Koh Mak im Golf von

Thailand und in einem buddhistischen Kloster im Himalaya gegeben.

Alles erholsame Oasen vom gewöhnlichen Alltagsstreß, mit meistens netten Menschen, aber diese Yoga-Paradiese hatten auch eine Seite, die mir immer weniger gefiel: Nur Leute mit gutem Einkommen konnten sich die Teilnahme leisten. Oft kamen sie sogar zu diesem Zweck aus der ganzen Welt angeflogen. Echte Einheimische waren bei solchen Events rare Gäste.

Das heißt, ich hatte es bei diesen teuren Ferienlagern mit Meditation, Atemübungen und Asanas, also den üblichen Yoga-posen, in der Regel mit einer ganz bestimmten Klientel zu tun: Ärzte, Anwälte, Medienschaffende beispielsweise. Menschen, deren Existenz gesichert war und die sich den Yogaurlaub bei einem bekannten Lehrer ungefähr auf die gleiche Weise gönnten wie sonst vielleicht den Besuch in einem berühmten Sterne-Restaurant. Und so wie die Haute Cuisine hochkomplex und unglaublich lecker sein konnte, war sie letztlich eine elitäre Angelegenheit und trug sicher nicht dazu bei, den echten Hunger aus der Welt zu schaffen. Und ebensowenig konnte natürlich der große spirituelle Hunger in der globalen Gesellschaft durch exquisite Workshops an exotischen Orten gestillt werden.

Yoga war nicht nur im Allgemeinen, wie oft von Yogis mit Krokodilstränen beklagt, eine Industrie geworden, Erleuchtung gemischt mit Fitneß als Markenkern, sondern der kommerzielle Aspekt zeigte sich eben auch in meinem eigenen Leben. Diese schleichende Verwandlung von ursprünglicher Spiritualität zu einem lukrativen Job berührte mich manchmal unangenehm. Siddhartha Gautama, Buddha, der vollständig Erwachte, hatte ver-bürgterweise sein gemachtes Nest als Sohn eines Königs verlassen, auf materielle Sicherheit und gesellschaftlichen Status verzichtet, um Wahrheit und Weisheit zu finden. Während stattdessen heutzutage viele erfolgreiche Yogalehrer, die sich gerne mit seiner spirituellen Aura schmückten, offenbar den Weg in die umgekehrte Richtung eingeschlagen hatten: weg von der Wahrheitssuche, weg von der Straße, weg von den normalen Leuten, – hin zu einem zumindest kleinen Palast in Form einer Villa oder teuren Eigentumswohnung etwa. Auch ich hatte mir aufgrund all meiner gut besuchten Yoga-Lehrgänge ein schönes Haus an einem finnischen See leisten können. Finnland, denn von dort komme ich ja ursprünglich her. Was ich manchmal fast vergesse, weil ich so viel durch die Welt toure. War ich jedenfalls ehrlich, hatte ich die Workshops und Retreats manchmal nur gegeben, weil ich noch Geld brauchte.

Man stelle sich vor, Buddha oder Christus hätten ihre Lehren nur gegen reichlich Vorkasse verbreitet oder nur gutbetuchte Schüler akzeptiert. Nichts Großartiges und Tröstendes wäre von ihnen überliefert geblieben. Spiritualität und Geschäft bildeten eben keine harmonische Einheit. Ich konnte es nicht wirklich ändern, vielleicht war ich auch nicht erleuchtet genug dafür, aber diese kommerzielle Schwerkraft innerhalb der Yogaszene und in meiner eigenen Person gefiel mir nicht.

Einer der Gründe, warum ich den Workshop in Bangkok in meinen vollen Terminkalender geschoben hatte, war der gewesen, nicht völlig die Bodenhaftung zu verlieren. Denn Workshops in echten Metropolen, wo die Leute im Zweifel auch spontan und mit wenig Geld vorbeischauen konnten, zogen andere und vor allem weniger etablierte Schüler an. Oft genau diejenigen, die mir eigentlich am liebsten waren: Menschen, noch wirklich ernsthaft auf der Suche, wonach auch immer.

Mein Fremdeln mit der Yogawelt hatte noch einen anderen, aktuelleren Grund als die vielleicht unvermeidliche Tatsache der Kommerzialisierung: Immer mehr authentische Berichte von ehemaligen Schülerinnen tauchten im Internet auf, die den inzwischen verstorbenen Guru des von mir praktizierten Yogastils – Ashtanga Yoga – glaubwürdig als sexuell übergriffig beschrieben. Ein unzählige Male wiederholtes Verhalten habe darin bestanden, daß er junge Frauen, die sich in einer sitzenden Vorwärtsbeuge befanden, der sogenannten „Zange", von hinten mit seinem Körpergewicht tiefer in die Haltung hineindrückte und dabei ihre Brüste mit beiden Händen knetete. Oder er preßte einer Frau regelmäßig, manchmal jeden Tag in der Woche, wenn sie sich im Stand mit dem Kopf zu den Füßen beugte, seinen Daumen in ihre Vagina.

Diese Attacken waren offenbar keine Einzelfälle, auch keine rufmörderischen Phantasien neurotischer Schülerinnen, sondern Gewohnheitshandlungen über Jahrzehnte hinweg. Und sie hatten am hellen Tage stattgefunden, in vollen Yogastudios überall auf der Welt. Nicht in irgendwelchen einsamen Hinterzimmern. Unter Dutzenden, manchmal Hunderten von Zeugen, jahraus – jahrein.

Ein eigentlich unmöglicher Vorgang. Eigentlich, denn da ich vor zwanzig Jahren selbst einer von seinen Schülern gewesen war, konnte ich auch an mir im Nachhinein eine extreme Wahrnehmungsstörung diagnostizieren; eine krasse Gehirn- und Seelenwäsche. Die im Wesentlichen darin bestanden hatte, daß man in ihm den spirituellen Meister sah, den projizierten idealen Guru, dem man sich als ernsthafter Yogastudent mit Haut und Haar bedingungslos unterordnete und dessen Verhalten immer und überall auf Vollkommenheit beruhte, jenseits gewöhnlicher Maßstäbe von Gut und Böse.

Walkte er in aller Öffentlichkeit mit beiden Händen die Pobacken einer Frau, so begrabschte er sie also nicht, sondern schickte für den getrübten Blick seiner Jünger, zu denen auch ich damals gehörte, heilende Energie in ihren Körper. Sogar die betroffenen Frauen selbst konnten im Augenblick des Mißbrauchs derart unter diesem suggestiven und aggressiven Bann seelisch einfrieren, daß sie erst Jahre oder sogar Jahrzehnte später realisierten, was wirklich vorgefallen war. Ein ganz ähnlicher Mechanismus wie bei sexuellem Kindesmißbrauch, der auch oft von den Opfern manchmal bis ins totale Vergessen verdrängt wurde.

Der psychisch anhimmelnde Tunnelblick dem Guru gegenüber wurde noch dadurch verstärkt, daß man auf der Yogamatte während der anstrengenden Praxis auch einen physischen Tunnelblick kultivierte; sogenannte „Drishtis" bei den Haltungen, das Fokussieren der Augen auf einen festgelegten Punkt, etwa die eigene Nasenspitze. Was zwar die Konzentration extrem förderte und hilfreich war, um bei den herausfordernden Übungen nicht den Rhythmus zu verlieren, aber eben auch den Nebeneffekt hatte, daß man kaum mitkriegte, was direkt neben einem auf der Matte mit anderen Schülern oder vor allem Schülerinnen passierte.

Da im Ashtanga Yoga die Lehrer-Schüler Beziehung als essentiell angesehen wurde, weil das echte körperlich-spirituelle Verständnis der Yogahaltungen nur persönlich vom Guru, das Sanskrit Wort für Lehrer, durch seine Hände auf den Schüler übertragen werden konnte, der dann irgendwann wiederum selbst zum Guru wurde – und nicht durch Youtube-Clips oder Bücher –, bedeutete dieser jetzt an die Öffentlichkeit kommende chronische sexuelle Mißbrauch durch den legendären und von vielen verehrten Oberguru eine Verschmutzung der Quelle, der sogenannten Tradition selbst. Die Kette der Meisterlehrer, die selbst einst Schüler gewesen waren, durch die Zeiten, das sogenannte „Parampara", war offensichtlich keine von Halbgöttern, nicht einmal von bewußtseinsmäßig besonders hochstehenden Geistern, sondern eine von zutiefst fehlbaren Menschen. Die Fähigkeit, extreme Yogaposen einzunehmen oder diese zu lehren, bedeutete leider nicht, auch über eine gesunde Psyche zu verfügen.

Für mich war diese durch das Internet rasend beschleunigte Aufklärung zunächst ein Schock, weil ich selbst unter den Fittichen dieses Yogameisters jahrelang in Indien Yoga gelernt hatte; und ihn als einen zwar sehr fordernden, aber auch sehr wachen und sogar humorvollen Menschen kennengelernt hatte. Als jemanden, der etwa intuitiv wußte, daß ich trotz gebrochenem und erst langsam wieder verheilenden Handgelenk schon wieder Handstand machen konnte, – obwohl ich mich selbst noch nicht traute, doch es ging tatsächlich problemlos.

Aber eben nicht beispielsweise als jemanden, der Augenzeugen zufolge sein Geschlecht rhythmisch immer wieder gegen den Po einer jungen Frau stieß, die sich vor ihm in der Haltung „herabschauender Hund" befand. Eine Yogapose, wo man, kopfüber auf Händen und Füßen abgestützt, das Gesäß als Verlängerung der Wirbelsäule nach hinten und oben streckte. Es gab zwar immer wieder Gerüchte über seine „schlimmen" Finger und seine Neigung, bevorzugt jugendliche Schönheiten zu korrigieren, aber es wurde, wenn überhaupt, als Kavaliersdelikt wahrgenommen. Die meisten Schüler und so auch ich damals, wollten die Asanas lernen

– je mehr schwierige Yogaposen, desto besser – und an einen herzensguten erleuchteten Guru glauben. Wir hatten ja fast alle mit Yoga deswegen angefangen, weil wir Heilung von unseren Neurosen und Psychosen suchten und nicht deswegen, um ihnen in Gestalt unseres Lehrers auf perverse Weise wieder zu begegnen.

Diese in meinem ehemaligen Yogalehrer personifizierte Mischung aus Geilheit und Spiritualität, aus Neurose und Begabung hatten neben der tiefen Ernüchterung bei mir zu einer seltsam klaren Gewißheit geführt: Triebhafte Verrohung und überhöhte Heiligkeit waren zwei Seiten derselben menschlichen Medaille. Irgendwo in der Mitte beider oder in der psychischen Verschmelzung des sogenannten Guten mit dem sogenannten Bösen mußte die Lösung zu suchen sein. Die allerdings niemand finden würde, der nur die polierte oder nur die schmutzige Seite sah. Weder devot die Füße von Gurus zu küssen noch Internet-Kreuzigungen im Sinne von „MeToo" schienen die Lösung zu sein.

Von dieser inneren Distanzierung zur Yogaszene abgesehen, fühlte ich mich aber inzwischen auch auf der rein körperlichen Ebene etwas ausgelaugt, denn der dauernde Körperkontakt beim Unterrichten und die damit verbundene Verantwortung für die Schüler waren energieraubend, forderten ununterbrochene Konzentration. Es war kein Zufall, daß eben jener Guru des Ashtanga Yoga einige Zähne verloren hatte, weil viele Schüler, denen er beim Handstand assistierte, ihm unkontrolliert ihre Füße ins Gesicht geschleudert hatten. Man mußte als Lehrer durchaus auch auf sich selbst aufpassen.

Aber natürlich noch mehr auf die Schüler. Einmal wollte ich einer jungen, extrem flexiblen Frau helfen, tiefer in die „schlafende Schildkröte" hineinzukommen; eine Haltung im Sitzen, bei der man sich nach vorne beugt, während gleichzeitig die Füße gekreuzt über den Kopf und die Hände hinter dem Rücken verschränkt sind. Während ich ihre Arme von den Schultern her weiter nach hinten schob, durchaus mit Gefühl, sprang plötzlich auf einer Seite ihr Schlüsselbein aus dem Gelenk und stand nach vorne ab. So etwas passierte unter meinen Händen zwar niemals wieder – sonst wären meine Klassen vermutlich auch nicht besonders gut besucht –, aber es zeigte, daß man als Yogalehrer niemals auf Autopilot schalten sollte. Nach über zwanzig Jahren Unterrichten war mir bis in die Fingerspitzen bewußt, daß jeder Schüler und jede Schülerin eine neue und eigene Welt bedeutete, der ich versuchte, ohne Scheuklappen zu begegnen. Was mir offenbar recht gut gelang, denn in der internationalen Szene war ich für den soften, aber magisch intensiven Touch meiner Hände bekannt.

Da dieses intuitive Verständnis von einzelnen und aus ihnen sich bildenden Gruppen mein täglich professionelles Brot war, brauchte ich keinen besonderen Wink mit dem Zaunpfahl, um in Bangkok an jenem Nachmittag den Workshop nicht weiter in die Länge zu ziehen. Ich sagte lächelnd in die Runde: „Ich weiß, ihr habt offiziell noch für eine weitere Stunde bezahlt. Aber manchmal ist Zeit völliger Quatsch. Gerade für Yogis. Ich überweis euch den Betrag für die Stunde zurück. Höhere Gewalt, Songkran! Partytime! Brechen wir ab! – Ihr wart sehr toll bei der Sache. Sehr engagiert, alle hier! Ich danke euch!" Einige lachten, erwartungsgemäß allgemeines zustimmendes Gemurmel. Viele bedankten sich.

Ich wartete noch einen Moment ab; einer der Essentials beim Yoga war schließlich, immer Zeit und Raum für spontane Reaktionen zu gewähren und nicht manipulativ, sei es subtil oder mit roher Gewalt, seinen Willen durchzupeitschen. Dann legte ich meine Hände vor der Stirn in der klassischen Yogageste zusammen, ließ sie mit einer leichten Verbeugung zum Herzen absinken und sagte deutlich: „Namaste!" Die meisten erwiderten sofort oder mit etwas Verzögerung diese respektvolle Verabschiedung. Handhaltung und Verbeugung vereint waren gerade komplex genug, um nicht einfach als leere Floskel vollzogen werden zu können. Ohne ein bißchen echte Hingabe wäre diese Geste gefühlt sofort zu albern, zu langandauernd, um ausgeführt zu werden. Was der tiefere und oft übersehene Sinn von Ritualen war: sie erfüllten oft allein schon durch ihren Vollzug ihren Zweck.

Ich war im Begriff aufzustehen, als jemand aus der Mitte der Schülergruppe sagte: „Sorry, Antti, aber damit bin ich nicht einverstanden!" Ich ließ mich wieder auf den Boden sinken. Die Stimme gehörte Friedrich, einem deutschen Mittfünfziger mit breiten Schultern und etwas Bauch, Typ: willensstarker „eiserner" Amateursportler wie sie oft bei Marathonläufen zu sehen sind. Er war Creative Director einer größeren Werbeagentur, wenn ich mich richtig erinnerte und mir beim Yoga dadurch aufgefallen, daß sein Körper auf der anatomisch-muskulären Ebene zwar relativ beweglich und kräftig war, vor allem für sein Alter, aber auf der energetischen Ebene – da, wo es im Yoga interessant wurde –, eine Ritterrüstung angelegt zu haben schien. Kam er in irgendeiner Haltung an die Grenze seiner Beweglichkeit oder Kraft, verschloß und verhärtete er sich sofort. Wenn ich bei einer sitzenden Vorwärtsbeuge mit meinen Händen Kontakt zu seinem Rücken aufnahm und ihn nur ein bißchen tiefer in die Pose als gewohnt bringen wollte, baute sich gleichzeitig ein aggressiver Widerstand auf und sein vorher lebendiger Rücken ähnelte schlagartig einer verriegelten Betontür.

Dieses Phänomen von äußerlich fortgeschritten wirkenden Yoga Praktizierenden – er konnte beispielsweise Kopfstand problemlos, wenn auch nicht perfekt ausführen, sein Atem war zu unruhig dabei –, aber psychisch trotzdem im Innersten zutiefst geblockten Menschen, war relativ weit verbreitet. Über einen halbwegs trainierten Körper zu verfügen bedeutete keineswegs, parallel dazu auch eine trainierte Seele zu besitzen. Sonst müßten ja Spitzensportler eine echte spirituelle Avantgarde bilden, was bekanntermaßen bei allem Respekt für Messi oder Federer oder wer auch immer gerade die Szene beherrschte, nicht der Fall war.

Diese Kluft zwischen Sein und Schein spürte ich als tiefenmuskulären Widerstand sofort in meinen Händen, aber sie zeigte sich auch auf vergleichsweise normale Weise in einfachen neurotischen Symptomen; Friedrich begleitete im Gespräch seine eigenen Worte und die von anderen oft automatisch mit einem kumpelhaften kurzen Auflachen, völlig unabhängig vom Inhalt. Eine der vielen unterschiedlichen Macken, die Leute im Laufe ihres Lebens so entwickelten.

Ich hatte kurzen Augenkontakt mit ihm, auch seine Wangen und Haare waren voller Puder. Wieder fielen mir sein Totenkopfring und seine blutrot mit Flammenmotiven tätowierten kräftigen Oberarme auf. Immer mehr Menschen liefen als sorgfältig inszenierte Bilder ihrer Vorstellungen von sich selbst herum. Sein Blick war seltsam ernst, er blickte sich im Kreis der Schüler um.

„Leute, ich weiß, ich bin jetzt ein Spielverderber. Ihr wollt alle gehen … Aber, das ist jetzt die gute Nachricht, mir gehts gar nicht darum, die bezahlte Workshop-Zeit einzufordern. Das wär ja auch extrem uncool. Die Sache ist nur die, und das ist jetzt vielleicht noch uncooler, mir ist hier beim Yoga mit euch etwas klargeworden, das ich irgendwie mitteilen, erzählen oder sogar herausposaunen muß, – sonst zerplatze ich mental. Und ihr wärt das perfekte Publikum. Ehrlich gesagt, auf der ganzen Welt und ich habe beispielsweise tausende von ‚Facebook'-Freunden, wüßte ich niemanden, dem ich diese Story lieber als euch erzählen würde. Direkt, nicht als Post. Es wäre tatsächlich sogar eine spannende Geschichte, kein esoterischer Krempel oder sowas."

Neugierige und irritierte Blicke richteten sich auf ihn. Isa, eine Frau halb so alt wie Friedrich, aber mindestens doppelt so erfahren in Yoga, eine schlanke Jurastudentin aus der Schweiz, bemerkte mit freundlicher Skepsis: „Das ist eine ziemlich brutale Werbung für dein Anliegen. Da kann man ja kaum Nein sagen." Er ließ wieder sein typisches bellendes Lachen hören: „Ihr sollt ja auch nicht ‚Nein' sagen. Gebt mir fünf Minuten und wenn es euch anödet, geht ihr einfach. Und ich hör auf. Und wenn nicht, bleibt ihr noch ein bißchen." Isa bemerkte: „Fünf Minuten?! Okay, das hört sich nach einem fairen Deal an."

Friedrich sah mich fragend an; obwohl es ihn nicht kümmerte, daß ich den Workshop eigentlich beendet hatte, erwartete er offenbar meinen offiziellen Segen dafür, daß es jetzt auf diese seltsame Weise weiterging. Mein echtes Interesse an seiner Geschichte tendierte gegen Null; nicht deswegen, weil ich ihn unterschwellig aggressiv und neurotisch fand. Das waren viele Leute und als Yogalehrer mußte man gerade mit schwierigen Menschen umgehen können, sonst war man völlig im falschen Beruf. Sondern ich hatte mich im Geist schon aus dem Studio in Bangkok, im Grunde von der Stadt selbst, irgendwie sogar von Asien im Allgemeinen verabschiedet und mußte mich nun zwingen, in diese Gegenwart zurückzukehren. Für einen Yogi eine Selbstverständlichkeit, diese Nähe zum Hier und Jetzt, doch ich hatte im konkreten Augenblick keine große Lust mehr dazu.

Für eine Sekunde lag es mir auf der Zunge, ehrlich zu sagen, daß alle machen könnten, was sie wollten, ich aber jetzt gehen würde. Dann besann ich mich auf meine Verantwortung als Lehrer; würde ich Friedrich jetzt durch mein Desinteresse in der Gruppe psychisch auflaufen lassen, würde ich ein sehr schlechtes Beispiel für yogisches Mitgefühl abgeben. Zudem er durch seine vorab bezahlten Workshopstunden ja tatsächlich einen sozusagen rechtlichen Anspruch zumindest auf meine Zeit hatte. Es war ein Kreuz; ich lächelte ihm ermutigend zu, die kleine Mördergrube meines Herzens wieder zuschaufelnd und sagte: „Leg los!"

Friedrich wechselte im halben Lotussitz die Position seiner Beine.

„Danke dafür! – Als ein paar abenteuerlustige Frühaufsteher von uns, alle waren ja nicht dabei, vorgestern die sehr spezielle Klasse um sechs Uhr morgens bei Sonnenaufgang hatten, auf dem Dach, dem Helikopter-Landeplatz von dem schicken und riesigen fünf Sterne-Hotel am Fluß, wo ich ja auch mein Quartier habe, da kam mir mit der brutalen Plötzlichkeit eines Unfalls eine Erinnerung hoch. Nur daß ich eben nicht wie mit einem Motorrad aus der Kurve flog, sondern aus der Gegenwart hier in Bangkok in eine ziemlich ferne Vergangenheit stürzte, in die vor über dreißig Jahren sogenannte Karl-Marx Stadt in der Ex-DDR, heute Chemnitz in der Bundesrepublik Deutschland.

Von diesem Zeit- und Raumsprung möchte ich euch erzählen: eine Art bewußtseinsmäßiges Schleudertrauma, das und das ist der Witz, ohne unser Yoga hier vermutlich niemals stattgefunden hätte. Höchstens vielleicht zu meiner Todesstunde, da sollen ja erstaunliche Dinge passieren, aber sicher ist auch dies nicht. Weswegen also ihr alle, obwohl ich die meisten gar nicht kenne und viele schon generationsmäßig weltenweit von mir getrennt sind, vom Lebensstil gar nicht zu reden, tatsächlich das perfekte Publikum seid. Einfach dadurch, daß ihr Yoga macht, seid ihr plötzlich schicksalsmäßig für mich in echten Tiefen mit mir automatisch vernetzt. Dagegen sind soziale Netzwerke oberflächlichster kommunikativer Staub. Noch an der Story interessiert?!"

Er ließ seinen Blick in die Runde schweifen. Tom, ein Kanadier von dreißig Jahren, reagierte als erster. Er wirkte in vielerlei Hinsicht wie das Gegenteil von Friedrich: Uneitel und herzlich nahm er Ashtanga Yoga leidenschaftlich ernst, aber sich selbst zumindest im Verhalten nach außen nicht so wichtig. Er hielt nicht nur schönen Frauen, sondern auch mißmutigen Männern die Tür spontan mit einem freundlichen Lächeln auf. Dazu hatte er einen adonishaften durchtrainierten und schlanken Körper – oft der natürliche und gern gesehene Nebeneffekt regelmäßiger Yogapraxis – und ein ansteckendes jugendliches Lachen. Was er jetzt hören ließ, bevor er sagte: „Cliffhanger schon nach ein paar Minuten? – Weiter!" Auch andere lachten, interessierte Augen waren auf Friedrich gerichtet, die Stimmung in der Gruppe war ihm offenbar gewogen. Ich ihm offenbar auch, denn einer spontanen Eingebung folgend schaltete ich die Audioaufnahme meines Smartphones ein. Er erzählte weiter:

„Sehr schön. Als Werber erzähle ich ja sonst nur Geschichten, wo der Fokus auf dem Produkt liegt, nicht auf mir selbst. Eure Sympathie wird sich aber vermutlich noch legen. Da bin ich mir sogar sehr sicher.

Als wir mit dem schmalen Extra-Lift auf dem Hubschrauber-Deck des Hotels ankamen und unsere Matten innerhalb des gelben Landekreises ausrollten, lag noch Dunkelheit über der Stadt. Natürlich war es für eine Metropole wie Bangkok keine vollständige Finsternis: Wie Millionen elektronische Glühwürmchen oder wie Sterne am Nachthimmel leuchteten unten in den Straßenschluchten und den Häusern Autolichter, Bildschirme, Werbung, Lampen und wer wußte, was noch alles?! – vielleicht sogar die Augen von Ratten? Bei Tag hab ich nämlich viele gesehen, die unter den Spalten der Bürgersteige herumhuschten, vor allem in der Nähe von Imbißständen. Ein seltsamer Kontrast zum digitalen Hightech überall.

Als dann ziemlich schnell die Sonne den Horizont und die erwachende Stadt erhellte und der von leichten Wolken betupfte Himmel in Farbschlieren von Orange und Purpur und Rosa und Blau aufleuchtete, klopfte ich mir wie schon oft im Leben innerlich auf die Schulter. Wieder konnte ich ein Häkchen auf meiner imaginären ‚To do Liste‘ machen, hatte wieder eine besondere Erfahrung gemacht, die nicht vielen Menschen vergönnt war.

Ich unterbrach meine Praxis – ich war noch bei den aufwärmenden Sonnengrüßen – und machte rasch ein Foto von dieser speziellen Location und dem prächtigen Panorama, um es sofort auf ‚Facebook‘ zu posten. Ich beging kurz darauf sogar noch die totale Yogasünde und fragte – weit entfernt von jeder authentischen Versunkenheit – eine Hotelangestellte, mich im ‚Krieger‘

eins" vor dem Hintergrund des Sonnenaufgangs zu fotografieren. Also der Pose, wo man einen Ausfallschritt macht, die Arme über dem Kopf erhoben. Auch dieses Foto schickte ich sofort in die weite Welt des Internets.

Erleuchtung sieht gewiß anders aus, selbst wenn man bescheidenste Maßstäbe anlegt. Wobei fairerweise erwähnt sein muß, daß ich nicht aus spirituellen Gründen nach Thailand gereist bin, sondern weil ein Kunde unserer Agentur hier sein Produkt herstellt. Biologisches Kokoswasser und ich eingeladen worden war, mir als Inspiration für die Werbekampagne persönlich ein Bild vom ‚nachhaltigen‘ Produktionsprozess zu machen. Den Yogaworkshop hab ich nur zufällig mitgenommen und in meinen Terminkalender gepackt, weil eben im Hotel-Spa vom ‚Peninsula‘, wo ich in Bangkok aufgeschlagen habe, Werbung für die ‚helipad-yoga-class at sunrise‘ gemacht wurde. Das fand ich einfach zu cool.

Von Ashtanga selbst hatte ich auch gar keine Ahnung; ich bin Yoga Autodidakt, hatte als junger Mann einmal in einem Buch herumgeblättert, schwarz-weiß Fotos von einem Mann in Turnhose und mir dann Kopfstand und andere Haltungen selbst irgendwie angeeignet. Ich dachte zumindest, bis zu der Begegnung mit Antti und Euch, daß ich ein bißchen was vom Yoga verstehe. Inzwischen ist mir völlig klar, daß ich der totale Anfänger bin. Mein Kopfstand ist schief, mein ‚Rad‘ ist recht platt, mein Lotussitz zu angespannt. Und so weiter, trotz alldem hatte ich auf dem Hubschrauber-Deck brav alle die mir bisher gezeigten Haltungen der ‚Ersten Serie‘ bis zum ‚Boot‘ ausgeführt.

Obwohl ich die Asanas eher zerstreut statt fokussiert eine nach der anderen quasi abhakte, mir dabei aber voller Vorfreude ausmalte, wie viele Likes und positive Kommentare meine geposteten

Fotos vermutlich generieren würden, waren die Übungen trotzdem ziemlich anstrengend für mich. Was vielleicht der pädagogische Gag oder Widerhaken beim Yoga ist: Es wirkt über den Körper auch dann, wenn man im Geist nur abgelenkt bei der Sache ist. Ich war jedenfalls sehr froh, als ich endlich zur Endstation meiner Praxis kam, zur Abschlußentspannung im Liegen, der Leichenhaltung, ‚Savasana'. Ich mag Sanskrit. Für Werber wäre das eine geniale Sprache, im Ohr und in der Psyche verführerisch schmelzend, – wenn sie denn im Westen jemand verstehen würde.

Ich lag also mit geschlossenen Augen auf meiner Matte oben auf dem Dach des Hotels, die meisten anderen von Euch praktizierten noch links und recht von mir, - weil ihr ja als Fortgeschrittene ein umfangreicheres Programm hattet. Mein aufgewühlter Atem beruhigte sich langsam, meine Muskeln entspannten sich, meine Gedanken wanderten.

Und dann passierte es, eine Erinnerung schoß hoch, ich sprang durch Raum und Zeit und landete plötzlich auf dem Dach eines sozialistisch - klassizistischen Wohnhauses in Karl Marx Stadt vor über dreißig Jahren. Es war die Ära des Sauren Regens durch die Abgase der Kohlekraftwerke; abgestorbenen Bäume in den umliegenden Wäldern sahen auch im Sommer wie winterliche Gerippe aus; und hing man Wäsche zum Trocknen auf den Balkon, konnte Stunden später eine feine Staubschicht auf den Fasern liegen. Über der Stadt ging gerade die Sonne auf, durch den Smog nicht in Hochglanz, sondern in Matt, mit einem zarten Grauschleier versehen. Und was man sich heute kaum vorstellen kann: Obwohl die Hauptstraße am Haus extrem breit war, sechsspurig, für sozialistische Militär-Paraden wie geschaffen, gab es gespenstischerweise kaum Autos, die darauf fuhren.

Auf dem Dach hatten ich, meine damalige Flamme und ‚Besuch aus dem Westen‘, das hieß, meine beiden Cousins und deren Freundinnen, die Nacht durchgemacht. Wir tranken wahllos billigsten Sekt und Bier, hörten wild durcheinander alle möglichen Arten von Musik aus dem Kassettenrekorder – unsere Gäste hatten ‚Westmusik‘ dabei, Michael Jackson, Miles Davis, für uns im Osten damals Raritäten, authentischer Pop und Jazz. Als die Morgendämmerung einsetzte, waren wir betrunken oder musikalisch inspiriert genug, um auch die Partiten von Bach für Violine Solo, gespielt von Milstein, richtig groovy zu finden. Hauptsache Sound, Hauptsache Alkohol, wir diskutierten, küßten uns und hatten eine super Zeit. Meine Cousins wälzten sogar benebelte Pläne, mich und meine Freundin im Kofferraum aus dem Land zu schleusen. Eine Schnapsidee, aber sie fanden es im Rausch emotional unvorstellbar, uns im trostlosen Sozialismus jener Jahre wie Pflanzen ohne Sonne eingehen zu sehen. Im nüchternen Zustand waren diese Pläne natürlich schnell vergessen, sympathisch waren sie trotzdem.

Das Zentrum meines Flashbacks war aber nicht unsere kleine Party auf dem Dach, davon hatte ich damals und auch später zu viele, sie war nur der atmosphärische Rahmen. Sondern das, was wie ein Diamant in meinem Gedächtnis aufleuchtete, war die Tatsache, daß ich angesichts des Aufgangs der durch den Smog blaßen Sonne und meines im Sozialismus durch reale Mauern und Stacheldraht und Todesstreifen eingesperrten Lebens ein Gedicht rezitiert hatte. Rilkes ‚Panther‘, wo es um ein Raubtier im Käfig oder besser gesagt ein fühlendes Wesen geht, das von seinem authentischen Schicksal abgeschnitten ist. Bekannte Verse daraus sind:

‚Ihm ist, als ob es tausend Stäbe gäbe
Und hinter tausend Stäben keine Welt.'

Es existierten damals keine Youtube Videos, Instagram oder
Twitter – Lyrik war zumindest im Osten von Deutschland ein
echtes Kommunikationsmittel und nicht nur gekünsteltes Orna-
ment. Auch wenn es immer schon viele gab, die solche Zeilen kit-
schig fanden, ich gehörte nicht zu ihnen. Weder damals noch vor
allem heute.

Denn die Erinnerung an dieses Gedicht und daß ich zu jener
Zeit die Verse im Herzen und auf der Zunge trug, erfüllte mich
vorgestern in Bangkok mit vollständiger und überwältigender
Scham. Ich realisierte, in der ‚Leichenhaltung' auf dem Hub-
schrauberdeck liegend, mit jener Klarheit, die keine intellektuellen
Begründungen mehr braucht, daß ich diesen ‚Panther' in meinem
Leben und in dem aller anderen, völlig verraten hatte.

Als Werber bin ich extrem darauf getrimmt, die pure Wirkung
und nicht die gute Absicht von Worten oder Bildern oder Storys
zu prüfen, deswegen ist mir bewußt, daß an dieser Stelle meiner
Geschichte sich ein tiefer Kommunikationsgraben auftun dürfte:
Wieso Scham, was für ein Verrat, welcher gottverdammte Panther
eigentlich?

Weil ich normalerweise eher Biermarken, Rasierwasser und
Unterwäsche präsentiere, äußerliche Dinge, bin ich also nicht nur
im Yoga ein Anfänger, sondern auch darin, eine Geschichte zu
erzählen, die auf wirklich inneren Werten oder Unwerten fußt. Ich
bitte deswegen um Geduld und Nachsicht, wenn der Fluß meines
Erzählens wie jetzt stockt oder sich seltsam schlängelt. Wie ein

richtiger Fluß eben, auf dem abenteuerlichen Weg zum Meer. Aber dort ankommen, also dem allgemeinen Verständnis zugänglich, wird er.

Um wieder konkret zu werden: Rilkes ‚Panther‘ tigerte nicht nur im Jardin des Plantes, der botanische Garten, in Paris vor über hundert Jahren in seinem Käfig hin und her, sondern ich hatte ihn auch in der Nacht vor der morgendlichen Yogasession in Bangkok gesehen. Ich hatte sogar Eintritt bezahlt, um ihn in seiner Menagerie zu sehen. Und es war nicht nur einer. Ich war vorgestern Nacht im ‚Crazy House‘, um die Ecke von der Rotlichtstraße Soi Cowboy, – eine berühmt berüchtigte Bar, wo die Mädchen vollständig unbekleidet tanzen und sich den Gästen genauso auf den Schoß setzen. Wobei der Übergang von der dort am Eingang ganz normalen Straße – ein hektischer Mix aus mobilen Imbißständen, Restaurants Supermärkten, Autos und Passanten – mitten in diesen sexuellen Tempel erstaunlich übergangslos war, einen seltsam alltäglichen Charme hatte: Einen Schritt vom Bürgersteig durch einen schweren Vorhang an einem Türsteher vorbei und plötzlich war man Teil einer dichtgedrängten Gruppe aus nackten Mädchen und angezogenen Männern. Ich fühlte den warmen Knackarsch einer jungen Frau an meinem Handrücken, die einem dicklichen Mann neben mir, der an seinem Drink nippte, die Brusthaare kraulte.

Die Mitte des Raumes, um die die Männer kreisten, wirklich wie Motten um das Licht, war von einer ausgeleuchteten und verspiegelten Tanzfläche dominiert, wo junge und teilweise extrem hübsche Mädchen schlangen- oder engelgleich tanzten, manche dämonisch, manche hausbacken, aber alle vollständig unbekleidet, manche vollständig rasiert, so daß man die Schamlippen sehen konnte.

Wer als Mann nicht in sich selbst ruht – keine Ahnung, ob irgendein Mann dies tut, immerhin hatte auch Odysseus sich an den Mast festbinden lassen, um den Sirenen nicht zu erliegen –, dürfte große Schwierigkeiten haben, der Verführung durch solche willigen sexuellen Elfen zu widerstehen. Ich schaffte es nicht. Als eine der tanzenden Ladys meinen Blick lächelnd erwiderte und anfing, speziell in meine Richtung ihre Hüfte und Haare und blitzenden Augen zu werfen, gab ich jeden mentalen moralischen Widerstand auf. Ein paar Minuten später kam sie instinktsicher von der Bühne herunter zum Pfeiler, wo ich beobachtend stand und fragte mich nach einer Cola. Die Mädchen bekamen Anteile an den verkauften Drinks, soweit ich wußte, es ging also nicht um den Geschmack.

Ich schätzte sie auf Anfang zwanzig, ihr kleines Gesicht hatte durch die dominierend leuchtenden Augen etwas Katzenhaftes – was zu meiner späteren Pantherassoziation vielleicht beitrug – und vor allem war sie mein sexueller Typ: mädchenhaft schlank, plus, das war mir immer erstaunlich wichtig, auch bei sozusagen normalen Affären, ein offener freundlicher Blick. Daß dieser Blick natürlich ein psychischer Fake war, wie purpurroter Lippenstift auf eigentlich müden und blaßen Lippen, wollte ich zumindest bewußt nicht sehen. Nach ein bißchen Geplauder, in der sie mir auf meine Frage sagte, daß sie gerne mit mir gehen würde, kaufte ich sie in einer Art Büro im Hinterzimmer von einer älteren und resoluten Frau für zwei Stunden frei. Ähnlich als würde man am Kundentresen von *Sixt* einen Mietwagen bestellen.

Wir fuhren mit einem Taxi in mein Hotel. Dort gab sie an der Rezeption ihren Ausweis ab – für die Dauer ihres Besuchs, offenbar eine Sicherheitsmaßnahme für den Gast – und dann hatte ich mit ihr, deren Arbeitsnamen ich bezeichnenderweise schon vergessen habe und die locker meine Tochter sein konnte, in ein paar Jahren sogar meine Enkelin, bezahlten, aber trotzdem für mich erregenden Sex. Männer hören ja bekanntermaßen ab einem bestimmten Punkt der Geilheit mit dem Denken und Reflektieren vollständig auf. Allerdings fangen sie, das muß zur Ehrenrettung unseres Geschlechts auch mal gesagt sein, an den unmöglichsten Orten und zu den unmöglichsten Zeiten auch wieder mit dem Denken und Reflektieren an.

Denn während ich nun am nächsten Morgen im Savasana auf dem Hubschrauberdeck die Erinnerung an das Rezitieren von Rilkes Gedicht hatte, mischten sich die Bilder des Panthers im Käfig mit den lasziv sich anbietenden Mädchen auf der Tanzfläche; und dann sah ich auch noch wie in einer alten Stummfilm-Nahaufnahme das Gesicht des Girls, das ich für zwei Stunden gekauft hatte. Ich sah erst in der Erinnerung, mit einer Art neuen und völlig klaren Wahrnehmung, ihre püppchenhaft überschminkte unreine Haut, den nervösen Stress in ihren Augen, das maskenhafte, automatische Lächeln. Dinge, die ich vorher nur unbewußt registriert und sofort verdrängt hatte, überschwemmten jetzt mit ernüchternder Klarheit mein Bewußtsein.

Was mich innerlich schockte, war nicht die Tatsache und mein Akzeptieren der Prostitution als solcher – sie gilt ja nicht grundlos als ältestes Gewerbe der Welt –, sondern mein vollständig getrübter Blick in jener Nacht. Ihr pfirsichfester Arsch, ihre knospenden Brüste, ihre schlanken Beine, ihre vollen Lippen, all diese Details, die sie zu einer geilen Geliebten auf Zeit für mich gemacht hatten, waren plötzlich nichts anderes als Gitterstäbe, nämlich die meiner Vorstellung, in denen ihre wirkliche Person vollkommen eingesperrt, gefangen, unberührbar war. – Ganz genau so wie Rilkes Panther hinter den realen Gitterstäben des Käfigs vor über hundert Jahren in Paris sein Leben mit einem letzten Rest von Stolz und Kraft fristete.

Mir wurde intuitiv klar, daß meine selektive Wahrnehmung kein Kavaliersdelikt, sondern praktisch identisch mit dem bösen Blick war. Ein kalter und kalkulierter Blick auf die Welt, der nur den eigenen Nutzen in einem Menschen sieht. Daß ich seit Jahrzehnten, seitdem ich im Beruf erfolgreich bin, stets mindestens tausend Mark oder Euro oder Dollar als kleine Geldrolle mit mir führe, um eben spontan ein Mädchen oder ein Flugticket oder eine Hose oder was auch immer zu kaufen, ist so gesehen keine Marotte, sondern drückt meine kranke Seele aus: Die Welt scheint mir käuflich und ich kann es mir leisten, sie zu kaufen.

Als ich also im Savasana, der Leichenhaltung – ein wirklich passender Name, da etwas in mir wirklich starb –, auf dem Hubschrauberlandeplatz entspannte und diese Assoziationen mich fluteten wie ein psychischer Tsunami, war das Mädchen aus der Bar der Panther im Käfig und der Panther war das Mädchen und beide waren das echte Leben, verkauft und ausgestellt. Dies war jedoch kein intellektueller Gedanke, sondern eine Erfahrung von völliger innerer Gewißheit. So real, als würde ich mit den Händen einen Baum berühren, einen kranken, morschen Baum allerdings; es war eine Art negativer Erleuchtung über meine Gegenwart; ein teuflisches Samadhi, Sanskrit gibt mir irgendwie Hoffnung auf Erlösung.

Eines wurde mir auch noch klar, als finsterer Bonus und diese Erkenntnis war der spirituelle Knockout: Daß ich ein Mädchen benutzen konnte, ohne im Ernst ihre wahre Person überhaupt sehen zu wollen, dieser auf das eigene Ego konzentrierte Wahnsinn war hundertprozentig das Prinzip der Werbung, meines Berufs.

Um irgendein vergängliches und meist armseliges Produkt zu verkaufen, etwa eine Tafel Schokolade, wird Himmel und Hölle in Bewegung gesetzt. Aber Himmel und Hölle, alle menschenmöglichen Inhalte sind nur Mittel zum Zweck, um eben eine Tafel Schokolade zu verkaufen. Statt einer Tafel Schokolade könnte man auch Gier als allgemeinen Begriff einsetzen. Um dann vielleicht von dem so verdienten Honorar ein Mädchen zu kaufen. Und so weiter. Als reiner Gedanke banal, als gemachte Erfahrung nicht.

Es mußte noch einen anderen Kreislauf im Leben geben, als diesen schalen aus Kommerz und Lüge. Als ich mich aus dem Savasana löste und langsam wieder aufstand, nahm ich jedenfalls das erste Mal seit über drei Jahrzehnte wieder Kontakt zu Rilkes Panther auf, zur lebendigen, aber verdrängten Welt. Und ich möchte ein bißchen mehr als früher für ihre Freiheit sorgen. Das heißt, der Effekt des Workshops hier in Bangkok kann gut der sein, daß ich mir bald einen neuen Job suchen muß. Ich hoffe, ich war nicht zu transzendent. Hier übrigens das Ende vom Gedicht:

‚Nur manchmal schiebt der Vorhang der Pupille
sich lautlos auf –. Dann geht ein Bild hinein,
geht durch der Glieder angespannte Stille –
Und hört im Herzen auf zu sein.‘

– Ich danke Euch!" Friedrich lächelte kurz, in seinen Augen schienen Tränen zu schimmern.

Er herrschte Stille, nach dem er aufgehört hatte. Dann begannen einige zu klatschen, schließlich viele. Sogar ich, auch wenn ich sonst als Yogalehrer auf eine gewiße Distanz zu den Schülern achtete. Im beginnenden Stimmengewirr hörte ich Kommentare heraus: „Hey, Fritz! Coole Story". Und: „Yoga wirkt!". Eine Frau löste sich aus der Gruppe und umarmte Friedrich. Da wußte ich, daß ich als Yogalehrer weitermachen würde. Selbst wenn nur alle hundert Workshops, alle tausend Stunden im Studio eine solche oder ähnliche Geschichte passierte, lohnte sich der ganze Aufwand. Yoga war trotz aller Verzerrung durch Kommerz und sexuellem Mißbrauch immer noch ein unkontrollierbares Mysterium.

# „Würze nach dem Geschmack deines Herzens"

Dao Gustafsson schob den Fahrersitz ihres Kombis weiter nach hinten, um die Beine besser ausstrecken zu können. Sie hatte ihr Auto neben einer frisch ausgehobenen Baugrube für einen neuen Wohnblock geparkt. Die Bauzäune waren mit Plakaten überklebt. Ihr fiel die Bierwerbung auf, die so typisch für das war, was ihr an dieser Stadt so auf die Nerven ging: Ein verlebter, aggressiv grinsender Bierkutscher, dessen Bauch wie eine fette Aubergine sein T-Shirt spannte, prostete dem Betrachter mit einer Flasche von der Rampe seines Lastwagens zu. Dazu der Spruch, daß Berlin so wunderbar sei. In Bangkok, wo sie aufgewachsen war, gab es natürlich auch Werbung, auch durchaus bodenständig realistische. Aber kein Werber, dem sein Job und sein Ruf lieb waren, würde der Bevölkerung ein derartig selbstgefälliges und primitives Grinsen präsentieren. In Deutschland grinste, in Thailand lächelte man, diese seelische Kluft der Kulturen wurde ihr angesichts des Plakates schmerzhaft bewußt.

Vermutlich wäre ihr das Werbeposter normalerweise gar nicht aufgefallen. Denn Dao war weder vom Alter noch von der Haltung her eine Vertreterin der Generation „Schneeflöckchen", jenes besonders in deutschen Großstädten verbreiteten jugendlichen

Menschenschlags, der überempfindlich und moralisch empört auf alles reagierte, was nicht den selbst zusammengebastelten Idealen entsprach. Sie war im Gegenteil Mitte dreißig, als Köchin berufsbedingt hart im Nehmen und zudem als Tochter von deutschthailändischen Diplomateneltern zu weltgewandt, um sich allzu sehr oder allzu lange in den eigenen psychischen Befindlichkeiten zu suhlen. Gefühle kamen hoch und vergingen, davon würde sie sich nie abhängig machen.

Aber ihr gegenwärtiges Problem spielte in einer anderen Liga, jenseits der üblichen Kreisklasse in der Champions League der Probleme. Sie hatte das erste Mal in ihrem Leben das Gefühl, den Boden unter den Füßen zu verlieren. Es war nicht einmal der Lockdown, der ihr Restaurant wie alle anderen zur Schließung gezwungen hatte. Ein paar Monate würde sie überstehen; ihre Angestellten bekamen Kurzarbeitergeld, die weiterhin anfallende Miete zahlten sie und ihr Freund, der gleichzeitig der Geschäftsführer war, vom Ersparten. Außerdem hatte sie sich als Köchin schon einen Namen gemacht: Sie hatte letztes Jahr einen *Michelin* Stern für ihr thailändisches Restaurant bekommen; wenn sie wieder fürs Publikum öffnete, würden ihr die Leute vermutlich wie vorher die Bude einrennen. Ihre berufliche Zukunft schien durchaus vielversprechend; nicht viele Lokale und in Berlin schon gar nicht, konnten neben ihre Eingangstür die besternte und weltweit angesehene rote Metallplakette an die Hauswand schrauben.

Aber genau dieser Stern aus der Gourmetwelt, um den sie sich nicht einmal wie viele ihrer von Ehrgeiz zerfressenen Kochkollegen besonders bemüht hatte, hatte inzwischen das Potential, ihr Magengeschwüre vor unterdrückter Wut zu verursachen. Wut auf immer mehr ihrer Gäste, die jetzt oft nicht mehr kamen, um gut und zwanglos zu essen, sondern sich mit völlig überzogenen Vorstellungen von „Sterneküche" an die Tische setzten.

Leute, die vermutlich kaum ein Spiegelei braten konnten, räsonierten plötzlich über den verpaßten Garpunkt von Zandern oder Gäste mit Kaffeeflecken auf dem Hemd mäkelten daran herum, daß sie nicht für jeden Gang ein neues Besteck serviert bekamen. All diesen naseweisen Amateuren entging völlig, daß das Konzept ihres Restaurants im Zweifelsfall nichts mit Garpunkten und Formalitäten bei Tisch zu tun hatte, sondern im Wesentlichen darin bestand, die Aromen Thailands mit den lokalen Produkten Brandenburgs zu vereinen, auf eine bodenständige und nachhaltige Weise Berlin und Bangkok zu mischen, eine real regionale, aber thailändisch inspirierte Küche zu präsentieren.

Natürlich hatte Dao sich total gefreut, daß ihr Restaurant überraschend einen Stern bekommen hatte. Offizielle Anerkennung für die eigene Leidenschaft tat immer gut. Sie hatte zusammen mit den Mitarbeitern heftigst deswegen gefeiert. Aber ihr war danach klar geworden, Abend für Abend mehr, daß sie von nun an für den Durchschnittsgast wider Willen etwas verkörperte, was sie niemals verkörpern wollte: Haute Cuisine. Sie hatte zwar durchaus Respekt vor den Legenden ihrer Zunft. Paul Bocuse beispielsweise hatte sie immer bewundert. Aber nicht wegen seiner technischen Fertigkeiten, sondern weil sie gespürt hatte, daß er für Menschen und nicht für Sterne kochte. Er hätte es sicher sofort verstanden, daß für sie der wahre und sehr verborgene Gipfel der Kochkunst darin bestand, an einem Straßenstand in Bangkok, von Autolärm und Menschengewühl umgeben, von einem Plastikteller frisch gegrillten Hummer zu essen und dazu ein eiskaltes Flaschenbier zu trinken.

Leider war ihr Freund nicht vom Geist Paul Bocuses beseelt; sie hatten sich gerade so sehr wegen des Restaurants gestritten, im Bett auch noch, daß sie seine Wohnung kurz vor Mitternacht türknallend verlassen hatte. Er hatte als Miteigentümer darauf bestanden, daß sie die Chance nutzte und ihre Küche und die Präsentation des Essens auf ein neues „Sterne"-Niveau hievte. Sie war so wütend geworden, daß sie ihn völlig unsouverän angeschrien hatte; er saß nackt und verdutzt auf dem Bett, sie war angezogen bereits auf dem Sprung: „Für echte Thai ist Kochen eine Herzenssache, keine Scheiß-Perfektion! Es sei denn, ich würde fürs Königshaus kochen. Dann würde das Menü aber nicht 150 Euro kosten, sondern mindestens 500. Ohne Getränke. Oder umsonst. Ich bin ja Patriotin! Mann! Ich will für normale Menschen kochen, nicht für Mafia und Politiker und bescheuerte Feinschmecker! Weißt du, was früher immer zum Schluß in alten thailändischen Rezepten stand? ‚Brung rot dtam jai chorp!' Auf Deutsch: Würze nach dem Geschmack deines Herzens! Darum gehts mir! Nicht um dieses ganze bescheuerte Sterne-Chichi!"

Mit diesen Worten hatte sie ihn verlassen, sich ins Auto gesetzt und war durch die nächtlichen leeren Straßen zu ihrem Restaurant gefahren. Sie hatte dort auf der gegenüberliegenden Straßenseite geparkt, saß aber jetzt immer noch hinter dem Steuer, ohne auszusteigen. Sie schaute auf ihren Laden „Fierce Grace". Der rubinrote Neon-Schriftzug über dem Schaufenster war beleuchtet, so viel Zuversicht in die Zukunft, also Werbung, mußte trotz der Stromkosten möglich sein. Direkt am Eingang prangte unübersehbar als ferrariroter Blickfang an der Hauswand die *Michelin*-Plakette.

Es juckte ihr in den Fingern, jetzt sofort das kostbare Blech abzuschrauben. Allerdings würde diese kleine Aktion eine große Lebensentscheidung bedeuten, mit unabsehbaren Konsequenzen im Guten oder Bösen; es könnte zum Einen durchaus ihre Partnerschaft beenden. Und mit Sicherheit würde es ihre Karriere als Köchin beeinflussen, wenn sie ihre Unabhängigkeit höher bewertete als die Auszeichnung durch einen angesehenen Restaurantführer.

Versunken wie auf ein Mandala starrte sie vom Auto durch die Windschutzscheibe auf die rote Plakette mit dem weiß umrandeten Stern, der eher wie das Symbol für eine Schneeflocke aussah. Das wurstige Männchensymbol darunter machte das Design auch nicht würdevoller. Machte ihr jedoch als Bild sofort verständlich, die Assoziation von übergewichtigen Menschen und Diabetes Typ 2 hervorrufend, daß Gesundheit offenbar kein Kriterium der Testesser bei Restaurantbewertungen war. Wie auch immer, je länger sie auf die Plakette schaute, desto bedeutungsloser und kommerzieller kam diese ihr zumindest vom Design und Symbolgehalt her vor. Eine Reifenfirma am Ende, die Esskultur sponsorte. Was gewiß eine gute Sache war, aber im Ernstfall sollte man die Kirche im Dorf lassen, dachte Dao in einer Art Gedankensprung. Das hieß, es kam ihr mit jeder weiteren Minute immer unverhältnismäßiger vor, sich von einer solchen Institution ihr Leben als Köchin vorschreiben zu lassen. Natürlich war diese Auszeichnung eine echte Ehre, eine Würdigung ihrer Qualität als Küchenchefin und zweifellos wirtschaftlich ein Umsatzbooster. Es gab viel Positives an dem Stern, aber das Negative überwog im Augenblick für sie.

Sie schrak aus ihren Gedanken, als direkt vor ihr ein Auto mit quietschenden Reifen abbremste. Für einen Moment dachte sie, daß es witzig wäre, wenn die Reifen von *Michelin* wären. Sie hatte oft solche Assoziationen, wo sie die verschiedenen Ebenen der Wirklichkeit zusammenmixte. Die Beifahrertür ging auf und eine junge Frau wurde vom Fahrer hinausgeschubst. Sie landete mit den Ellbogen zuerst auf der Straße. „Scheiß Nutte!", hörte sie den Mann sagen, ehe er mit seinem Kompaktwagen mit Kavalierstart losfuhr.

Dao merkte sich die Autonummer. Das Mädchen rappelte sich auf. Sie war im Teenageralter, höchstens siebzehn, vermutete Dao. Minirock, Bolerojacke, ihre Gestalt anorektisch dünn. Ihre Haare waren zu Rastazöpfchen geflochten. Sie stand praktisch direkt vor ihrer Windschutzscheibe, ihr Gesicht war schmal, aber recht hübsch. Sie wirkte müde und apathisch.

Dao klopfte von innen gegen die Scheibe. Das Mädchen schrak zusammen und starrte sie von draußen an. Dao stieg aus und fragte besorgt: „Hey, brauchst du Hilfe?!" Die junge Frau schüttelte verstört den Kopf und wandte sich zum Gehen. Ihr aufgeschürftes Knie blutete. Dao rief: „Warte. Du blutest!" Sie blieb stehen und drehte sich um und musterte Dao für einen Moment aufmerksam. Dann erwiderte sie: „Das ist doch nur ein Kratzer." Dao sagte: „Vielleicht. Ich hab mir die Nummer gemerkt. Ich kann dich zur nächsten Polizei fahren, das war Körperverletzung!" Die Frau schüttelte den Kopf: „Keine Polizei! Dann bin ich ja noch mehr am Arsch."

Da diese Straße normalerweise zum Revier des Straßenstrichs gehörte, Prostitution jedoch während des Lockdowns verboten war, kombinierte Dao schnell, daß die junge Frau sich offenbar nicht an das Verbot gehalten hatte und im Zweifelsfall daher jeden Kontakt mit der Polizei meiden würde. Dao sagte: „Okay, ich glaube, ich verstehe."

Sie machte eine Geste zum blutverschmierten Knie und fügte hinzu: „Ist ziemlich aufgeschürft. Ein Paradies für Bakterien. Ich hab Verbandszeug. Kannst dich kurz ins Auto setzen, wenn du willst und dann verarzten wir das schnell." Das Straßenmädchen warf ihr einen mißtrauischen und flackernd unsicheren Blick zu. Dao stutzte: „Keine Angst! Ich will dir nicht an die Wäsche! Will dir wirklich nur helfen!"

Sie schaute an ihrem Knie herunter und befühlte es. Sie schien etwas Vertrauen zu fassen. „Na gut", sagte sie leise. Dao lächelte und sagte ermutigend: „Wie heißt du denn? Ich bin Dao!" Sie streckte die Hand aus. Die junge Frau ergriff sie zögernd, ihr Händedruck war sehr flüchtig, ihre Stimme fast flüsternd: „Lisa."

Dao schob den Beifahrersitz weit nach hinten, so daß Lisa die Beine ausstrecken konnte, als sie sich reinsetzte. Aus dem Kofferraum holte sie den Erste Hilfe Kasten. Sie rupfte eine der transparenten Verpackungen auseinander und reichte Lisa ein Feuchttuch. „Damit kannst du die Wunde abwischen. Und dann kommt das rauf!" Sie zeigte ihr einen Wundschnellverband. Mit der beigefügten Schere schnitt Dao links und rechts zwei Auskerbungen in das große Pflaster, so daß es keine Falten werfen würde, wenn es um das Knie gelegt wurde. Lisa beobachte sie und fragte: „Bist du Ärztin oder so?"

Dao erwiderte: „Köchin. Verletzungen sind Alltag in der Küche." Sie hockte außen neben der Beifahrertür und drückte jetzt das Wundpflaster vorsichtig um das Knie. „Was ist denn eigentlich eben passiert?", fragte Dao; aus spontanem Taktgefühl heraus immer noch neben dem Auto kniend, um nicht auf Lisa herabzusehen. Dann überlegte sie es sich anders. „Warte, ich komm auch rein!"

Nachdem sie wieder vorne am Steuer saß, sagte Lisa emotionslos: „Ein kranker Typ. Hat mir ein Video gezeigt, auf seinem Handy, was er alles mit mir machen will. Ans Bett fesseln, würgen. Hab gesagt, das mach ich nicht. Schon gar nicht für nur hundert Euro. Dann ist er sofort ausgerastet. Egal, passiert halt." Dao bemerkte: „Klingt ja richtig Scheiße. Was ist denn mit Schule oder Ausbildung?"

„Mach ich ja, muß ich ja. Bin im Jugendnothilfeprogramm. Betreute WG mit anderen Mädels." Dao schwieg für einen Moment. Wenn Leute echte Probleme hatten, war der Grat zwischen seriösem Interesse und abstoßendem Mitleid oft ein schmaler. Das Beste war wie immer, daß man auch selbst ehrlich reagierte und dadurch menschliche Augenhöhe herstellt. Also fragte Dao: „Und dann treibst du dich trotzdem hier rum?" Lisa zuckte die Achseln: „Was soll ich machen? Ein *iPhone* kriegts du nicht geschenkt."

Dao bemerkte, daß Lisas Hände auf ihrem Schoß leicht zitterten. Sie berührte sie kurz am Arm und fragte: „Was ist?" Lisa machte eine abwertende Geste. „Nichts. Nur leicht unterzuckert." Sie fischte aus ihrer Handtasche eine angebrochene Tafel Schokolade, brach einen Riegel ab und biß hinein. „Du auch?", fragte sie.

Dao schüttelte den Kopf. „Danke. Ist das dein normales Essen?" Lisa antwortete achselzuckend: „Ist mir nicht so wichtig. Wenn mir zittrig ist, eß ich halt irgendwas. Currywurst, Schokolade, Banane. Was gerade geht, egal. Ich würde lieber sterben als fett werden."

Dao betrachtete für eine Weile schweigend Lisas Gesicht. Ihr geschminktes Gesicht konnte die Pickel ihrer unreinen Haut nicht völlig kaschieren. Ihre Augen trafen sich. „Was?", fragte Lisa trotzig. Dao lächelte. „Sorry. Ich denk nach. Dann starre ich manchmal Leute an. – Fett wirst du sicher nicht. Aber alt so auch nicht. Deine Hände zittern ja immer noch. Wann hast du denn das letzte Mal richtig was gegessen?"

Lisa erwiderte: „Keine Ahnung. Vor einer Woche glaub ich, Pizza vom Lieferservice. Ich hol mir gleich einen Döner dahinten." Dao wiederholte:„,Pizza', ,Lieferservice'. Der letzte Scheiß also." Lisa antwortete: „War eigentlich lecker, sogar mit Schinken und Pilzen." Dao behielt den Gedanken für sich, daß Schinken auf Pizzen meistens aus billigem Formfleisch bestand und die Pilze vermutlich aus der Dose kamen, – klassisch nährwertarmes Junkfood.

Ihr kam eine verrückte Idee, die sofort ihre Stimmung aufheiterte. Dao bemerkte gutgelaunt: „Siehst du das Restaurant da drüben?" Lisa folgte Daos Blick und nickte desinteressiert. Dao tippte freundschaftlich auf Lisas Arm: „Da gehen wir jetzt rein und ich brate dir das beste Steak deines Lebens. Trotz Mitternacht, aber du hast bestimmt Hunger, tief drinnen. So kann das ja nicht weitergehen mit dir!" – „Da arbeitest du?!", fragte Lisa erstaunt. „Ist sogar mein Laden, komm!"

Beide stiegen aus dem Auto, Lisa blieb zögernd stehen, statt Dao zu folgen. Dao lächelte ihr zu: „Komm schon! Eine so schlechte Köchin bin ich wirklich nicht!" Lisa lächelte das erste Mal, sie schien sich einen inneren Ruck zu geben und ging dann mit Dao gemeinsam über die Straße zum Restaurant.

Dao schloß die Tür auf, der Gastraum vor der Fensterfront war durch den Lichtschein der Straßenlaternen von draußen indirekt ein wenig beleuchtet. Sie zeigte auf die rustikalen Holztische: „Such dir einen Platz aus. Willst du was trinken?! Aber Licht lassen wir besser aus. Sonst ruft noch jemand die Corona-Polizei. Keine Angst, privat bewirten ist erlaubt, aber wir müssen ja keine schlafenden Hunde wecken." Lisa sagte leise: „Cola vielleicht, mit einem Schuß Rum?" Dao nickte. „Okay, Lady!"

Vor einer Woche hatte Dao, obwohl der Lockdown im vollen Gange war, bei einem Brandenburger Landwirt, der japanische Wagyurinder züchtete, probeweise mehrere aromaversiegelte Entrecôte-Steaks bestellt. Es war das teuerste und edelste Rindfleisch der Welt, fettmarmoriert und superzart. Sie wollte damit herumexperimentieren und schauen, wie es sich mit den Aromen der Thaiküche vertrug. Und sie hatte die Idee gehabt, daß sie mit solchen, sehr teuren Produkten die ewig nörgelnden Gourmets ruhigstellen konnte. Denn es war erstaunlicherweise oft so, daß je mehr die Leute für einen Teller bezahlten, es ihnen dann meistens mehr schmeckte, sie umso unkritischer wurden.

Der teure Preis schien für manche neurotische Seelen das beste Gewürz zu sein. Aber weil sie in den letzten Tagen ihre Haltung grundlegend überdacht hatte und letztlich zum Entschluß gekommen war, daß sie für normale Leute zu normalen Preisen kochen wollte, waren diese hochpreisigen Steaks für ihre Küche inzwischen etwas deplatziert. Jetzt eines der kostbaren Teile für ein Mädchen von der Straße zuzubereiten, war mehr nach ihrem wahren Geschmack.

Außerdem war es eine Art spiritueller Test für sie selbst: War sie jenseits ihres Images als coole Köchin mit Bodenhaftung tatsächlich noch innerlich frei und konnte spontan jemanden bekochen, wenn ihr danach zumute war? Oder hatte sie schon jene typische und menschlich verdorbene Neurose von Profis entwickelt, die in ihrem Metier, welches auch immer, ohne Honorar keinen Finger mehr rührten? Sie nahm sich vor, Lisa später zu fragen, ob sie noch normal mit jemanden Sex haben konnte, seitdem sie einmal Geld dafür genommen hatte. Sich für frei und lebendig zu halten, war einfach. Es zu sein, viel schwieriger. Zumindest in dieser Stadt.

Sie füllte routiniert zerdrückte Limettenspalten, Eiswürfel, Rum und Cola in ein Longdrinkglas und brachte es zu Lisa an den Tisch. Sie sagte: „Steak dauert nicht lange, ich geh schnell in die Küche! Machs dir gemütlich!" Lisa erwiderte: „Kann ich zuschauen? Ich hab noch nie jemanden richtig kochen gesehen außer im Fernsehen. Meine Mutter hat immer nur Tiefkühlgerichte oder was aus der Dose gemacht." Dao sagt überrascht: „Echt? Klar!" Lisa nahm ihr Glas mit Cuba Libre und folgte Dao in die professionelle Küche, wo die Chromflächen der Ablagen und Geräte glänzten. „Krass sauber. Wie beim Arzt!", kommentierte sie.

Dao holte aus dem Kühlschrank das vakuumverpackte Entrecôte heraus. Sie öffnete die Verpackung und zeigte Lisa das dicke Stück Fleisch. „Dein Glückstag heute." – „Sieht aus wie Marmor." – „Ja, eine ausgeprägte Fettmarmorierung. Vom Wagyu Rind. Schon mal gehört?" Lisa schüttelte den Kopf.

„Haben die wenigsten. Kommen ursprünglich aus Japan. Langsame Mast, keine Wachstumshormone und Antibiotika. Der Legende nach bekommen sie vom Bauern sogar Bier zum Frühstück und werden mit Musik berieselt, täglich liebevoll massiert, um durch diese Wellnessbehandlung umso zarteres Fleisch zu liefern."

Lisa lachte. „Könnte ich ja fast neidisch werden!" – „Ja, fast. Wer will schon in der Pfanne enden." – „Enden tun wir doch alle irgendwie." – „Stimmt auch wieder. Laß uns anfangen." Dao setzte eine gußeiserne Grillpfanne auf den Herd und machte die Gasflamme an. „Wird eine schnelle Nummer. Eigentlich müßte man das gute Stück nach dem Kühlschrank erst auf Zimmertemperatur runterbringen. Aber das dauert jetzt zu lange."

Während die Pfanne heiß wurde, ging Dao in die Vorratskammer und kam mit einer Packung Toastbrot, einem Büschel Rukola, einer Limette und ein paar Tomaten zurück. Sie legte alles ab, lachte: „Berliner Thaiküche. Magst du die Tomaten und die Schalotte schneiden?" Lisa nickte zustimmend. Dao sagte: „Super! Dann mach ich jetzt das Fleisch. Ist für den Salat ein Thaidressing okay für dich? Mit Fischsauce, Chilis, Limetten?" – „Oh, ich probier immer gerne alles aus!", erwiderte Lisa. Als sie ein Messer in die Hand nahm, um das Gemüse zu schneiden, realisierte Dao angenehm überrascht, daß Lisa zunehmend von der Körperhaltung her ihre Schüchternheit verlor. Auch als sie jetzt eine Frage stellte, war ihre Stimme nicht mehr so leise und vernuschelt wie zuvor: „Warum bist du eigentlich so nett zu mir?"

Dao legte das tellergroße Steak auf die aufgeheizte Grillpfanne, es begann sofort zu zischen und zu brutzeln. Sie lachte und antworte nach einer Pause: „In Bangkok, wo ich aufgewachsen bin, würde man so eine Frage nie stellen. In Thailand akzeptiert man das Leben, wie es ist und so daherkommt, hinterfragt nicht dauernd alles wie hier im Westen. Besonders Berlin ist darin schlimm! Lächelst du jemanden an, denken die hier gleich, du willst Sex oder auf jeden Fall irgendetwas." Lisa erwiderte: „Aber das ist doch meistens genau so!" – „Du meinst also, ich bin vielleicht lesbisch?" Lisa zuckte unschlüssig die Schultern, machte aber ein Gesicht, als sei dies durchaus möglich.

Dao sah kurz nach dem Steak und stellte die Gasflamme etwas kleiner. Sie sagte: „Natürlich nicht. Aber wenn du wissen willst, warum ich dich eingeladen habe, verstehe ich das auch irgendwie. Wir sind ja nicht in Bangkok hier." Sie lachte und fuhr fort: „Es ist ganz einfach. Ich bin gerade dabei, die Lust am Kochen zu verlieren. Seitdem ich einen *Michelin*-Stern bekommen habe, das ist so eine internationale Auszeichnung für Köche, rennen mir plötzlich Leute die Bude ein, die mich nur noch nerven."

Lisa bemerkte etwas scharf: „Klar weiß ich, was Sterne bei Köchen sind. Bin doch nicht vollblöd, nur weil ich anschaffen gehe. Dumm fickt wenigstens gut, so denken echt viele." Dao machte eine entschuldigende Geste: „Sorry, so meinte ich das nicht." Lisa erwiderte: „Schon gut. Aber wow! Das ist doch geil mit dem Stern!"

Dao nickte: „Dachte ich auch zuerst. Aber jetzt erwarten die Gäste, nicht alle, aber doch ziemlich viele, daß alles immer superperfekt ist. Und nicht nur das: Außergewöhnlich muß es auch noch sein. Und dazu kommen dann völlig bescheuerte Vorstellungen vom Service. Immer lächeln, selbst wenn Gäste zum Kotzen sind. Ein simples, aber superleckeres Thaicurry auf einem einfachen Teller mit einer Schale Reis daneben und vielleicht einem kühlen Bier, das geht plötzlich gar nicht mehr. Dabei gibts kaum was Bessres. Aber das verstehen nur Leute, die eine echte Esskultur haben. Und die haben Deutsche leider gar nicht. Das ist alles so aufgeblasen hier. Sterne, Fernsehshows, Wettbewerbe, aber normal gut kochen und essen, das ist so was von jenseits des Horizonts."

„Hä? Und deswegen haust du jetzt ein Steak für mich in die Pfanne? Richtig verstehen tue ich das immer noch nicht." Dao lächelte kurz. „Ist ja auch etwas seltsam. Aber eigentlich auch wieder gar nicht. Klar, du gehst auf den Strich und hast einen Haufen Probleme. Aber das ist doch die wirkliche Welt. Und in der und für die will ich kochen. Und ja, um zu sehen, ob das nicht nur dummes Gelaber von mir ist, hab ich dich jetzt spontan eingeladen. Ich bin echt froh, daß du hier bist! Und du bist mir nichts schuldig! Außer einem guten Appetit."

Dao befühlte mit den Fingerspitzen das Steak. „Medium Rare ist hoffentlich okay für dich?!" Lisa machte ein zweifelndes Gesicht: „Was heißt das?" – „Weder durchgebraten noch blutig: zart und saftig." – „Hört sich gut an." – „Muß noch ein paar Minuten ruhen, ich mach schnell den Rest!"

Lisa beobachtete, wie Dao mit flinken Händen Toastbrotscheiben in die noch heiße Grillpfanne legte, Limettenhälften mit der Faust auspreßte, diesen Saft mit Fischsauce mischte, eine Chilischote und Knoblauchzehe kleinhackte. Alle Zutaten kamen in eine sonnengelbe Schüssel, deren Rand eine ungewöhnliche Asymmetrie in der Höhe hatte. Eine handgemachte Keramik aus Japan, ein Land, wo wahre Perfektion und Schönheit in den Künsten traditionell darin gesehen wurde, dezente Unvollkommenheiten als Zeichen der Lebendigkeit zu akzeptieren, statt zu kaschieren.

Dao schien alles gleichzeitig zu machen, so schnell agierte sie. Sie drehte die Toastscheiben in der Pfanne um, schnitt das Steak in fingerdicke Streifen, gab Rukolablätter und die von Lisa dünn und akkurat geschnittenen Tomatenscheiben und Schalottenringe zum Dressing in der Schüssel und vermischte mit den Händen alles gründlich. Auf Lisas erstaunten Blick bemerkte sie lachend: „Instant Corona-Salat! Scherz! Sind sauber! Privat mixe ich Salat lieber so, mit Vollkontakt."

Auf zwei weißen Tellern richtete sie mit routinierten Bewegungen an: In die Mitte häufte sie den angemachten Salat, über den sie geröstete und zermahlene rohe Reiskörner streute; darauf legte sie dann die gebratenen Streifen vom Wagyurind und platzierte an den Rand das warme Toastbrot, das sie großzügig mit Olivenöl beträufelte. Sie lächelte und nahm die beiden Teller: „Komm, setzen wir uns im Gastraum ans Fenster. Und kannst du mir einen Weißwein mitbringen?" Sie machte eine Geste zum Kühlschrank.

Sie saßen sich im dunklen Restaurant am Fenster gegenüber. Passanten gingen draußen vorbei, ohne sie zu bemerken. Lisa aß schweigend, manchmal nahm sie einen tiefen Schluck Rum-Cola aus ihrem Glas. Dao wußte aus ihrer Erfahrung als Köchin, daß es eines der schönsten Zeichen von Zufriedenheit war, wenn Gäste statt zu reden nur aßen. Die Stille am Tisch wirkte dann niemals krampfig oder abgestumpft, wie etwa bei verblühten Paaren, die sich nichts mehr zu sagen hatten, sich aber trotzdem noch einen Platz für zwei im Restaurant reservieren ließen.

Sie sagte: „Freakig, im Dunkeln zu essen, weil Gaststätten nicht geöffnet haben dürfen und auf die nächtliche Straße zu schauen. — Warum ich's auch noch gut finde, daß du hier bist: Wegen des Lockdowns hab ich kaum mehr spontane Kontakte. Soziale Netzwerke und das ganze virtuelle Zeugs zähle ich jetzt nicht. Alles Menschliche ist plötzlich so durchgeplant. Und dann die Masken, die anonymisieren zusätzlich. Überall auf der Welt sind die Leute gerade so panisch drauf."

Lisa legte die Gabel aus der Hand, sie hatte noch ein paar Bissen auf dem Teller. Über ihr Gesicht liefen jetzt Tränen. Sie sagte nichts, ihr Blick war gesenkt. „Hey, was ist los?", fragte Dao und legte ihre Hand besorgt auf Lisas Arm. Lisa lächelte schwach: „Eigentlich nichts. Aber ich habe noch nie, ich schwör, so ein super Fleisch gegessen. So voll zart und lecker. Ganz anders als Döner oder Hamburger. Und so was hat noch nie jemand für mich gemacht." Sie wischte sich ihre Tränen mit der Hand ab.

Dao lächelte sie an. „Freut mich, daß du das Besondere herausschmeckst. Es schmilzt fast im Mund, stimmt. Dann besteht bei dir total Hoffnung auf Besserung!" Lisa schüttelte den Kopf und spießte einen letzten Streifen vom Wagyu-steak auf. „Ach, so was kann ich mir doch sonst niemals leisten. Und selbst richtig Braten könnte ich es sowieso nicht. Aber krass cool von dir, mir das zu servieren, danke!" Dao winkte ab. „Schon okay. Obwohl das wirklich tolles Fleisch ist, aber man kann auch mit normalen Produkten tolle Sachen machen. Sonst würden wir ja alle verhungern." Lisa erwiderte, wieder mit mutloser Stimme: „Du kannst das bestimmt, aber ich kann nichts wirklich gut. Außer vielleicht Sex, da bin ich ganz gut. Sagen die meisten Typen jedenfalls." Sie lachte verbittert.

Dao schwieg und betrachte nachdenklich Lisas schmales Gesicht, das völlig überschminkt war und einen zu verhärteten Ausdruck für ihr jugendliches Alter hatte. Lisa fügte leise hinzu: „Tut mir leid. Wollt mich nicht mit Rumjammern bedanken." Dao sagte: „Jammern ist anders. Außerdem stimmt das gar nicht, daß du nichts gut kannst. Und das ist kein blöder Witz, was ich jetzt sage. Ich hab hunderte von Leuten Tomaten schneiden sehen, in der Ausbildung, als Ausbilderin, privat und professionell. Die aufmerksame Art, wie du sie in feine Ringe geschnitten hast, also keine simplen Viertel oder unförmige Würfel oder irgendein Mischmasch, – auch bei der Schalotte, für eine Amateurin ist das ziemlich gut. Du hast Gefühl für Zutaten, das ist schon mal was eher Seltenes." Lisa lächelte überrascht. „Echt? Manchmal mache ich mir schnell einen Salat. Da habe ich mir das angewöhnt. Schmeckt irgendwie besser, wenn's besser aussieht."

Dao lachte. „Willkommen im Club. – Kennst du Konfuzius?" – „Das ist doch so ein alter Chinese, von ganz früher?" – „Von sehr viel früher, lebte vor 2500 Jahren. Gibt einen Haufen weiser Sprüche von ihm. Einer geht ungefähr so: Gib einem Mann – oder Frau oder Divers, wir leben ja in sprachlich völlig bescheuerten Zeiten – einen Fisch und du ernährst ihn einen Tag lang. Lehre ihn fischen und du ernährst ihn für sein Leben." Lisa verzog das Gesicht und nahm einen Schluck aus ihrem Rum-Cola Glas. „Der hätte anders gequatscht, wenn er in Berlin zwei Hartz 4-Alkis als Eltern gehabt hätte. Wenn ich von der Schule nach Haus kam, lag meine Mutter meistens noch besoffen im Bett. Und abends schlug und fickte mein Vater sie, auch total zugeballert. Da denkt man nicht mehr an Ausbildung und Zukunft, an Fische und weise Schlitzaugen. Ich wollte nur noch weg. Das bin ich dann auch. Auf die Straße."

„Da kann ich kaum mitreden. Meine Eltern waren vergleichsweise besser drauf. Diplomaten halt. Jedenfalls, als ich dich so die Tomaten habe schnippeln sehen, dachte ich plötzlich – und sorry für Konfuzius, ich bin manchmal mental zu crossovermäßig, da kann dann kein normaler Mensch mehr folgen – , also, daß ich dich gerne öfter in meiner Küche sehen würde! Auf gut Deutsch: Wenn du willst, kannst du hier eine Ausbildung machen!?"

Lisa stellte ihr angehobenes Glas mit einer harten Bewegung wieder auf den Tisch. Sie erwiderte fassungslos: „Was? Ich? Hier?" – „Genau du, genau hier!", bekräftigte Dao und sah sie mit einem aufmerksamen Blick an. Es war eine Bauchentscheidung und sie war sich keineswegs sicher, ob Lisa die nötige Reife, das hieß, die Disziplin für eine Berufsausbildung als Köchin hatte. Aber ihre Art, wie sie vorhin die Tomaten geschnitten hatte, war voller Konzentration und auch mit einer gewissen Schnelligkeit verbunden. Das war ein vielversprechender Mix und daß sie auf die Zartheit des Steaks sofort positiv reagiert hatte, mochte sie sonst auch noch in vielem ein völlig verpeilter Teenager sein.

„Ich weiß gar nicht, was ich sagen soll", erwiderte Lisa und fuhr sich aufgewühlt und nervös mit der Hand durch die Haare. Dao lächelte: „Einfach nur Ja oder Nein! Das würde schon reichen." – „Aber warum denn ich? Echt wegen meiner Tomatenscheiben? Das kann doch jeder Idiot." – „Erstens, das stimmt nicht. Und zweitens, vielleicht noch wichtiger für mich: Du bist direkt vor meine Füße aus einem Auto gestoßen worden. Mitten in der Nacht. Ich glaube nicht an Zufälle, sondern an Karma. Klar, ich komm ja auch aus Bangkok. Wäre ich aus Berlin, hätte ich wahrscheinlich die Polizei oder den Jugendnotdienst gerufen." Dao lachte ihr fröhliches Lachen.

Lisa schaute Dao an, das erste Mal länger und direkt. Sie sagte leise: „Gut, ich probier's." Dao streckte ihre Hand über den Tisch aus: „Super, du hast Mut!" Lisa drückte Daos Hand kurz und schüchtern. „Aber ich sollte jetzt besser los. Morgen früh ist Online-Schule, ich will nicht zu verpennt sein. Die haben mich eh schon auf dem Kieker. Die schmeißen einen aus der WG raus, wenn man zu viel schwänzt oder Scheiße baut." – „Diese Jugendnotdienst WG?" – „Ja." – „Ich kann ja mal mit denen reden. Wenn die wissen, daß du einen Ausbildungsplatz sicher hast, behandeln die dich bestimmt besser." – „Ach, mußt du nicht, geht schon. Wann würde ich denn anfangen?" – „Sofort, wenn der Lockdown zu Ende ist." – „Krass cool!"

Dao fragte: „Wo ist denn deine WG?" –„Weißensee." – „Oh, das ist weit weg. Komm, ich fahr dich schnell!" Lisa erwiderte ungläubig: „Echt?!" Dao lachte: „Na klar! Wenn schon – denn schon! Außerdem, noch bin ich ja nicht deine Chefin, das wird natürlich in Zukunft nicht vorkommen. Aber fünf Minuten brauch ich noch, ich muß schnell was erledigen." Lisa nickte, sie sagte zögernd: „Hab noch nie so einen Menschen wie dich getroffen. So total nett." Dao zog eine Grimasse: „Weil du nicht oft aus Berlin rausgekommen bist, schätze ich. Hier sind so viele von sich selbst besessen. Bin gleich wieder zurück!"

Dao ging in die Küche und holte aus dem Werkzeugkasten in der Abstellkammer einen Kreuzschlitzschraubendreher mit Holzgriff und einer Klinge aus Chrom Vanadium Stahl. Sie fühlte mit den Fingerspitzen über die schwarz gehärtete Spitze. Es war ein vertrauenerweckend robustes Teil, genau das, was sie jetzt brauchte. Sie verließ die Küche und das Restaurant. Draußen am Eingang blieb sie stehen. Sie lächelte Lisa zu, die am Fenster saß und sie bemerkt hatte. Dann schaute sie auf das rote, an die Hausfassade neben dem Schaukasten mit der Speisekarte geschraubte *Michelin*-Schild. Normalerweise war der Kasten nachts beleuchtet, aber wegen des Lockdowns jetzt nicht. Es war auch keine Speisekarte darin, sondern ein Topf mit prächtig dichter Petersilie und einer kleinen Schriftbotschaft: „See you soon again!"

Dao musterte die Kreuzschlitz-Schraubköpfe an den vier Ecken der *Michelin*-Plakette. Innerlich hatte sie sich schon längst entschieden, aber die äußere Umsetzung ihrer Gedanken, die praktische Tat, erforderte noch einmal einen neuen Schub an psychischer Energie. Es war nur noch eine Mutfrage, keine des vernünftigen Abwägens mehr. Mit Entschlossenheit setzte sie den Schraubendreher an, drückte mit ihrem Körpergewicht gegen die fest zugedrehten Schrauben und löste eine nach der anderen aus ihren Dübeln. Als sie alle lose hatte und sie mit der Hand freidrehen konnte, tat sie es und nahm das Schild ab. Lisa hatte sich stumm beobachtend dazugesellt und bemerkte jetzt: „Du bist ja echt krass drauf!"

„Weißt du, der Freier bei dir vorhin, der dir das brutale Pornozeug gezeigt hat und das dann mit dir machen wollte und dann ausgerastet ist, weil du keinen Bock drauf hattest, ganz genau so sind auch viele ‚normale' Gäste im Restaurant. Hast du einen Stern, denken die plötzlich, jetzt können sie dich aber richtig ficken, so, wie sie das immer schon mal wollten. Oder im Fernsehen irgendwo gesehen haben. Die denken echt, für schlappe 150 Euro Menü können sie dich zum Sklaven machen. All das, was zuhause bei denen nicht stattfindet: Geschmack und Stil, das sollst du denen jetzt liefern. Auch noch günstig. Keine Lust mehr! Irgendwann werde ich dann nämlich auch wie du aus dem Auto geschmissen. Symbolisch zwar nur, aber trotzdem. Darauf kann ich echt verzichten."

„Aber ohne Stern kommen doch bestimmt weniger Leute", sagte Lisa skeptisch. „Wenn du gut kochst, nicht. Kommen andere

Gäste, jedenfalls Gäste ohne diese überkandidelten Erwartungen. Leute wie du. Du bist mein neuer Stern!" Dao zeigte auf den Schraubendreher und das Schild: „Ich bring das schnell rein und dann fahr ich dich nach Hause!"

# Mozart in Berlin

Wenn die Räder eines Flugzeuges beim Starten die Bodenhaftung verlieren, dann mag es für die entspannten oder verkrampften Passagiere Minuten später vielleicht sogar Champagner geben, nur eines im Augenblick gewiß nicht mehr: ein Zurück. – In einen ähnlich unaufhaltsamen Steigflug geriet Oliver Sterns Bewußtsein jetzt, als die Streichinstrumente lautstark und mit explosivem Schwung den wuchtigen Melodiefetzen des Konzertanfangs durch den ersten Takt peitschten, und schon in diesen Sekunden alle kleinlichen Zweifel, nicht nur in der Musik, hinweggefegt schienen.

Weil das kleine, aber unwiderstehlich an die Ohren anbrandende Orchester – als würden Meeresgewalten in einem See toben – mit diesem Beginn in Allegro und Forte nicht nur Temperament, sondern unmißverständlich auch geballte musikalische Macht demonstrierte, wirkte es um so mutiger, daß jetzt das Piano alleine einsetzte, mit selbstbewußt zarten Klängen das kaum halbgeborene Thema übernahm, von Anfang an mithalf, es als ein unverschämt wohlklingendes Kind, mit Genen aus Es-Dur, in die Welt zu bringen.

Angesichts des jubilierenden Rudels der Streicher, deren vereinigte, von Hörnern und Oboen unterstützten Bemühungen nicht nur Gemeinschaft und Harmonie, sondern auch Gruppenzwang und Gleichschaltung verkörpern konnten, war das sofortige und in aller Nacktheit sich Zeigen des Klaviers keine Kleinigkeit: Schnell verwandelte sich Individualität in Isolation, und wie im Tierreich, bei Wölfen beispielsweise, bestand für eine unangepaßte Solostimme immer das Risiko, bei irgendwie falschen Tönen von der Herde, vom Orchester tot- oder fortgebissen, zumindest übergangen zu werden.

Aber so wie ein Einzelner in einer Menschenmenge nicht untergehen muß, sondern gewillt sein kann, sich mit allen seinen Mitteln in der Masse lebendig zu behaupten, so waren auch die rasiermesserscharf genauen, die anmutig perlenden und berückend unbekümmerten Tastenklänge des Pianos keine Demutsgesten der Unterwerfung, sondern verströmten ein ansteckendes Gefühl von klingender Freiheit und wärmten schon in diesen ersten beschwingten Takten über das Gehör das Herz.

Unwillkürlich hätte Oliver beinahe, voll von aufgewühlter Begeisterung, das Gaspedal bis zum Anschlag durchgedrückt, es als Taktstock mißbrauchend. Doch unterdrückte er den Impuls in seinem Fuß, schließlich befand er sich nicht auf leerer Autobahn, sondern auf einer von den Nachzüglern des abendlichen Berufsverkehrs belebten Berliner Straße kurz vor einer Ampelkreuzung.

Vom immer, Minute um Minute Aufmerksamkeit fordernden Straßengeschehen abgesehen, einer oft unerfreulichen disharmonischen Angelegenheit aus Aggression und Stillstand, einem explosiven Gemisch aus Bewegungsmangel und psychischer Raserei, verhinderte auch die Tatsache, daß er einen Fahrgast im Taxi hatte, daß er öffentlich arbeitete statt privat zu genießen, jede völlige Hingabe an die Musik wie etwa im Konzertsaal oder Zuhause. So wirkte Oliver trotz seiner inneren Erregung nahezu unbewegt, nur seine Fingerspitzen trommelten rhythmisch, zuckten minimalistisch auf dem Lenkrad herum.

Ein wacher Zeitgenosse hätte vielleicht den intensiven Schimmer in seinen Augen bemerkt und diesen äußeren Abglanz von Lebensfreude möglicherweise mit der gehörten Musik in Verbindung gebracht. Aber der Mann auf dem Beifahrersitz schien zu betrunken, auf eine dumpfe, selbstbezogene Weise, so daß trotz der körperlichen Nähe zu Oliver keinerlei teilnehmende Funke von Person zu Person übersprang. Was dem Chauffeur, der sich für seine Kunden meistens genau sowenig interessierte wie sie für ihn, es waren im Laufe der Jahre einfach zu viele geworden, durchaus recht war. Zudem stank der Fahrgast Thomas Krüger, ein Mittdreißiger mit ungesund blaßer Haut und hängenden Schultern, erbärmlich nach altem Schweiß und Bier. Zumindest auf den ersten Blick eine trostlose, Einsamkeit ausdünstende Erscheinung, die bei Oliver distanziertes, statt neugieriges Mitleid erzeugte. Er war kein Engel, fremdes Elend ging ihm manchmal nur auf die Nerven.

Ein weiterer Grund, warum Oliver seinen Nebenmann nicht beachtete, war paradoxerweise ein Vertrauensbeweis. Routinemäßig checkte Oliver Fahrgäste in den ersten Minuten auf mögliche Gefährlichkeit hin ab und als eine bisher noch nie widerlegte Faustregel hatte sich erwiesen, daß Leute, die auf die Musik, die in moderater Lautstärke aus den Boxen seines Taxis tönte, nicht negativ reagierten, auch sonst keinen Streit suchten. Insbesondere klassische Musik, die er oft hörte, schien die Gabe zu besitzen, schlummernde Aggressionen sofort herauszukitzeln. Als würden Menschen mit Wut im Bauch kein Geigenadagio ertragen können, ohne die Beherrschung zu verlieren. Eine Bestätigung für die volkstümliche, doch deswegen nicht falsche Meinung, daß echte Musik und was war klassische Musik letztlich anderes als durch Generationen weitergereichte echte Musik, immer ans Herz ging, Gefühle auslöste; ins Unterbewußtsein der Leute eindrang und demzufolge, wenn es dort armselig und gewalttätig aussah, genau diesen seelischen Zustand sofort widerspiegelte, psychisch fast in Lichtgeschwindigkeit.

Eine dafür typische Szene, entspannt begleitet von Vivaldis „Sommer" aus den „Vier Jahreszeiten", hatte sich so abgespielt: Ein angetrunkenes und angeschmuddeltes Pärchen um die vierzig, weit jenseits irgendwelcher Jugendträume, geschlagen und angegraut mehr vom Alltag als vom Alter, war nachts eingestiegen. Der Mann schwieg düster, die Frau führte angriffslustig das Wort: „O Gott! Was ist denn das?! Davon krieg ich Kopfschmerzen! Haste nicht richtige Musik?" – „Und was wäre das für dich?!", hatte er deutlich nachgefragt. Gegen Leute, die derart aggressiv duzten, mußte man sofort mit stimmlicher Präsenz gegenhalten, sonst wurde sie aller Erfahrung nach mit jeder Minute immer dreister, durchaus bis hin zu unangenehmen Handgreiflichkeiten wie auf seine Schulter oder sogar auf seine Schenkel zu klopfen.

„Na, *Energy,* oder wie der Sender heißt! Und gib mehr Gas, Mann! Wir wollen heute noch nach Hause!" Oliver fuhr laut Tacho bußgeldmäßig bereits am Limit, er schüttelte den Kopf. Verärgert, aber noch höflich sagte er: „Keine Rallye, schneller gibt's nicht." – „Mach wenigstens Powermucke an! Nicht dieses Gejaule. Klingt echt wie Katzenkacke!" Die durch lebenslanges Rauchen und Trinken heisere Stimme hatte unweiblich gekreischt wie eine rostige Kreissäge.

Als professionelle Antwort hatte er solange am Radio herumgedreht, bis ein populärer Oldie aus ihrer Jugendzeit das verhärtete Herz der Frau erweichte und sie plötzlich begeistert mitgrölte: „The night belongs to lovers ..." Es war nicht sein Job, über Musik mit seinen Fahrgästen zu streiten, sondern sie an den Ort ihrer Wahl zu befördern. In irgendeiner spröden Richtlinie einer Funkgesellschaft war sogar schriftlich niedergelegt, daß man als Fahrer dem Musikgeschmack der Kunden Rechnung zu tragen habe, Kassetten oder CDs sowohl für „Klassik" als auch „Pop" mit sich führen und auf Wunsch spielen solle.

Eine unauffällige Verordnung, die aber deutlich zeigte, welche Wertschätzung Musik im zeitgenössischen Deutschland jenseits des Starrummels erfuhr: keine besondere. Sie schien oft nur Mittel zum Zweck, eigentlich eine Art emotionale Pille, Aspirin für die Ohren, jenseits des Nutzens ohne eigene Bedeutung zu sein, ein fast schon inflationäres Gut. Wohingegen es schwer vorstellbar war, daß irgendwo in einem Taxiknigge geschrieben stehen könnte: „Passen Sie bitte Ihre politische Meinung (rechts, links, liberal, extremistisch) immer den Wünschen der Fahrgäste an." Dazu waren in der heutigen Gesellschaft die demokratischen Instinkte, im Unterschied zu den musischen, noch zu lebendig und intakt. Aber vielleicht führte fehlende musikalische Identität auch irgendwann zu fehlender Identität überhaupt. Schließlich war Musik von allen Künsten am stärksten mit dem Unbewußten verbunden; wurde diese Verbindung entwertet, waren Menschen seelisch recht schwerpunktlos und manipulierbar.

Es waren jedenfalls diese Momente, in denen Oliver am Radio „seine" Musik wegdrehte oder wegdrückte oder wegschaltete und stattdessen die Hörerwünsche seiner Kunden befriedigte, wo er sich wirklich wie eine ziemlich billige Nutte vorkam, die für ein paar kleine Scheine gleich ihre Persönlichkeit mitverscherbelte. Aber was sollte er machen? Für das Geld der Leute mußte er im Zweifelsfall auch ihre Musik ertragen, auch wenn es seinem manchmal empfindlichen Naturell eher entsprechen würde, Fahrgäste wie eben beschrieben, sofort auf die Straße zu setzen. Aber es entsprach nicht der angespannten Geschäftslage, in der jeder Fahrgast besser als gar keiner war. Er mußte sich beherrschen, er mußte manchmal ein zutiefst falsches Lächeln zeigen und er tat es.

Aber es gab umgekehrt auch die angenehmen musikalisch-menschlichen Momente, in denen das versonnene Zuhören mancher Fahrgäste sofort ein wortloses, obwohl den nüchternen Umständen entsprechend nur locker geknotetes Band von Sympathie knüpfte. Eine Frau etwa, mit den müden Augen einer Nachtarbeiterin, die sich um drei Uhr morgens mit mißmutigem Gesicht auf den Rücksitz fallen ließ, entspannte sich plötzlich im ganzen verkrampften Körper, als sie in der Fassung für Geige und Piano den traurigschönen Ohren- und Seelenschmeichler „Ave Maria" von Bach und Gounod hörte. Für den Rest der Fahrt, auch als das Radioprogramm zu Bruckners schroffen und endlosen Klangbergen wechselte, lehnte sie schweigsam in den Kunststoffpolstern, die Wange an der kühlen Fensterscheibe, die Augen geschlossen. Zuhause angekommen, hatte sie sich mit einem Lächeln und den Worten verabschiedet: „Super Musik! Ich halt öfter Ausschau nach Dir!"

Daß schließlich die Trinkgelder bei klassischer Musik im Vergleich zu allen anderen musikalischen Richtungen und ihren entsprechenden Radiosendern am höchsten ausfielen, war ein angenehmer Nebeneffekt von Olivers Geschmack; allerdings dürfte diese für Berliner Verhältnisse untypische Großzügigkeit seiner Kundschaft nüchtern betrachtet mehr auf der physiologisch oft entspannenden Wirkung von Melodien und Harmonien beruhen als auf echter musischer Begeisterung. Ähnlich wie manche Kühe, auf der Alm beschallt mit Musik von Mozart, einem Gerücht zufolge mehr Milch als gewöhnlich geben sollten. Wie ja auch Oliver soeben unter dem gleichen Einfluß, Klavierkonzert Nummer 9 in Es-Dur, „Jeunehomme", beinahe deutlich mehr Gas gegeben hätte.

Während die Akkorde der Streicher sein Hirn und Gehör, seine Nerven- und Psychobahnen pflügten, wie eine Schule Wale durch die wortlosen Tiefen der Musik schwammen, geriet Oliver beim zügigen Heranfahren an die Kreuzung Invaliden/ Chausseestraße, seine Ampel zeigte Grün, von einer Zehntelsekunde zur nächsten in einen hellwachen und amusischen Ausnahmezustand. Trotz des akustischen Abdriftens seiner Gedanken und Gefühle aus der unmittelbaren Gegenwart hatte sein Überlebensinstinkt als Autofahrer ununterbrochen wie ein Radar, auch in den Augenwinkeln, den Verkehr auf ungewöhnliche Umstände abgesucht.

So konnte er wenigstens noch ein bißchen reagieren, als sich jetzt ein entgegenkommender Linksabbieger, ein Kleinwagen, statt zu warten, bis Oliver vorbeigefahren war, plötzlich selbstmörderisch in Bewegung setzte und mit grell blendenden Scheinwerfern auf direkten Kollisionskurs ging. Oliver trat auf die Bremse und riß das Steuer herum; womit er zwar den Zusammenstoß nicht mehr verhindern konnte, das war unmöglich, aber sowohl seine verringerte Geschwindigkeit als auch der flachere Aufschlagswinkel sorgten für einen vergleichsweise abgemilderten Crash.

Es krachte dennoch fürchterlich, als der Kotflügel des Taxis die Beifahrertür des anderen Autos schräg rammte und das harte Blech, als sei es aus mürber Pappe, so tief eindrückte, daß jede dort sitzende Person zerquetscht worden wäre. Olivers nicht angeschnallter Fahrgast flog beim Aufprall gegen die Frontscheibe, deren Verbundglas statt zu splittern, an der Stelle, wo die Stirn aufschlug, sich weißlich eindellte und von diesem Zentrum her ein Spinnennetzmuster aus haarfeinen Rissen erzeugte.

Oliver, der sich im Taxi nie anschnallte, um bei aggressiven Kunden nicht wie gefesselt zu sein oder zu wirken, konnte sich, auch weil er den Unfall Sekundenbruchteile vorher mit seiner Körperhaltung vorwegnahm, am Lenkrad abstützen. Selbst völlig unversehrt galt sein erster prüfender Blick dem Fahrgast, der mit blutüberströmtem Gesicht langsam von der Windschutzscheibe zurück in den Sitz sank. Eine Platzwunde, der viele Alkohol hatte das Blut des Trinkers verdünnt und ließ es schneller aus der Wunde fließen; es sah schlimmer aus als es war, vermutlich höchstens eine Gehirnerschütterung, dachte Oliver und stieg aus, um nach dem Fahrer des gerammten Autos zu sehen.

Es war eine Fahrerin und sie stand völlig abwesend, offenbar unter Schock, vor ihrem kleinen, zum Schrotthaufen deformierten Stadtwagen. Ein älterer Passant, etwas aufdringlich mit seinem Handy fuchtelnd, rief ihm zu, daß die Polizei und die Feuerwehr benachrichtigt seien.

Oliver betrachtete den zerborstenen Kotflügel und die einer verkrümmten Wirbelsäule gleich verzogene Karosserie des Taxis. Er empfand keine Traurigkeit angesichts des schweren Sachschadens, es war nur ein Auto, diese Art von Blech war nicht für die Ewigkeit gemacht. Was ihn allerdings erstaunte, war die Robustheit der Technik, der Lebenswillen der Elektronik, die Widerstandskraft des jetzt bewegungslosen Schrotts: Aus den Boxen im Innenraum tönten ohne jede Verzerrung, als wäre draußen gar nichts passiert, die innig vibrierenden Piano-Kadenzen am Ende des ersten „Allegro"-Satzes. Auch der jetzt das Solo abschließende Tasten-Triller, nahtlos gefolgt von den wieder auftrumpfenden Violinen des Orchesters, war in makelloser Reinheit zu hören. – Er hatte einmal eine einbeinige junge Frau, mit einem Turnschuh von *Nike*, in den Metroschächten von Paris gesehen, die angenehm anzuhören Querflöte spielte. Diese gleiche Art von robuster, auch in äußerer Versehrtheit lebendige Seele strahlte das Auto aus, dessen Musikanlage mit ihrem verkabelten Innenleben nicht einmal einen Wackelkontakt abbekommen hatte.

Oliver holte den Erste-Hilfe-Kasten aus der hohlen, in der Mitte der Rückbank einklappbaren Armlehne heraus. Er riß ein Verbandspäckchen auf und drückte dem teils wohl benommenen, teils noch betrunkenen Fahrgast das sterilisierte Tuch auf die blutende Stirn. Er schaltete den Taxameter aus und sagte: „Leider Endstation. Macht sechsundzwanzig zwanzig."

Es war das letzte halbe Jahr vor der europäischen Währungsumstellung. Wie auf Bankauszügen und vielen Rechnungen bereits üblich, wurde auch auf dem Taxidisplay in kleineren Ziffern der ungefähr halbierte Betrag in Euro angezeigt. Solange allerdings die neue Währung nicht durch reales Geld in den Händen beglaubigt war, gab es niemanden, im Taxi schon gar nicht, der echtes Interesse daran zeigte. Ähnlich wie die fast märchenhaften Dukaten oder Taler aus uralten Zeiten, war der Euro, weil noch abstrakt in der Zukunft gelegen, für die alltägliche Gegenwart so irreal, wie es bald die Deutsche Mark sein sollte, die in der Vergangenheit versinken würde. In gewißer Weise ähnelte dieser von der Gegenwart geblendete Vorgang der Liebe, wo auch fast immer die Heutige die Einzige zu sein schien.

Er hatte kurz gezweifelt, ob er den Fahrpreis angesichts des Unfalls tatsächlich einfordern sollte, sich dann aber dafür entschieden. Der Mann war nicht schwer verletzt und Oliver fuhr nicht zum Spaß oder als lieber Samariter Säufer durch die Nacht nach Hause. Verglichen mit dem Unfall, der auch weniger glimpflich hätte ausgehen können und der das plötzliche Sterben mitten im Leben als Möglichkeit aufscheinen ließ, mutete der Betrag läppisch gering und bedeutungslos an. Doch charakterisierte diese Mischung aus Lebensgefahr und Erbsenzählerei Olivers Job, möglicherweise sogar sein Leben; jede Tour zählte, anders bekam er seine Miete nie zusammen.

Thomas Krüger nestelte schweratmend sein Portemonnaie aus der Gesäßtasche, den Verband auf die Stirnwunde pressend und reichte Oliver einen verschwitzt feuchten und sofort vom Blut an seinen Händen beschmierten Geldschein. Oliver stopfte den Papierlappen ohne Zögern in seine Börse und gab das Restgeld in die blutige Hand des Mannes zurück. Er hatte ähnlich wie Mitglieder anderer Berufsgruppen, etwa Ärzte oder Klofrauen, kaum Berührungsängste oder hysterische Aversionen vor den Körpersäften fremder Mensch. Schweißfeuchte Geldscheine waren zwar auch ihm zuwider, wirklich ekelhaft fand er aber eher andere Dinge: großkotzige Fahrgäste zum Beispiel. Wie Schönheit kam auch wahrer Abscheu letztlich von innen.

Thomas machte keinerlei Anstalten, nach dem Bezahlen das Taxi zu verlassen. Aufgrund der Verletzung verständlich, dachte Oliver, ohne zu ahnen, daß der Mann nicht auf das Eintreffen des

Notarztes wartete, sondern mit allen seinen Sinnen, schockartig vom Suff ernüchtert, der Musik lauschte.

Schon Minuten vor dem Unfall, als das einsam und wie unter klarem Himmel spielende Klavier vom lang gehaltenen Ton eines Waldhorns, fern und farbenprächtig wie ein Regenbogen, geküßt wurde, war Olivers Kunde innerlich wie gebannt gewesen. Der Klang dieses Blechblasinstruments, wenn sauber und mit Gefühl gespielt, war für ihn einer der schönsten überhaupt. Aber diesmal wühlten ihn weniger die durch die ungreifbare Luftsäule erzeugten Schwingungen von Sehnsucht und Stolz auf, sondern eine durch diese Musik ausgelöste, aus völliger Vergessenheit hochschießende Erinnerung setzte seine Seele unter Strom, erzeugte auf seinen Armen, von ihm selbst unbemerkt, eine Gänsehaut.

Sein inneres Auge sah eine Altbauwohnung Mitte der Siebzigerjahre; im Kinderzimmer hämmerte er als Junge im Alter von zehn Jahren mit seinen kleinen Fäusten verbissen auf einen zwischen Decke und Boden gespannten Boxball ein. Feine Staubkörnchen tanzten friedlich im warmen Sonnenlicht in der Luft; manchmal ging sein Blick zum Fenster hinaus, kein Hinterhof engte die Sicht ein, Schäfchenwolken zogen über den Frühlingshimmel. Hinter ihm hörte er die Stimme seiner Schwester: „Tommi! Hör mal kurz auf!" Erschöpft ließ er seine Arme sinken und drehte sich um. Er war völlig außer Atem. Als er antwortete, hechelte er etwas. „Was denn los?!"

Seine Schwester Anna, ein gutes Jahr jünger, stand im Türrahmen. Sie hielt ihre billige, aber geliebte Geige am Hals fest; beiläufig und vertraut, mit der gleichen Natürlichkeit hätte sie auch ein Kätzchen im Arm halten können, das Instrument paßte zu ihr wie zu einem Zimmermann ein Hammer. Sie lächelte ihm zu und sagte: „Hör mal genau hin!" Sie klemmte die Geige unters Kinn, ihr Gesicht wurde durch Konzentration ernst. Nach einer sich sammelnden Sekunde strich sie mit dem Bogen entschlossen über die Saiten: Jiiiii! jii-jii-jii-jii -jiii!

Anna schaute ihn an: „Und jetzt kommt das Klavier alleine, die anderen, die Streicher machen Pause: Da-dang-dang-dang-da-daa-da-da-dang-dang. – Und jetzt wieder alle zusammen ..." Anna setzte den Bogen, den sie als schwungvollen Taktstock für den imaginären Klavierpart benutzt hatte, auf die Saiten und spielte erneut los: Jiiiii! jiii-jii- ii-jii -jiii! Sie hielt kurz inne: „Und jetzt wieder kurz Geklimper und dann ..." Es folgte eine auch Thomas' Gehör bezirzende Melodie, in der sich zunächst abgehackte und dann verschmelzende Töne wunderbar vermischten.

Ihn ein bißchen lobeshungrig anstrahlend fragte sie: „Wie findest du's?!" Es klang in seinen Ohren gar nicht schlecht, aber ehe er antworten konnte, wurde seine Aufmerksamkeit von ihrem Stiefvater abgelenkt, der im Flur hinter seiner Schwester mit wutverkniffenem Mund auftauchte. Er packte Anna an den Schultern und schüttelte sie grob. „Kannst du wenigstens heute dieses Scheißgefiedel lassen!" Anna erstarrte verkrampft.

Der Stiefvater, verglichen mit anderen Erwachsenen ein eher schwächlicher Mann von knapp dreißig Jahren, aber natürlich viel kräftiger als jedes Kind, wandte sich ohne Mitgefühl ab. Er zeigte jetzt – nachdem ihre Mutter vor einigen Wochen mit ihm Schluß gemacht hatte und er heute den Rest seiner Sachen aus der Wohnung holte, Kleinkram, der in einer Reisetasche Platz hatte –, sein wahres, sein rücksichtsloses Gesicht. Mit dem Ende der Beziehung zur Mutter war auch die letztlich nur formale Freundlichkeit den Kindern gegenüber überflüssig geworden.

Thomas war von der plötzlichen Rohheit des Exfreundes ihrer Mutter verunsichert. Er ging zu Anna, die zitternd ihre Geige umklammerte. Er stupste sie mit seinem roten Boxhandschuh an. „Mir hat's gefallen!", sagte er leise. In den Augen seiner Schwester leuchtete zwischen Tränen Zorn auf. „So gemein ist der Typ!", schluchzte sie auf.

Aus den Boxen im Wohnzimmer dröhnte ohne jede Vorwarnung und laut der Sound elektrischer Gitarren herüber. Ihr Stiefvater – aufgrund der Trennung von der Mutter inzwischen eigentlich schon: Exstiefvater – hatte die Nadel des Plattenspielers einfach auf die LP fallen lassen, mitten in einen Popsong hinein, mehr eine Demonstration von Macht und Aggression, ein übles Gemisch, als Wunsch nach Musik. Die Kinder hörten, wie der Mann sofort den Text mitsang, brüchig grölend wie ein Fußballfan im Stadion, offensichtlich hatte er eine seiner Lieblingsscheiben aufgelegt: „Please allow me to introduce myself ..."

Anna hielt sich die Ohren mit beiden Händen zu, dabei mit ihnen gleichzeitig die Geige und den Bogen festhaltend, was für Thomas einen lustigen Eindruck machte. Dann schien ein Ruck durch ihren Körper zu gehen, sie war jetzt weniger verletzt als wirklich zornig. „Der kann mich mal!", sagte sie zu ihm. Sie legte wieder die Geige an, ging ein paar Schritte in den Flur und musizierte los, forte, mit finsterem Gesicht. Es war die gleiche Melodie, die sie eben noch voller Grazie ihrem Bruder dargeboten hatte und die sich nun in einen lautstarken, auch etwas unsauber gespielten Protest verwandelte.

Obwohl jetzt deutlich weniger von der puren Musik beseelt, klang immer noch Mozarts stärkstem Wind und Wetter trotzende, leicht überirdische Schönheit aus Annas Spiel heraus. Die Ehrlichkeit und Offenheit, die Reinheit ihres Zorns verband sich trotz ihres unreinen Spiels mit der Reinheit der Musik. Um Annas kleinen Körper flogen jene durch emotionale Energie freigesetzten Photonen der Seele herum; ein innerer Funkenschlag, der nicht wesentlich aus Geschicklichkeit kam, den kein musikalischer Virtuose oder Perfektionist jemals würde erzeugen können, weil man dafür nicht endlose Stunden des Übens brauchte, sondern nur den einen mutigen Moment der Wahrheit: das eigne, das wahre Gesicht zu zeigen.

Thomas spürte diese Energie instinktiv und hörte Anna jetzt im Unterschied zu vorher wirklich gebannt zu; so erstaunt und fasziniert wie manchmal, wenn er statt alltäglichem Wolkensalat am dunkel bedrohlichen Himmel beginnendes Gewitter beobachten konnte.

Dem Exstiefvater fehlte jegliches Gespür für solche authentischen Empfindungen. Er reagierte auf Annas erneuten Klänge, indem er die Hi-Fi-Anlage im Wohnzimmer weiter aufdrehte, deutlich jenseits gewöhnlicher Zimmerlautstärke. Die Wohnung dröhnte unter den Bässen, es war so laut, daß sogar das kleine hölzerne Segelschiff auf Thomas' Nachttisch zu vibrieren anfing.

Eine Violine und sei es auch eine preiswerte, konnte es allerdings mühelos mit diesen Lautsprecherboxen aufnehmen; und Anna zögerte nicht, den Bogen jetzt ebenfalls an der in den Ohren stechenden Schmerzgrenze über die Saiten streichen zu lassen. Die nicht mehr lieblichen, sondern durch die verbissene Art des Spielens jetzt herrschsüchtigen Geigentöne – ein durchdringendes: Jiii-jiii-jiii-Jiiii-jiiii-jiiii-jiiii! – vermischten sich mit dem Lied auf der Schallplatte, vom Sänger pathetisch vorgetragen: „I killed the Tsar and his ministers, Anastasia screamed in vain ..."

Auch die sonst friedliche Nachbarschaft wurde jetzt unruhig: Die alte Dame in der Wohnung unter ihnen, erbost über die Störung der Mittagsruhe, stieß, vermutlich mit einem Besenstiel, mehrmals gegen ihre Zimmerdecke.

Der ziemlich zynische Popsong und die Tatsache, daß ein Erwachsener die Gefühle eines Kindes mit Verachtung behandelte; und schließlich die jede Entspannung unterbindende Lautstärke, – es war diese Bündelung, diese mißgünstige Dissonanz der Dinge, die mittlerweile eine nicht nur fürs Gehör unangenehme, sondern auch eine seelisch wie vergiftete Atmosphäre erzeugte, die sich in der Wohnung bis in alle Ritzen breitmachte.

Instinktiv wunderte Thomas sich jedenfalls nicht so sehr, als der Exstiefvater aus dem Wohnzimmer in den Flur geschossen kam. Er stierte mit kleinen wütenden Augen Anna an, eine Büchse Bier in der Hand. Das Gebräu schwappte über seine Finger, als er mit aller Macht losbrüllte und dabei versuchte, sowohl die Schallplatte als auch die Violine zu übertönen: „Du bescheuerte Kuh! Du bist unmusikalisch wie ein Scheißhaufen! Wenn du nicht sofort aufhörst!" Der ehemalige Stiefvater machte eine drohende Bewegung mit seiner freien Hand, die er zur Faust geballt hatte.

Anna spielte unvermindert, mit einem für ein Kind erstaunlich höhnischem Gesichtsausdruck weiter. Sie hatte jenen Zustand des wilden und angstlosen Trotzes erreicht, wo übelste Drohungen nicht mehr schreckten, weil sie kaum mehr wahrgenommen wurden. In einem seelischen, unbewußten Sinn ging es für Anna bereits um Leben und Tod, ihre Musik oder ihr Verstummen nämlich. Und so hatte sie gefühlsmäßig gar nichts zu verlieren, es gab keine Wahl mehr für sie, außer als auf Teufel komm raus, inzwischen fortissimo, weiterzumachen. Das spürte sie, ohne es zu verstehen.

Als der Exstiefvater sie anschrie, von so nah, daß sie seinen alkoholisierten Atem riechen konnte, daß feine Spucktröpfchen aus seinem Mund sie von oben bespritzten, presste sie nur ihre Lippen etwas fester aufeinander. Aber sie wich weder mit ihren kleinen Füßen irgendeinen Zentimeter auf dem Flur zurück, noch mit ihrer zarten bogenführende Hand irgendeine Note von der Melodie ab. Ihr Trotz, der im Augenblick die einzige ihr mögliche Offenbarung von ihrem Charakter war, hielt dem Druck stand.

Woher diese Aggression kam, wogegen Anna in Wirklichkeit allerdings anfiedelte, entzog sich jedoch dem Augenschein und somit auch jedem einfachen Verständnis. So wie ein Vulkanausbruch das Ergebnis eines langen unterirdischen Prozesses war, den Verschiebungen und Verwerfungen der Erdkruste geschuldet, kaum aus sich selbst heraus erklärbar, so waren auch psychische Eruptionen selten nur Zeichen von vergänglichen menschlichen Launen; sondern wiesen auf innere Störungen, Verstrickungen und Dramen hin, die sich mit ähnlicher Zwangsläufigkeit im Unterbewußtsein abspielten und irgendwann ihre sichtbaren Konsequenzen hatten wie das Driften der Kontinentalplatten in der äußeren Welt.

So hatte es Anna nicht allein mit der schlechten Laune eines jähzornigen erwachsenen Mannes zu tun, der von einer Frau verlassen worden war. Was unangenehm genug hätte sein können. Sondern sie spielte gegen einen lang zurückliegenden Vorfall im Leben ihres Exstiefvaters an, der in seinem Kopf periodisch Trübsinn und Wahn erzeugte; und sein inneres Wesen mit jener Bitternis versetzte, die so typisch für einen Menschen war, dessen

Seele wie ein vergessener Fisch zu lange in einer Marinade aus altem Haß und alter Enttäuschung hatte überleben müssen.

Auch er hatte als Junge Violine gespielt; heimlich allerdings nur, wenn sein Vater, dem das Instrument gehörte und der eifersüchtig und bissig wie ein Kettenhund darüber wachte, daß niemand anderer als er selbst an diesem kostbaren Knochen nagte, auf Arbeit war. Seine Mutter, eine für damals recht typische, nicht berufstätige Hausfrau im Nachkriegsdeutschland, hatte mit Bauchschmerzen, aber aus Liebe zu ihrem Sohn beide Augen zugedrückt, wenn er den Geigenkasten aufklappte und die Violine herausholte.

Die Angst vor dem Zorn des Vaters schwang – menschlich bösen Obertönen gleich – bei seinen schüchternen, aber von Leidenschaft getragenen Spielversuchen immer in den Wohnräumen mit. Denn die ausgesprochene, mit Prügeln eingebläute Regel in der vom Mann beherrschten Familie, die einem Gesetz gleichkam, lautete, daß nur der Vater das Instrument berühren durfte. Wenn schon Berühren verboten war und Schläge oder Peitschenhiebe mit dem Ledergürtel nach sich zog, ließ sich ungefähr ermessen, welches Sakrileg erst das Spielen, die intensivste Form des Berührens, bedeuten mußte.

Unbefangen nachvollziehbar war diese Tabuzone oder Bannmeile um die Violine allerdings nicht; denn weder war der Vater Berufsmusiker, der vom unversehrten Wohl seines Instruments existentiell abhängig war, noch war das Instrument selbst besonders empfindlich oder wertvoll. Es war alles andere als eine Stradivari. Es war eine schlichte und robuste Hobbygeige, deren Klangcharakter überhaupt keinen Schaden nahm, wenn zur Abwechslung ein völliger Anfänger, sei es auch ein Kind, den

Bogen führte. Zumal das Spiel des Vaters gewaltsam und nicht schön zu nennen war, so daß die Mutter, wann immer eheliche Musik drohte, wenn sie konnte, das Weite suchte.

Dieses Verbot um die väterliche Geige, die ein Verbot an eignem Musizieren einschloß, auf welchen Instrumenten auch immer – „zu laut!" oder „die Nachbarn!" Oder „du bist doch völlig unbegabt!", lauteten die fast gehässig vorgetragenen Gründe – war allerdings kein harmloser Spleen, keine verschrobene Macke des Vaters. Dazu war die Angst des Sohnes viel zu real und beklemmend. Eine Angst und Heimlichkeit, die zu völlig unnatürlichen Handlungen führten. Etwa manchmal dazu, daß er nach seinen Spielversuchen die Saiten wieder genau auf den disharmonischen Klang zurückverstimmen mußte, den sie sie vorher besaßen, damit sein Vater nichts merkte. Es schulte natürlich sehr das Gehör, war aber alles andere als eine wahre Freude.

Doch selbst damit hätte der Sohn noch leben, seine Liebe zur Musik überleben können, denn seine Leidenschaft fürs Spielen hielt sich mit der Angst vor väterlicher Entdeckung ungefähr die Waage. Aber diese labile seelische Balance, gewonnen aus einer instinktiven und emotionalen Anpassung an die Umstände, an seinen Vater, den und die er als Kind ja nicht ändern konnte, wurde eines Nachmittags, als dieser früher von der Arbeit nach Hause kam, mit einem Schlag und bis heute wirksam zerstört.

Es war ein Faustschlag. Wie ein Roboter, steif im Gang und maskenhaft unbewegt im Gesicht, kam sein Vater ins Zimmer marschiert, wo der Sohn stand, zu Tode erstarrt vor Angst und mit der Geige am Kinn. Unbeherrscht brutal, wie sonst nie, wenn er seinen Sohn prügelte, es waren bisher immer kühl verabreichte Züchtigungen gewesen, riß er ihm die Violine aus der Hand und schlug dem kleinen Jungen seine erwachsene grobknochige Faust ins Gesicht; so daß ein Schneidezahn abbrach und das Blut bis auf die aufgeschlagenen Notenblätter der „Geigenschule für jedermann" spritzte. Als der Sohn zu Boden stürzte, trat sein Vater noch einmal nach, der Tritt mit dem Lederschuh brach eine seiner Rippen.

Diesem mitleidlosen Ausbruch von Gewalt war die seelische Kraft des Kindes nicht mehr gewachsen, seine Liebe zum Musizieren und damit eng verbunden, seine Neigung für klassische Musik, erlosch in jenem Augenblick für immer. Es war eine Art seelischer Mord, den der Junge erlebte; und den er nur in den innersten Eingeweiden spürte, ohne zu verstehen; ganz ähnlich einem jungen Reh, das, vom Wolf gerissen, instinktiv weiß, daß es stirbt. Und diese psychische Verwüstung trug der Junge von damals nun mit sich herum, sein ganzes Leben lang, falls kein Wunder geschah.

Jenes Verhalten des Vaters, derart von Brutalität geprägt, ließ sich kaum mehr als harmlose Neurose, als nur etwas extreme Beziehung zur Musik oder zu seiner Geige betrachten. Den Bereich des menschlich Verständlichen hatte er mit seiner auch inneren Rohheit an diesem sonnigen Nachmittag im Sauerland verlassen. Er befand sich deutlich im Bereich des Unklaren, Aufgewühlten, Verworrenen, Gewalttätigen, Grausamen – und, wenn man darunter die tiefe Unempfindlichkeit gegen fremdes Leid verstand, durchaus im Reich des Bösen.

Wie es ihn in dieses zwischenmenschlich völlig unfruchtbare Niemandsland verschlagen hatte, dürfte kaum leicht nachzuvollziehen oder zu erzählen, nicht einmal zu phantasieren sein. Kein Mensch wurde schließlich mit purem Haß im Herzen geboren.

Mit Trieben, mit dem Wunsch zu überleben, mit Begabungen und oft komplementären Behinderungen erblickten alle das Licht der Welt, aber nicht als bereits völlig vom Bösen besessene Horrorbabys. Dies als wahrscheinlich vorausgesetzt, dürfte gelebte Grausamkeit reines Menschenwerk sein, ein das Leben vergiftendes und vermutlich noch lange auszuhaltendes Psychosozialprodukt, angesiedelt irgendwo im weiten Feld zwischen schlechter Erziehung und Erbsünde.

Denn auch im Leben des Vaters des Exstiefvaters des Taxikunden von Oliver gab es ein Mitgefühl und sogar Musik verbrennendes Ereignis, mit dem die Weichen für eine lange Reise in psychische Finsternis gestellt wurden. – Auch wer als differenzierter, also intelligenter Mensch weit davon entfernt ist, an monokausale Ketten zu glauben, der Vielschichtigkeit des Lebens ins Auge blickt und eine intellektuelle Abneigung davor hat, nur *ein* Ereignis als ursächlich für weitere zu sehen, dürfte dennoch nicht umhinkönnen, die Existenz solcher besonderen Ereignisse zu akzeptieren. Weil sie einem auf Schritt und Tritt in Menschengestalt begegnen: Jede Geburt ist ein solches folgenreiches Ereignis, beispielsweise.

Der Ort, wo sich der Vater ereignismäßig in diesem Sinne die Infektion mit dem Bösen zuzog, war idyllischer kaum möglich zu denken: eine Sommerlaube im Berlin der vorigen Jahrhundertwende. Eine gar nicht so lang verflossene Zeit, nur ein paar nachvollziehbare Generationen zurück, wo man draußen in der Natur vielleicht die Grillen zirpen, aber mit Sicherheit keine Handys fiepen hören konnte. Dort und damals war es jedenfalls, als der Vater des Exstiefvaters als kleiner Knirps im Garten der Laube unter einem knorrigen Apfelbaum saß und unbekümmert in eine

Mundharmonika blies. Sie war etwas angerostet, er hatte sie am Morgen neben der Landstraße im verschlammten Graben gefunden. Beim ersten neugierigen Ausprobieren, in seinem Zuhause gab es keine Musikinstrumente, hatte er plötzlich einen Regenwurm zwischen seinen Zähnen gehabt, der im Gehäuse herumgekrochen war. Aber er war kein zimperlicher Junge, er hatte ihn ausgespuckt und durch Zufall gleich einen schönen reinen Ton geblasen.

Jetzt unter dem Apfelbaum war er fasziniert von dieser neuen Welt der Klänge, die er selbst jede Sekunde neu erzeugen konnte. Oft laut und immer selbstvergessener verschmolz er mit seinen Versuchen und überhörte die mehrmals und immer wütender ausgestoßenen Schmährufe seines Großvaters: „Gib endlich Ruhe, du kleiner Scheißer!" Dem die Gartenlaube gehörte und der auf der kleinen Veranda in einem vielfach geflickten Sessel dösende Mittagsruhe pflegte, flankiert von einem alternden, aber noch recht scharfen Jagdhund.

Der Junge hörte nicht hin, sein Bewußtsein, mehr noch sein Unbewußtsein war zu gefangen vom eignen Spiel; im Grunde von der Musik als solcher, wie simpel und unbedarft und manchmal unangenehm disharmonisch die Mundharmonika an seinen Lippen auch klingen mochte. Seine plötzliche selbstbezogene Versunkenheit war umso bemerkenswerter, als daß er sonst ein folgsamer Knabe war. Für ein Kind ein wenig zu vernünftig fast, den niemand lange bitten mußte, und der auch unangenehme Notwendigkeiten klaglos erledigte, sei es das Plumpsklo leeren oder Trinkwasser eimerweise aus dem entfernten Brunnen holen.

Ob es diese ungewohnte Unzugänglichkeit des Jungen für Weisungen war – fehlende Folgsamkeit, Ungehorsam bedeutete im damaligen steril-strengen Erziehungswesen eher Charakterschwäche als Ichstärke; ob es die dauernde Ruhestörung, ob es das Spielen eines Musikinstruments, ob es vielleicht sogar der Widerschein von echter Freude im Gesicht des Jungen war, – irgendetwas im Verhalten des Jungen, in seiner Erscheinung, möglicherweise in seiner nur unbewußt wahrzunehmenden Aura reizte die offenbar angegriffene Psyche des Großvaters derart, daß er auf eine völlig unverhältnismäßige Weise die Fassung verlor und plötzlich seinen Hund auf den Jungen hetzte: „Faß! Fritz, faß!"

Der Rüde, abgerichtet und artgerecht, rannte zum unterm Apfelbaum arglos hockenden Jungen, schmiss ihn um und, als dieser instinktiv abwehrend seinen Arm hochriss, fügte er ihm mit einem Biß eine fast bis auf den Knochen klaffende Fleischwunde zu. Der Junge schrie auf, weit mehr vor Schock als vor Schmerzen, die dennoch heftig genug waren und als er den großen Hundekopf mit den erneut bleckenden und von seinem Blut geröteten Zähnen über sich bewußt realisierte, stieg lähmende Angst in ihm auf. Der Großvater kam, auf seinen Stock gestützt, hinzu.

„Siehst du, unverschämter Bursche! Wer nicht hören will, muß fühlen!" Der alte Mann bückte sich ächzend und löste unsensibel mit gichtigen Fingern die Mundharmonika aus der blutverschmierten und verkrampften Hand des Jungen. Mit dem kleinen Instrument ging er zurück zur Veranda, nahm dort das Beil, das bei sonstiger Gelegenheit zum Holzhacken fürs Lagerfeuer benutzt wurde und zerschlug mit dem stumpfen Ende das musikalische Fundstück. Er sammelte die zerquetschten und zersplitterten Teile ein und ging wieder zum Jungen, der unter dem Apfelbaum immer noch vom Hund bedroht wurde und sich nicht rührte.

Der Großvater warf ihm die schäbigen Reste aus Metall und Holz, die als Ganzes eben noch Musik möglich gemacht hatten, ins Gesicht und sagte kühl: „Das wird dir eine Lehre sein!" Zum Hund gewandt, bemerkte er sanft, auf eine vergleichsweise widernatürliche Weise liebevoll: „Laß Fritz, laß, das reicht!"

Daß für den Jungen nach diesem Erlebnis Musik und Musizieren ihre Unschuld verloren hatten, und daß die sich selbst überlassenen, bösartigen psychischen Wucherungen dieses Traumas sich in den nächsten dreißig Lebensjahren dahingehend entwickelten, in der Unversehrtheit und eigentlich Unberührbarkeit eines Musikinstruments, seiner Geige im konkreten Fall, schon einen Selbstzweck zu sehen, dürfte kaum verwundern. Ebenso wenig, daß seine natürliche, aber nie ausgedrückte Kinderwut über seinen sadistischen Großvater, die im Laufe der vielen Jahre zu vergorenem und unklarem Haß mutiert war, sich schließlich als unbeherrschtes Gewaltgewitter über seinem eignen Sohn entlud.

Daß auch dieser einen scharfen Hund auf einen wehrlosen Jungen hetzende und Musikinstrumente zerstörende Großvater solche aggressiven Gene nicht von Geburt an im Blut hatte, daß sein psychisches Lebenselixier nicht von allem Anfang an aus menschlich vergifteten Stoff gekeltert war, daß auch er einst im Stand der Unschuld sich befunden haben mußte, ließ sich vermuten. Gewiß hatte auch er sein musikmordendes Erlebnis; wahrscheinlich ebenfalls in der Kindheit, denn dort wurde bei den meisten die Software fürs weitere Schicksal konfiguriert, dort wurde die Psyche als Diktatur oder als Demokratie oder als Königreich vernetzt, als Modell entweder von zukünftiger Toleranz oder Intoleranz. Dieses imaginierte, unbekannte, aber wahrscheinliche Erlebnis in der Kindheit des Großvaters, das sein inneres Leben vermint und gefährlich für andere gemacht hatte, dürfte ungefähr in der Mitte des neunzehnten Jahrhunderts stattgefunden haben.

Aber hier bricht die zugängliche Überlieferung ab, auf deren Informationen die Darstellung der bisherigen Episoden sich stützte; mündlich erzählte Geschichten zumeist, deren Wahrheitsgehalt weniger auf Nachprüfung als auf Nachvollziehbarkeit beruht. Im Falle der Kindheit des Großvaters des Vaters des Exstiefvaters des Taxikunden von Oliver beginnt also die Dunkelheit des Vergessens sich über alle Erinnerungen zu legen, das schauende Bewußtsein schließt in diesem dämmrigen Nachtlicht, das durch die Ferne der Zeit erzeugt wird, langsam die Augen.

Doch fällt nach diesem Exkurs in die Vergangenheiten dafür mehr Licht auf jene beklemmende Begebenheit, an die sich der Mann im Taxi beim Hören des Klavierkonzerts von Mozart erinnerte. Wie der vor Wut zitternde Exstiefvater im Flur der Altbauwohnung vor seiner kleinen Schwester Anna stand, die verbissen und zornig die Violine spielte, eben das Thema aus dem „Jeunehomme" Klavierkonzert. Während vom Wohnzimmer her die *Rolling Stones*, deren weniger Freiheit als Freizügigkeit demonstrierenden Bandmitglieder zu den bewunderten Superstars der damaligen Generation und Zeit gehörten, mit „Sympathy for the devil" aus den Boxen dröhnten.

Möglicherweise dem gleichen unkontrollierten Impuls aus verdrängter Wut, verdrängtem Schmerz folgend, der schon seinen Vater veranlaßt hatte, ihm die Faust ins Gesicht zu schlagen, weil er unerlaubt und überhaupt Violine gespielt hatte, griff der Erwachsene grob in den Stoff von Annas T-Shirt und schmiss sie mit Wucht gegen den Türrahmen. Das stürzende Mädchen schrie auf, instinktiv versuchte Anna, ihre Geige zu schützen, indem sie ihren Arm beim Fallen hochhielt. Was nichts nützte, denn sie war nicht darauf gefasst, daß der Exstiefvater mit einem nachsetzenden Tritt die Geige wie einen Fußball aus ihrer schützenden Hand trat, so daß das Instrument quer durch das Kinderzimmer ihres Bruders an die gegenüberliegende Wand geschleudert wurde, wo es mit angebrochenem Hals auf dem Boden liegen blieb.

Thomas, der inzwischen wieder auf seinen Boxball eingedroschen hatte, sah, wie seine Schwester den Geigenbogen wie eine Peitsche über das Gesicht des Exstiefvaters schlug, rasend vor kindlichem Zorn; und der Junge sah weiterhin, wie der Erwachsene, offenbar vom angestauten Wahnsinn durchdrungen und ohne jedes Gefühl für irgendeine Verhältnismäßigkeit mehr, mit der Faust zurückschlug.

Wie einst sein Vater bei ihm selbst, so schlug er seiner ehemaligen Stieftochter damit einen Schneidezahn aus dem Kiefer. Sie sackte mit sofort blutverschmiertem Mund benommen zu Boden. Thomas stürzte seiner Schwester zu Hilfe. Hilflos dabei selbst, eine instinktive Reaktion, keine überlegte, denn er war körperlich dem Erwachsenen natürlich nicht gewachsen und trommelte verzweifelt mit seinen Fäustlingen auf den Bauch des Exstiefvaters ein. Bis dieser ihn zur Seite schleuderte. Verächtlich sagte er, als er sich abwandte, dabei einen Schluck aus der Bierdose nehmend: „Verzogenes Pack! "

Plötzlich setzte mitten im Song – „Pleased to meet you, hope you guess my name, but what's puzzling you, is the nature of my game ...", waren die letzten gesungenen Worte gewesen – die Musik aus und es war für einen Moment nur Annas Schluchzen zu hören, die auf der Türschwelle zusammengekauert lag. Im allgemeinen Geschrei war die Ankunft der Mutter unbemerkt geblieben, die als erste Aktion die Musik ausschaltete und erst jetzt, als sie aus dem Wohnzimmer zurückkehrte, Annas blutiges Gesicht wahrnahm. „Was ist denn hier passiert!?", fragte sie verstört. Thomas zeigte mit dem Finger auf den Stiefvater, der unberührt die Achseln zuckte.

Ihre Mutter warf daraufhin ohne weitere Umstände ihren Exfreund und den Rest seiner Sachen aus der Wohnung, ließ ihm zum ruhigen Einsammeln und Verstauen seiner persönlichen Habseligkeiten in die Reisetasche keine Zeit mehr. Seiner Erinnerung wichtiger als diese eigentlich selbstverständliche Reaktion schien Thomas jedoch die Bemerkung seiner Mutter, nachdem sie Anna verarztet hatte und ein bißchen Ruhe eingekehrt war. Die angebrochene Violine betrachtend, sagte sie: „Die kann man jetzt wegschmeißen. Schade, so ganz billig war sie auch wieder nicht."

Im Nachhinein Worte auf die Goldwaage zu legen, die in einer bestimmten Situation gesprochen, oft auch nur dahingesprochen worden waren, war oft ein billiges Geistesvergnügen. Doch in diesem Fall schien sich in der Bemerkung der Mutter, die den materiellen Schaden der Violine feststellte und betonte, die Einstellung einer ganzen, mehr von äußerer Sachlichkeit als innerer Einfühlung geprägten Generation zu spiegeln. Was nicht sichtbar war, wie etwa der innere Schmerz und der Schaden, den Annas Vertrauen in andere Menschen durch die Schläge des Stiefvaters vielleicht genommen hatte, wurde eher nicht als der Rede wert betrachtet, existierte kaum. Anders war es auch nicht zu verstehen, daß die Mutter, obwohl sie sofort wegen des abgebrochenen Schneidezahns einen Zahnarzttermin für Anna ausmachte, es in der Folge nicht alarmierend fand, sondern darin nur eine natüliche Interessenverschiebung auf andere Dinge im Leben eines jungen Mädchens sah, daß Anna keine Violine mehr anrührte; überhaupt anfing, klassische, ins Gehör und ins Herz und nicht nur in die Beine gehende Musik wie die Pest zu meiden. Thomas war jener gewalttätige Vorfall aus der Kindheit völlig entfallen gewesen. Während er noch vorne im Auto saß, mitten auf der wegen des Unfalls inzwischen abgesperrten Kreuzung, vom zuckenden Blaulicht des gerade eingetroffenen Krankenwagens gespenstisch beleuchtet, erinnerte er sich daran, daß, noch viele Jahre später, seine Schwester bei einem gemeinsamen Bummel durch eine Shoppingmeile plötzlich an den Händen zu zittern angefangen hatte. Und mitten auf dem Bürgersteig paralysiert stehengeblieben war, als sie einen Straßengeiger die „Kleine Nachtmusik" fideln hörte. Jene berühmte, inzwischen eher berüchtigte, weil schon fast zu Tode gespielte Serenade, die so viele ausgebildete, aber dennoch arbeitslose und deswegen verarmte Musiker aus dem ehemaligen Ostblock Stunde um Stunde den dahineilenden Leuten um die Ohren hauten. Es war jedoch dieser trotz allem unverwechselbare Mozart-Sound gewesen, wie verhunzt und prostituiert auch immer durch wirtschaftliche Not, der bei seiner Schwester vermutlich die Erinnerung an ihr eignes Violinspiel und an die verhängnisvoll daran gekoppelte wutverzerrte Fratze und Brutalität ihres Exstiefvaters ausgelöst hatte. Sie hatte damals für Augenblicke nur apathisch gezittert, dann war dieses anfallartige Gefühl von unverarbeitetem Entsetzen wieder verschwunden.

Der Bruder war sich intuitiv gewiß, mit der Sicherheit des Gefühls, die aus echtem Mitempfinden kommt, daß seine Schwester auch jetzt noch, dreißig Jahre später, unter dem Bann jenes

Ereignisses stand. Wie Schuppen fiel es ihm von den Augen, daß der ihn manchmal befremdende Charakterzug seiner Schwester, nie richtig lachen oder weinen zu können, ihre oft spröde Ernsthaftigkeit, ein unterkühltes und kontrolliertes Verhalten, das ihm nicht wirklich zu ihr zu passen schien, erst exakt seit jenem furchtbaren Nachmittag in ihrem Leben prägend geworden war. Als hätte damals die Gewalt des Stiefvaters nicht nur ihre Violine zerstört und durch den Schock auch ihr Verhältnis zur Musik, sondern als wäre ihr als weiterer übler Folge die Fähigkeit abhandengekommen, überhaupt intensive Gefühle zu empfinden, zuzulassen oder auszudrücken.

Daß sie Ärztin, daß sie glücklich verheiratet, daß sie Mutter eines kleinen Mädchens geworden war, all diese durchaus positiven Qualitäten ihres Lebens änderten für den Bruder nichts an seiner aus Erinnerung gewonnenen Eingebung: Daß die Musik, die innere und äußere, die eigne und fremde, die selbstgemachte und bei anderen gehörte, daß dieser gemeinsam zündende, Einsamkeit verbrennende Freudenfunken in der Kindheit seiner Schwester gründlich ausgetreten worden war.

So war es wohl, dachte der Mann. Für die Dauer dieser aus der Vergangenheit in die Gegenwart schwimmenden Erinnerungen und Gedanken hatte er vergessen, daß er heute deswegen so betrunken war, weil seine Freundin ihn verlassen hatte. Er kämpfte gegen aufkommende würgende Tränen an, in denen sich ein hochschießendes Verlassenheitsgefühl mit dem Schmerz über das innere Geschick seiner Schwester mischten.

Er verlor den Kampf gegen seine Tränen, aber in seinen feuchten Augen glitzerte plötzlich etwas anderes als Schmerz auf, ein Hoffnungsschimmer, ein Gedankenblitz, ein bißchen Morgenröte,

Zukunft: Er würde, so beschloß er, schon morgen seiner Schwester eine Violine kaufen und sie ihr sofort schenken, ohne bis zum nächsten Geburtstag oder Weihnachten zu warten.

Und er selbst sollte, dachte er, vielleicht auch ein Instrument lernen, statt seine Zeit triste und trostlos mit Liebesschmerz und Einsamkeitshorror zu verschwenden. Trotz der Tatsache, daß er sich schon weit in den Dreißigern befand. Aber für die guten Dinge im Leben sollte es nie zu spät sein. Sonst wäre man ja im Grunde schon tot. Und mit Musik war man niemals mehr allein, nicht wirklich. Zumindest die Klänge sprachen mit einem, wie eine Freundin oder wie ein Freund, wie ein Haufen Freunde sogar, auf ganz verschiedene Weisen flüsterten sie innig, stöhnten sie aus Leibeskräften, schrien sie aus Herzenslust und sie sangen wunderschön und sie lachten sogar, – alles schien ihnen und in diesen Augenblicken zumindest auch ihren Hörern möglich.

Aber ganz sicher, dachte er weiter, würde er sich morgen eine CD mit diesem Klavierkonzert kaufen; dessen letzter, wie ein fröhlicher Regenschauer herabprasselnder Satz gerade aus dem unversehrten Radio des Unfallwagens, in dem er immer noch saß, erklang. Es mußte ja für den Anfang nicht gleich ein Instrument sein. Er hatte seinen Kummer, auch sein dazugehöriges Saufen so satt und leid, es schien ihm höchste Zeit für Musik zu sein.

Oliver, der inzwischen einem Polizisten den Unfallhergang aus seiner Sicht geschildert hatte, öffnete die Beifahrertür des Taxis und sagte: „So, der Notarzt ist eingetroffen!" Oliver stutzte, denn das blutverschmierte Gesicht, die tränenfeuchten Augen, der geistesabwesende Blick, die stinkende Alkoholfahne des verletzten Fahrgastes, – all diese Beobachtungen zusammen erzeugten einen irritierend intensiven Eindruck von Elend und Schmerz. „Kopf hoch, alles halb so schlimm!", fügte er verunsichert hinzu. Oliver realisierte bewußt, daß der Fahrgast die Musik hatte laufen lassen, sogar etwas lauter gestellt hatte. Die letzten Takte des Konzertes waren gerade leise und abklingend zu hören, ehe es dann mit einem kräftigen Schlußakkord wirklich zu Ende war.

Thomas sah Oliver direkt in die Augen: „ Keine Angst, ich bin okay. Ihre Musik war meine Erste Hilfe. Danke!" Er reichte ihm seine schwitzige und blutige Hand. Oliver zögerte, dann überwand er aus spontanem Mitgefühl seinen körperlichen Widerwillen und drückte sie. Er bemerkte mit einem knappen Lächeln: „Danken Sie Mozart."

Dann wandte er sich ab. Er hatte für heute im Grunde schon genug vom Fahren und von Fahrgästen; aber weil fast alle seiner Rechnungen für den laufenden Monat noch nicht bezahlt waren, würde er nach den Formalitäten mit der Polizei und dem Abschleppwagen mit der U-Bahn zurück zum Betrieb fahren und ein Ersatzauto vom Hof holen müssen. Seine Nachtschicht hatte ja erst angefangen und letztlich weitaus schlimmer als irgendwelche Unfälle war es, keine Fahrgäste abzukriegen. Cash ging vor Crash, das zumindest war in seinem Leben gewiß.

# Der Pokerspieler

Niko Switler, der seit einem Jahr gut vom Online-Poker lebte und deswegen sein Studium der Betriebswirtschaft geschmissen hatte, war nervös und konnte sich kaum auf die Karten auf dem Monitor konzentrieren. Obwohl er es bis zum Final Table eines High Roller Turniers geschafft und realistische Chancen auf den ersten Platz und damit auf ein Preisgeld von rund 400.000 Dollar hatte, war er mit seinen Gedanken nicht bei den Karten.

Im Augenblick pausierte das Turnier wie immer zur vollen Stunde für fünf Minuten, aber er bezweifelte, daß sich sein Zustand rasch ändern würde. Er hatte, obwohl er überhaupt nicht hungrig war, in einer Art Übersprunghandlung bei einem 24-Stunden-Lieferservice mitten in der Nacht Pizza bestellt. Ein weiteres klares Zeichen, daß er völlig neben sich war, war zudem gewesen, daß er zuerst bei seinem Lieblingsthai-Restaurant „Fierce Grace" auf die Homepage geschaut hatte, um zu sehen, ob sie nicht vielleicht außer Haus lieferten. Was für ein Sternerestaurant mitten im Corona-Lockdown und mitten in der tiefsten Nacht — um zwei Uhr morgens – natürlich völlig absurd war.

Der Grund für sein untypisch orientierungsloses Verhaltens war Tanja, eine Frau von Ende zwanzig, die er heute am frühen Nachmittag im Park auf eine seltsame Weise kennengelernt hatte. Wie ein psychischer Tornado hatte sie sein inneres Leben durcheinandergewirbelt, unabsichtlich und doch unleugbar. Vom Pokern her gewohnt, gerade gespielte Runden und „Hände" im Nachhinein noch einmal schnell auf Besonderheiten oder Fehler hin zu analysieren, ließ er den vergangenen Nachmittag jetzt in wenigen Minuten Revue passieren.

Manchmal, wenn er nachts intensiv pokerte, entspannte er sich tagsüber bei halbwegs schönen Wetter damit, daß er sich im nahegelegenen Charlottenburger Schloßpark ein Plätzchen auf einer der offiziellen Liegewiesen suchte. Oder sich wie heute an eine der mehr versteckten Stellen niederließ, am Ufer der kleinen, mit Bäumen und Gebüsch etwas abgeschirmten Luiseninsel, wo schon vor zweihundert Jahren die Königin von Preußen ihre Seele hatte baumeln lassen. Dort, abseits von den Laufwegen der normalen Spaziergänger, hatte er mit Over-Ear Kopfhörern auf der Wiese gelegen, in den bewölkten Himmel geschaut und Musik aus seinem Smartphone gehört. Pat Metheny, der auf bekannte Melodien mit Gitarre solo improvisierte. „The Sound of Silence", „Girl of Ipanema", solche Sachen.

Auf diese parasympathische Weise Musik zu hören, war das Kontrastprogramm zu seinem von Stress geprägten Pokerleben, wo er dauernd innerhalb von Sekunden wie ein Börsenmakler Entscheidungen treffen mußte, die direkte finanzielle Auswirkungen hatten. Auch wenn er in einer privilegierten Position war – nur ein paar Prozent aller Spieler konnten ihren Lebensunterhalt mit Poker bestreiten, die meisten verloren nur, wenig oder sehr viel Geld –, so war es doch kein Zuckerschlecken, mit Kartenspielen seinen Lebensunterhalt zu bestreiten.

Der Pokerhype war zudem nicht mehr auf dem Höhepunkt wie noch vor ein paar Jahren, wo Stars und Sternchen sich zu No

Limit Texas Hold'em bekannten und das Spiel für coolen Lifestyle stand: „We are the champions, no time for losers". Diese egomanische und berühmte Hymne drückte die Seele oder besser gesagt Nichtseele des Pokerns perfekt aus. Angefeuert durch die Tatsache, daß Anfang der Nuller Jahre ein Amateur die *World Series of Poker* in Las Vegas gewonnen hatte – zudem als Online Qualifikant mit einer läppischen Investition von 40 Dollar, statt des normalen Startgeldes von zehntausend – und praktisch über Nacht Millionär geworden war, hatte sich das hartnäckige Gerücht verbreitet, daß man allein mit Intelligenz und Nervenstärke und psychischer Intuition beim Poker Geld ohne Ende scheffeln könnte. Kaum ein Mensch, der solche positiven Eigenschaften im Zweifelsfall nicht für sich reklamieren würde.

Ein Gerücht, daß möglicherweise von den Profis selbst in die Welt gesetzt war: Je mehr Anfänger, „Fische", diesen Unsinn vom leichtverdienten Reichtum glaubten, desto mehr ließ sich an ihnen verdienen. Denn natürlich war es wie überall, wo viel Geld im Spiel war, hier sogar im wörtlichen Sinn: Um im Poker richtig gut zu werden, so daß sich das Finanzamt für einen interessierte, brauchte man enorme Disziplin, Talent und viel investierte Zeit. Glück auch, aber deutlich weniger, als man so dachte. Was der wahre Grund war, warum der Pokerboom naturgemäß wieder völlig abebbte. Die allermeisten Leute wurden mit der ernüchternden Tatsache konfrontiert, daß sie, statt schnell reich zu werden, nur sehr schnell sehr viel Geld verloren. Aber es gab noch immer genug schlechte Spieler, so daß es sich für die wirklich guten gerade noch so lohnte.

In dieser Welt aus Chips und Karten, Gier und Kalkül war Niko seit einigen Jahren zuhause, aber er war zunehmend müde davon. Es war sicher das kapitalistischste aller Spiele, der wahre Tanz um das Goldene Kalb, zynisch durch und durch; und vielleicht hatte es deswegen in den letzten Monaten in ihm eine so nie erlebte innere Leere erzeugt. Weil er mit seinem Spielen letztlich nichts positiv erschaffte, außer Nervenkitzel und den Verlust von Geld und Lebenszeit für die meisten. Aufgewogen natürlich durch seinen eigenen Gewinn, immerhin aufs vergangene Jahr gerechnet im hohen sechsstelligen Bereich. Aber selbst Huren oder Fußballspieler, die auch schon nicht die leuchtenden Ideale der Schöpfung darstellten, brachten mehr Spaß und Licht für die Allgemeinheit ins Leben als er. Es war ein menschlich zutiefst dreckiges Spiel, Gewinnen zählte, nichts sonst. Sein lustiges Online-Profilbild als Pokerspieler – „Miraculix", der Druide aus dem bekannten Asterix-Comic – konnte darüber nicht hinwegtäuschen.

Als Niko sich an diesem frühen Nachmittag versuchte musikhörend auf dem Flecken Uferwiese im Schloßpark zu entspannen, um mental erfrischt am Abend wieder hardcore zu pokern, merkte er, daß er innerlich nicht zur Ruhe kam. Eine diffuse Unzufriedenheit nagte an ihm, die auch die verspielt tiefenentspannte Gitarrenmusik von Pat Metheny nicht beseitigen konnte. Eher verstärkte diese harmonische Musik seinen psychisch disharmonischen Zustand paradoxerweise. Er nahm recht bald die kuschlig großen Kopfhörer ab und beschloß, wieder nach Hause zu gehen. Stattdessen blieb er völlig frappiert sitzen: Ein paar Meter entfernt auf der Wiese spielte eine Frau Gitarre; aber sie spielte nicht irgendetwas, sondern es war die gleiche Melodie, die er Sekunden vorher über sein Smartphone gehört hatte: „And I love her".

Auch sie improvisierte zu diesem Beatles Song. Niko griff sich vergewissernd an die Ohren, vielleicht hatte er ja die Kopfhörer doch noch auf. Aber sie hingen schon in seiner Jackentasche und außerdem spielte die Frau völlig anders, unsauberer, nicht so fließend. Es war ja auch keine professionelle Aufnahme, sondern hier und jetzt – und sie war natürlich nicht der berühmte Jazz-Gitarrist. Sondern jemand anderer eben. Sie unterbrach immer wieder und begann dann von neuem, mischte rhythmisches Akkordschrammeln in ihr Spiel. Doch es war die gleiche Melodie von „And I love her", das gleiche weltbekannte Intro von ein paar Noten, das musikalisch wache Ohren sofort verführerisch einfing. Sie war ein untersetzter bodenständiger Typ, halblange dunkle Haare, ein unverkrampft wirkendes Gesicht. Sie trug einen dunkelgrünen Cowboyhut, einen Stetson. Was ihm eher ungewöhnlich schien. Aber für die internationalen Berliner Verhältnisse, wo vollverschleierte Frauen mit bauchnabelgepiercten Mädchen nebeneinander auf den Bus warteten, war es natürlich überhaupt nichts Besonderes.

Er schaute sie an, ihre Blicke kreuzten sich kurz. Niko machte eine Aufmerksamkeit erheischende Geste und sagte: „Hey, sorry!" Sie hörte auf zu spielen und sah ihn verwundert an. Er trat zu ihr und reichte ihr seine Kopfhörer, während er gleichzeitig wieder den Song auf dem Smartphone abspielte und die Bluetooth Verbindung aktivierte. Die modernen Zeiten erforderten ständig irgendein banales Multitasking. Er sagte lächelnd: „Bitte, hör mal kurz rein!"

Sie schien nicht begeistert, aber irgendetwas an seinem Auftreten mußte ihre Neugierde genug geweckt haben. Sie nahm ihren Hut ab und setzte die Kopfhörer auf. Nach ein paar Sekunden lachte sie laut. Sie schloß die Augen und versank für eine Weile in der Musik, ihren Körper leicht dazu bewegend. Dann befreite sie ihre Ohren wieder von der Technik und sah Niko an. „Diese Version kannte ich noch gar nicht. Sehr bassig, Bariton-Gitarre?! Total schön!"

Niko lächelte: „Krasser Zufall, oder? Ich hör das von meiner Playlist und du spielst den Song live!" Die Frau bemerkte: „Ich glaub nicht an Zufälle. Wer spielt das?" – „Pat Metheny." – „Oh, da bin ich ja in guter Gesellschaft!"

Niko zeigte neben sie auf die Wiese. „Bist du. Darf ich?!" Die Frau nickte zustimmend. „Spielst du auch?!", fragte sie. Er setzte sich neben sie und erwiderte verdutzt: „Ich?! Nein." Sie bemerkte verwundert: „Nicht?! Leute mit gutem Musikgeschmack spielen meistens selbst irgendetwas." Er zuckte mit den Achseln: „In gewisser Weise schon. Also ja, aber Poker, sogar professionell." Sie lachte: „Kein Instrument?!" – „Nein, bin zu unbegabt für sowas. Hab mal eine Geige in der Hand gehabt. Klang schrecklich!" Sie sah Niko sekundenlang aufmerksam und fokussiert an, als würde sie ihn psychisch oder spirituell scannen. Ein seltsamer Blick.

Dann sagte sie: „Geige ist ja auch mit das Schwerste. Überhaupt einen Ton zu erzeugen. Wenn du Lust hast, zeig ich dir schnell was!"

Er machte eine bejahende, aber verwunderte Geste. Sie nahm ihre Gitarre und sah ihn an. „Kannst du schwimmen?!", fragte sie. „Ja klar", antwortete er verständnislos. Sie sagte: „Musikmachen ist eigentlich nichts anderes. Man muß sich nur trauen. Wirst du gleich sehen. Du hast die richtigen Hände für Gitarre: schlank und kräftig. Paß auf: Ich spiel dir jetzt den Anfangslick und den Rhythmus von diesem Beatles-Song vor. Und dann zeige ich's dir. Und dann spielst du's. Dauert keine fünfzehn Minuten!" – „Was!?"

Niko lachte und sah sie ungläubig an. Sie zwinkerte ihm zu: „Singen brauchst du erstmal nicht, keine Angst!"

Sie spielte das Intro und während sie dazu fließend Akkorde schlug, sang sie leise:

„I give her all my love
thats all I do
And if you would saw my love
you'd love her too
I love her"

Sie lächelte ihm zu: „Und jetzt du. Nicht erschrecken, sie beißt nicht!" Sie legte ihm die Gitarre in den Schoß und zeigte, wie man das Plektrum hielt. Dann führte sie am Anfang seine Finger, um ihm die Position der vier dicht nebeneinanderliegenden Töne des Intros auf dem Griffbrett zu veranschaulichen. Es schien ihm tatsächlich keine Zauberei, sondern eher kinderleicht. Er drückte eine Saite mit der Fingerspitze runter, schlug die gleiche Saite mit dem Plektrum an, wiederholte das an verschiedenen Stellen, – und schon hörte es sich erkennbar nach dem Anfang des Songs an.

„Wenn du auf dem letzten Ton ein bißchen mit dem Finger rumdrückst, kriegst du ein schönes Vibrato." In diesem praktischen und unverkrampften Stil ging es weiter. Auch mit dem Rhythmus hatte Niko keine Probleme. Die Akkorde allerdings zu greifen, war kniffliger und sie klangen im Unterschied zu den einzelnen Tönen des Intros auch nach längerem Versuchen unsauber.

Ihm taten bald die Finger von der ungewohnten Anstrengung weh. Was ihn verunsicherte. Sie reagierte darauf: „Das macht überhaupt nichts. Voll normal. Das muß man halt üben. Aber es klingt schon nach Musik! Und das machen wir jetzt. Du spielst den Anfang und die erste Strophe. Und ich singe. Auf gehts! Und auch wenn du dich verspielst: Trotzdem immer weiterspielen! Nur nicht aufhören. Das ist das wichtigste!"

Und Niko hatte es kaum glauben können, nach einer guten halben Stunde Üben – ihre behauptete Viertelstunde war doch etwas zu optimistisch –, konnte er sowohl diesen Ohrwurm-Anfang spielen als auch sie bei der ersten Strophe begleiten. Was nicht an Nikos schlummernder Begabung lag, dessen war er sich sicher, sondern daran, daß sie ihm jede Angst vor Blamage genommen und spieltechnisch einen anfängerleichten Einstieg ermöglicht hatte. Aber er war total perplex, als er die Gitarre wieder aus der Hand legte. Er sagte: „Irre. Als du gesungen hast und ich dazu gespielt habe, war es wie Surfen, so verschmolzen und voller Flow. Obwohl ich ja gar nicht spielen kann! Wie heißt du? Ich bin Niko!"

Sie lächelte: „Tanja. Du hast aber echt schön gespielt, für den Anfang! Die meisten Menschen können irgendwie schwimmen, wenn man sie ins Wasser wirft. Mit Musik ist es genauso, wie gesagt. – Du pokerst, um richtig viel Geld?!" In ihrer Stimme war plötzlich eine kritische Skepsis. Es hatte leicht zu regnen angefangen, sie packte die Westerngitarre in eine passgenaue Tragetasche mit dem *Fender* - Logo. „Jetzt wird es doch langsam ungemütlich hier", bemerkte sie.

Niko hatte genickt und war ebenfalls aufgestanden. – „Ja, ich muß auch los! Hab heute noch ein großes Turnier. Können wir diese Lektion vielleicht fortsetzen?"

117

Tanja machte ein abwehrendes Gesicht und antwortete: „Ich unterrichte nicht, nicht mein Ding, das eben war nur eine kleine Inspiration für dich. – Was ich beim Pokern immer komisch fand, warum ich das Spiel nie wirklich mochte: Der eigene Gewinn bedeutet immer Verlust für jemand anderen."

Niko erwiderte: „Das ist doch bei allen Spielen so! Fußball, Schach, sogar bei politischen Wahlen." – „Weiß nicht, diese drei Dinge machen ja in sich noch Spaß oder sind anders sinnvoll. Aber beim Pokern gehts ja nur ums Gewinnen, man kann ohne Geld Fußball spielen, aber nicht ohne Geld pokern. Dazu ist das Spiel als solches doch viel zu öde. Oder nimm unser Musizieren eben. Da haben wir beide gewonnen, obwohl du der totale Anfänger bist. Weißt du, was ich meine?"

Niko nickte. „Ich glaube schon. Aber ich lebe ja vom Pokern. Es ist mein Job, wir alle leben in einer materiellen Welt. Ich würde Unterrichtsstunden bei dir auch sehr gut bezahlen!" Sie lächelte. „Davon bin ich überzeugt. Aber ich bin im Herzen keine Lehrerin. Ich spiele lieber selbst." – „Das verstehe ich. Poker, statt zu spielen zu erklären, wäre auch nicht meine Welt."

Der Regen wurde stärker. Niko bemerkte: „Wir werden total nass. Ich wohne um die Ecke hier. Willst du auf einen Kaffee mitkommen?!" Tanja lachte kurz. „Nicht schüchtern, der Herr. Ich wollte gar nicht so kritisch zu deinem Pokern sein. Mich kotzt nur allgemein dieses dauernde Gewinnen-Wollen in unserer Gesellschaft an. Da bin ich empfindlich geworden. Super-Egos und Narzißten an jeder Straßenecke. – Aber nein, Danke. Heute ist mir das zu viel. Vielleicht ein andermal." Sie holte ihr Handy aus der Jackentasche: „Sag mal deine Nummer!" Er tat es und sie ließ es kurz bei ihm klingeln, so daß er ihren Kontakt auf seiner Anruferliste hatte. Sie hob ihr flach auf die Wiese abgelegtes Fahrrad hoch, schulterte den Gigbag mit der Gitarre, schwang sich auf den Sattel, schickte ihm einen kleinen Luftkuß und fuhr rasch davon.

Niko machte sich eilig auf den Heimweg, sein schon lange eingeplantes Pokerturnier würde bald anfangen und er wollte vorher noch essen und sich duschen. Trotz des Regens war seine Eile mehr in den Beinen und im Kopf, nicht im Herzen. Er war überhaupt nicht in Stimmung zu pokern. Aber da er sich über ein sogenanntes Satellitenturnier für nur hundert Dollar speziell für dieses High Stakes Turnier qualifiziert hatte, das sonst happige 5200 als Buy-In gekostet hätte, hatte er professionell gesehen gar keine Wahl. Nicht zu spielen, wäre wie vorsätzlich Geld wegwerfen gewesen.

So saß er Stunden später wieder an seinem großen Monitor und spielte, das hieß, er klickte auf dem virtuellen Pokertisch mit der Maus Buttons an: wie „Check" oder „Fold" oder „Raise" und so weiter. Das Turnier lief von Anfang an exzellent, er gewann eine Serie von Coinflips, sogenannte fünfzig zu fünfzig Entscheidungen, die essentiell waren, um Chips zu akkumulieren und bei einem Pokerturnier weit nach vorne in die Preisränge zu kommen. Obwohl er sich die ganze Zeit seltsam irreal fühlte und eher routiniert auf Autopilot statt konkret fokussiert spielte, erreichte er nach stundenlanger Session mitten in der Nacht den Final Table. Er war selbst darüber überrascht, hatte er doch teilweise emotional und unüberlegt wie ein Anfänger gespielt, aber das Kartenglück war beharrlich nicht von seiner Seite gewichen. Und gegen sporadisches Glück oder spiegelbildlich: Pech war auch für Profis kurzfristig kein Kraut gewachsen.

Als dann der Mann vom Lieferservice an seiner Tür klingelte und ihm die Pizza brachte, die er, ohne hungrig zu sein, bestellt hatte, „Diavolo", Teufelspizza, war ihm zumindest bewußt geworden, daß das Musizieren im Park irgendeine verrammelte Tür in seinem Seelenkeller geöffnet haben mußte. Weswegen zumindest der Name der Pizza gut paßte, denn der Teufel war ja traditionell mit der seelischen Dunkelheit assoziiert. Und daß aus diesen verdrängten Tiefen Dämonen am Entsteigen waren, die offenbar an psychischen Einfluß sein alltägliches Pokern völlig in den Schatten stellten.

Denn es war ihm, als jetzt nach der fünfminütigen Pause das Online-Turnier wieder weiterging und Karten von der Software der Pokerplattform auf dem Bildschirm ausgespuckt wurden, mehr oder weniger egal, ob er am Final Table den letzten oder ersten Platz belegen würde, ob er vierzig oder vierhunderttausend Dollar eincashen würde. Eine Gleichgültigkeit, die angesichts der Summe absurd war; er kannte niemanden, den ein Unterschied von fast einer halben Million nicht nervös gemacht hätte.

Obwohl, das stimmte nicht ganz. Eine der Mitspielerinnen am Final Table, die sich online „Shiva" nannte, war unbeeindruckbar von hohen Verlusten. Er kannte Cate, eine Asia-Amerikanerin, persönlich von einem Live-Turnier. Sie trug einen Schlangenring, hatte pechschwarze Haare, einen herausfordernden Blick und war völlig unberechenbar und angstlos. Auf *Facebook* hatte sie einmal ein Foto von sich als Jugendliche im Tigerkäfig gepostet, mit ausgewachsenen Raubkatzen, die um sie herumschnurrten. Ihr Vater gehörte zu jenen Boatpeople, die nach dem Ende des Vietnamkrieges vor der Siegerjustiz des kommunistischen Nordens mit überladenen Booten aufs offene Meer geflohen waren. Im Pokern war es oft so wie überall sonst im Leben auch: Das Schicksal der Eltern spiegelte sich irgendwie immer im Charakter der Kinder wider.

Er hatte damals gespürt, daß Cate psychisch in einer anderen, freieren Liga als die meisten Menschen spielte. Aber jetzt hatte er das Gefühl, auf ihr Niveau aufgestiegen zu sein: Geld war ihm im Augenblick völlig egal. Nur daß es bei ihm nichts damit zu tun hatte, daß seine Eltern in einer Nußschale über das offene Meer flüchten mußten, Tod oder Gefängnis vor Augen, sondern damit, daß er das erste Mal in seinem Leben einen Song auf Gitarre gespielt hatte. Wie ein Pirat hatte Musik sein Leben geentert. Als er auf der Wiese im Schloßpark Akkorde gestrummt hatte, während Tanja dazu sang, war irgendetwas Entscheidendes und Unumkehrbares passiert.

Der pure Augenblick selbst hatte wie durch Zauberhand eine Bedeutung bekommen, Niko war eins mit der Situation gewesen, wie alltäglich sie auch war: Er war die Gitarre und er war Tanja, er war die Wiese und der freilaufende Hund auf dem Kiesweg, er war der Schloßpark und der bewölkte Himmel darüber. Der Moment war nicht Mittel für den nächsten Moment oder zu irgendeinem Zweck – wie beim Pokern: Geld gewinnen, um sich ein neues Auto zu kaufen oder seine Miete zu bezahlen –, sondern der Moment hatte in sich selbst geschillert und gestrahlt wie ein plötzlich ewiges Feuerwerk von Emotionen, Erscheinungen, Erfahrungen.

Jener Augenblick des Musizierens entzog sich eigentlich völlig den Worten, aber auch wenn es unbeschreiblich war, war es dennoch passiert. So viel war gewiß. Und zu allem Überfluß und das machte es noch sonderbarer, war die Musik nicht die Erfahrung selbst, sondern nur der Auslöser dafür gewesen. Er hatte sich mit der Welt, wie sie in jenem Moment so existierte und pulsierte, für intensive Sekunden absolut verbunden gefühlt.

Niko wurde jetzt am Final Table – während er mechanisch ein Neuner-Pärchen passte, weil ein sehr konservativer Spieler All-In gegangen war – völlig klar, daß er mit Pokern niemals jene krasse Erfahrung gemacht hätte. Und nie machen würde, weil Pokern statt auf Verschmelzung mit der Welt auf Spaltung von ihr beruhte: „Mein Ego zerstört dein Ego, ich gewinne oder du, aber niemals wir beide zusammen."
Das war das Wesen des Spiels. In dem Augenblick, wo er sich in seinen Gegner hineinversetzte, aber mit der Absicht ihn wirklich zu verstehen, statt ihn nur zu besiegen, brach die Faszination von Poker wortwörtlich wie ein gebasteltes Kartenhaus in sich zusammen. Wenn er beispielsweise wußte, daß bei einem Cashgame jemand sein gesamtes, lebenslang Erspartes Hand für Hand verspielte und sich für alle Zeiten ruinierte, dann war es niederträchtig und rücksichtslos, so einen Loser weiter auszunehmen. Aber genau dies gnadenlos zu tun, war praktisch die Definition eines guten Pokerspielers.

Karte für Karte, Minute um Minute wurde ihm am Final Table klar, daß im Ernstfall ein schwindelerregender Abgrund die Welt des Pokerns von der der Musik trennte. Und es war keineswegs eine moralische Sache, obwohl es auf den ersten Blick so scheinen mochte. Es war die seltsame Erfahrung, die Grenzen des Egos hinter sich zu lassen. Wenn man das wollte, wenn man davon einen Geschmack bekommen hatte, dann war Pokern schlagartig total fade, da es auf dem Duell der Egos beruhte. Alle Qualitäten wie Intuition, Mut, Intelligenz, die von Profis immer wieder als

Beispiele für die Würde des Spiels gebracht wurden, waren reine Sekundärtugenden, die vom Wesentlichen des Spiels ablenkten: den Gegner auszutricksen, um an sein Geld zu kommen. In seiner Ausführung beruhte Pokern auf Täuschung, in seinem Zweck auf Gier, an dieser Charakteristik änderten schöne Worte nichts.

Nikos irreales Gefühl angesichts der Karten auf dem Bildschirm, die auf dem virtuellen Pokertisch ausgegeben wurden, war so, als würde er gerade aus einem Traum erwachen, könnte sich aber noch nicht völlig entscheiden, die Augen aufzumachen und aufzustehen. Wie ein Zombie befand er sich in einem Zwischenreich, weder ganz wach noch ganz im Schlaf, weder lebendig noch wirklich tot.

Andererseits und das war ein fettes „Andererseits": Man mußte ja von irgendetwas leben. Und in dem Augenblick war es mit der Reinheit des Lebens vorbei. Wenn er beispielsweise weiter Betriebswirtschaft studieren würde, um dann vielleicht als Unternehmensberater große Firmen dadurch zu sanieren, daß einzelne Standorte geschlossen und die Angestellten in die Arbeitslosigkeit entlassen wurden, dann sorgte eben diese Arbeitslosigkeit de facto für seinen Lebensunterhalt. Und selbst als Bettler vor dem Eingang eines Supermarkts wäre er nicht unschuldig: Vielleicht warf gerade jemand einen Euro in seinen Kaffeebecher, der vor einer Stunde noch seine eigene Tochter oder seinen Sohn sexuell mißbraucht hatte. Wer konnte das wissen? Niemand.

Mit diesem menschlichen Panoramablick betrachtet war Pokern immerhin eine ehrliche Angelegenheit. Er war eine Art schicksalsmäßiger Aasgeier, der dann auftauchte und die Gegend säuberte, emotional und finanziell, wenn die Gier der Menschen nach schnellem Geld ihre Opfer forderte. Niko nagte an diesem

Gedanken herum wie an einem fetten Knochen, daß es spirituell gesehen möglicherweise herzlich egal war, welchen Beruf man ausübte. Daß er aus dem Schatten seines Egos treten konnte, wie er es heute auf der Wiese im Schloßpark beim Gitarrespielen erlebt hatte, war völlig unabhängig davon gewesen, welchen Job er ausübte, was für eine Ausbildung oder welchen Status er in der Gesellschaft besaß, ob eine Karriere vor oder hinter ihm oder auch ganz jenseits seiner Möglichkeiten lag. Es war passiert, weil er innerlich offen dafür gewesen war.

Niko schwirrte der Kopf, denn gleichzeitig zu seinen Gedanken bediente er immer noch die Karten auf dem Bildschirm. Es war mentales und spirituelles und emotionales Multitasking. Und er fügte eine weitere Dimension hinzu, indem er sich neben dem virtuellen Pokertisch ein *Youtube* Video von Pat Metheny anschaute, eben jenes, wo der Gitarrist „And I love her" spielte. Obwohl sich Niko als absolut blutiger Anfänger auf der Gitarre niemals mit einem derart ausgereiften Meister vergleichen würde, nicht einmal im Traum daran dachte, jemals in ähnlichen musikalischen Sphären spielen zu können, frappierte ihn die glückliche Versunkenheit des Jazzers. Ein selbstvergessenes Lächeln beim Anschlagen der Saiten, das ihn hundertprozentig an sein eigenes Gefühl erinnerte, als er heute Nachmittag das erste Mal in seinem Leben nur Akkorde geschrammelt hatte. Selbst die Namen hatte er schon wieder vergessen, a-Moll oder E-Dur oder –, er hatte keine Ahnung, aber das Gefühl von glücklicher Verschmelzung mit dem Augenblick erinnerte er.

Genau dieser Zustand schien ihm in Pat Methenys Mimik gespiegelt, der in dem Video auf einem Hocker im Dunkeln vor zwei Mikrofonen saß, ohne ablenkendes Publikum, um sich herum Sandboden, scheinbar keine normale Bühne, sondern nachts irgendwo im Freien. Sah Niko von der banalen Tatsache ab, daß er talentmäßig musikalische Welten von dem Musiker entfernt war, so fühlte er sich doch psychisch extrem nah. Vielleicht war das ja das Geheimnis authentischer Stars: Ihre Emotionen waren für alle nachvollziehbar, auch wenn ihre Kunst und Begabung sich dem gemeinen Volk eher entzogen.

Elektrisiert durch das Video, weil in seinem tiefsten Gefühl bestätigt, schaute sich Niko gleich eine ganze Reihe anderer Gitarristen an. Möglicherweise war diese Verschmelzung mit dem Augenblick und dem Instrument ja gar keine Ausnahmeerfahrung, sondern praktisch die Regel. Wobei er die separaten Lautsprecherboxen seines Computers so weit aufdrehte, wie es noch ging, ohne die Nachbarn aus dem Schlaf zu reißen.

Und quer durch die Generationen und Zeiten, dem Weltarchiv des Internets sei dank, stieß Niko immer wieder auf den ähnlichen, oft tranceartigen Ausdruck im Gesicht von inspirierten Musikern. Sei es Jimi Hendrix, der bei einem Popfestival im vergangenen Jahrtausend eine wilde Vertrautheit zu seinem Instrument an den Tag legte, als würde ein Löwe mit einer Löwin spielen. Oder sei es ein halbes Jahrhundert später Tal Wilkenfield, persönlich im gleichen Alter von Mitte zwanzig, die sich auf ihrer Bassgitarre und umgeben von doppelt so alten und doppelt so berühmten Musikern, auf großer Bühne in ein Solo versenkte, als gäbe es kein Morgen mehr.

All diesen Musikern und natürlich zahllos anderen, namenlosen und namenvollen, egal auf welchem Instrument am Ende, war gemeinsam, daß sie im Augenblick des Spielens völlig bei sich zu sein schienen. Was auch immer die persönlichen Motive sein mochten, im Scheinwerferlicht zu stehen – Ruhm und Geld beispielsweise als immergrüne Dauerbrenner –, wenn sie spielten, transzendierten sie auf eine seltsame Weise sich selbst. Es war, als würde eine größere Energie und Wahrheit als ihre persönliche Power durch sie aufscheinen. Und es war dieser Zustand, von dem er heute Nachmittag einen Tropfen gekostet hatte und der Niko immer noch psychisch berauschte.

Während seines faszinierten Videoschauens hatte er pokertechnisch praktisch jede Hand am Final Table gepasst. Multitasking hatte eine Grenze, wenn man wirklich interessiert an einer Sache war. Sein für ihn ungewöhnlich passives Spiel hatte zumindest den Vorteil gehabt, daß in der Zwischenzeit zwei weitere Gegner herausgeflogen waren und er damit automatisch zwei Preisränge höher geklettert war. Knapp über hunderttausend Dollar waren ihm schon einmal sicher. Aber die sogenannten „Blinds", die Zwangseinsätze waren inzwischen so hoch, daß ab jetzt sicherheitsorientiertes Pokern unmöglich war. Jede Hand, die man spielte, war praktisch All-In und es war nur die Frage, mit welchen schlechten Karten man sein Pokerleben aufs Spiel setzte. Die Zeit des konservativen Wegduckens war endgültig vorbei. Und so callte er mit einem Siebener Pärchen, ohne lange zu überlegen, das AllIn des Chipleaders.

Aber wie es oft war, wenn man eine Sache nicht mehr so ernst nahm: Gerade dann entwickelten sich genau diese Dinge manchmal positiv; obwohl er gegen die zwei Damen seines Gegners wahrscheinlichkeitsmäßig schlechte Chancen hatte – vier zu eins, daß er verlor –, wurde die dritte Sieben ausgeteilt. Er konnte mit dem Drilling seine Chips verdoppeln und war pokermäßig wieder halbwegs lebendig. Es war witzig, weil er mit den Gedanken mehr bei der Musik als beim Pokern war und trotzdem mit mechanischem, uninspirierten Spiel immer weiter am Final Table in den Geldrängen vorrückte. Sogar der erste Platz, 425 Tausend und ein paar zerquetschte Dollar, schien inzwischen in realer Reichweite. Was Niko aber weiterhin nicht kümmerte. Als hätte er Drogen genommen, war er immer noch in einem anderen Bewußtseinszustand, wo der Geist einer Sache und nicht das Geld zählte. Und so schweifte er mit seiner Konzentration wieder vom Final Table ab. Stattdessen checkte er auf der Suche nach elektrischen Gitarren das Onlineangebot eines großen europäischen Musikshops. Inspiriert von Hendrix' Videos schien ihm die Lautstärke und Dynamik einer E-Gitarre, die Möglichkeit richtig Lärm zu machen, ein passenderer Ausdruck seines verborgenen Selbst zu sein als vergleichsweise zurückhaltende akustische Instrumente. Er orderte kurzentschlossen auf gut Glück eine schneeflockenweiße Stratocaster, der Original Nachbau der Gitarre, die Hendrix in Woodstock gespielt hatte; sowie einen 100-Watt-Verstärker mit Kopfhöreranschluß, Rücksicht auf die Nachbarn und eigene Schüchternheit nehmend. Wie ein frisch Verliebter seiner Geliebten schenkte er seinem neuen Hobby Musik jede Aufmerksamkeit. Während er das Instrument orderte, spielte er weiterhin die ganze Zeit auf Autopilot Poker, beiläufig registrierend, ohne sich groß darüber zu freuen, daß er, statt bei den häufigen All In-Konfrontationen rauszufliegen, immer weiter gewann.

Er war am Final Table inzwischen an dritter Position und um zweihunderttausend Dollar sicher reicher. Auch Cate, seine abgebrühte Pokerfreundin war schon ausgeschieden und hatte sich mit einem „Peace"-Emoji von Niko im Chatfenster verabschiedet. Was seltsam war; Pokern war alles, nur nicht „Peace".

Aber vermutlich hatte sie gespürt, weil er so ganz anders spielte als sonst, irrationaler, passiver, daß ihm das Pokern nicht mehr so wichtig war. Manche Menschen hatten eine derart intuitive Ader, daß sie über Kontinente und Zeiten hinweg spüren konnten, was in jemand anderen vor sich ging.

Denn unbewußt hatte er sich schon längst entschieden, mit dem Pokern nach diesem Turnier für immer aufzuhören. Was tatsächlich einen gewissen Frieden bedeuten würde. Sein Bewußtsein hinkte zwar noch etwas hinterher, aber es war nur eine Frage der Zeit, bis ihm das Licht aufgehen würde. Weiter als bis zum dritten Platz kam er dann allerdings nicht. Klassisch, wie es sich für Pokern gehörte, verlor er mit zwei Assen gegen den Bigstack, der ihn mit zwei Schrottkarten, eine Pik fünf und Karo neun All-In wegbluffen wollte, aber natürlich von Niko gecallt wurde. Um dann im Showdown auf dem Turn und River zwei Fünfer zu sehen, was für seinen Gegner einen Drilling und für Niko das Ende des Turniers bedeutete.

Aber er fühlte sich frei und leicht in der Brust, ein Gefühl, das er so gar nicht kannte. Nicht wegen des ordentlichen Geldschubs von über zweihunderttausend Dollar. Das Jonglieren mit solchen Summen war durch sein erfolgreiches Pokern Alltag. Es war eher so, wie wenn man eine Beziehung beendete, die nicht mehr stimmte. Denn Pokern war ihm plötzlich auf eine allumfassende wortlose Weise fremd geworden. Es war nicht einmal Ekel. Das Spiel war von seiner Seele abgefallen; wie eine Larve, die aus ihrer Hülle schlüpfte und zum Schmetterling wurde, so kam er sich vor. Er fühlte sich zwar frei, aber auch ziemlich verwirrt. Ihm war unklar, was er nun mit seinem Leben anfangen sollte. Er hatte zwar immer gewußt, daß er nicht ewig Kartenspielen würde, aber dieses „nicht ewig" war extrem unbestimmt gewesen. So als wäre „nicht ewig" trotzdem eine Art von ewig.

Wahrscheinlich würde er wieder sein Studium aufnehmen, dachte er. Die erste Aktion des neuen anvisierten Lifestyles, nachdem er den Transfer seines gesamten Guthabens vom Pokeraccount auf sein Bankkonto in die Wege geleitet hatte, war, Tanja ein Bild seiner gerade bestellten Gitarre zu schicken, zusammen mit der Textnachricht: „Meine neue Lockdown-Freundin. Ohne dich hätte ich sie nie kennengelernt! Danke dafür!"

Er war überhaupt nicht darauf gefaßt, daß sie postwendend nach kaum einer Minute antwortete – der erste Streifen Morgendämmerung wurde inzwischen am Horizont hinter seinem Fenster zur Ostseite der Wohnung sichtbar –, aber genau das tat sie.

Sie schrieb zurück: „Haha! Der Hendrix Strat Nachbau. Als Anfänger. Du bist voll verrückt!" – „Nicht gut?" – „Krass gut. Ich komm dann zum Spielen!" Niko tippte schnell zurück, erstaunt über ihre fixe Reaktion: „Kann aber noch dauern. Wieso schläfst du nicht wie normale Leute?" – „Hab schon geschlafen. Mach jetzt Yoga. So fangen meine Lockdown-Tage an. Sonst dreh ich durch!" Niko kommentierte ihre Nachricht mit einem „Daumen hoch"-Zeichen und schrieb: „Und ich geh jetzt schlafen. Lange Pokernacht. Sonst dreh ich durch. Ich schreib dir, wenn die Gitarre da ist." Sie verabschiedete sich mit einem Smiley: „Cool. Gute Nacht!"

Niko war normalerweise kein großer Freund von Kommunikation über Smartphone-Nachrichten; er vermißte den menschlich unersetzbaren Kick der echten Nähe: Stimme, Blicke, Berührungen, die entscheidenden Elemente für die Aura einer Person fehlten beim Textgetippe. Aber andererseits hatte der digitale

Kontakt den Vorteil, daß weder Zeit noch Raum eine große Rolle spielten. Tanja in der Morgendämmerung anzurufen, wäre unverschämt und übergriffig gewesen, ihr eine Textnachricht zu schicken, war es nicht. Mit dem Gedanken, in einer sehr seltsamen Welt zu leben, schlief Niko todmüde ein.

# Hecht und Wespe

Alexander humpelte mit einem klobigen orthopädischen Schuh am Fuß zum nahen Spreeufer. Weil er sich den großen Zeh gebrochen hatte, war von einem Tag auf den anderen sein alltägliches Leben im Wortsinn lahmgelegt. Weder konnte er seinen Job als Taxifahrer ausüben noch weiter für den Marathon im Herbst trainieren, für den er sich bereits angemeldet hatte. Körperlich derart gehandicapt machte er aus der immobilen Not eine Tugend und beschloß, es wieder einmal mit Meditation zu versuchen. Eine der wenigen Aktivitäten, wo Bewegungslosigkeit kein Problem, sondern das Ideal war. Allerdings, damit die Aktion etwas mehr herausfordernden Pep in seiner Vorstellung hatte, wollte er es gleich so probieren wie das Original, Buddha, es praktiziert hatte: draußen unter einem Baum, im direkten Kontakt mit der äußeren Welt, nicht eingepfercht in irgendeiner Berliner Wohnung wie ein esoterischer Hamster.

Es war kurz vor Sonnenaufgang, die Morgendämmerung breitete sich langsam aus, Kaninchen hoppelten voller Energie auf einer Wiese herum. Um diese Zeit waren noch nicht viele Leute unterwegs. Ein paar Jogger, Herrchen und Frauchen mit ihren Hunden. Er hatte als Platz einen Ahornbaum ausgekuckt, direkt am Spreeufer. Dort breitete er als trockene Unterlage einen großen schwarzen Müllsack aus, da die Wiese feucht vom

Morgentau war und darauf legte er dann sein mitgebrachtes Meditationskissen.

Er war etwas aufgeregt und hoffte, nicht zu viel Aufmerksamkeit dadurch zu erregen, daß er eben gar nichts machte, sondern einfach nur wie eine Statue dasaß. Was in der gegenwärtigen Welt, wo das Dauergefummel am Smartphone jede Besinnung verdrängte, möglicherweise geistesgestörter wirkte als ein herumschreiender, mit einer Bierflasche oder Machete herumfuchtelnder Psychopath. Sich in der Öffentlichkeit zu einem Baum am Wasser zu setzen und zenmäßig nur zu sitzen, war für Alexander eine echte Premiere und erzeugte paradoxerweise, da es ja um einen meditativen Zustand ging, nervöses Lampenfieber.

Er setze sich auf das runde Meditationskissen und löste den Klettverschluß des orthopädischen Schuhs, der vorne offen und an der Sohle erhöht war, so daß kein Druck auf dem gebrochenen Zeh beim Laufen ausgeübt wurde. Nachdem er seinen verletzten Fuß befreit hatte und vorsichtig mit dem gesunden im Schneidersitz kreuzte, streckte er seinen Rücken gerade und ließ seinen Blick schweifen. Auf dem grauen, ruhig dahinfließendem Wasser der Spree spiegelte sich die rosafarbene Fassade eines gegenüberliegenden Hauses. Ein Schwan glitt vorbei. Oben am Himmel flog ein Schwarm Krähen. Da es Sonntag war, fehlte das übliche Hintergrundrauschen des beginnenden morgendlichen Berufsverkehrs, es war beruhigend still.

Er wußte zunächst nicht genau, was er mit seinen Händen machen sollte; sie im Schoß zu falten, wobei die Daumenspitzen sich berührten, wie er es auf Youtube Videos bei buddhistischen Mönchen gesehen hatte und was eine besondere Handhaltung beim Meditieren war, ein sogenanntes Mudra, fühlte sich für ihn künstlich an. Nach einigem Herumprobieren ließ er seine Hände entspannt auf den Knien ruhen. Weil es sich kompakter anfühlte, berührten sich dabei spontan jeweils die Spitze seines Zeigefingers mit seinem Daumen, dadurch einen kleinen Kreis formend. Was ebenfalls ein klassisches Mudra verkörperte, ihm aber nicht bewußt war.

Was ihm bewußt war, war, daß sein Leben sich an allen Fronten in Sackgassen und tiefen Tunneln befand. Daß er sich den Zeh bei einem Yogaworkshop gebrochen hatte, wo es um Umkehrhaltungen ging, Kopf-und Handstände, war insofern typisch für seine allgemeine Situation, weil statt erfolgreich mehr Körperbeherrschung zu erlangen, also im Alltag ein kleines Erfolgserlebnis zu haben, Versagen, Verlust der Kontrolle und körperliches Handicap das Ergebnis war.

Die Verletzung hatte sich ereignet, weil die Kursleiterin ihn aus dem Schulterstand, die klassische Kerze, abrupt in den Handstand hochgehoben hatte, indem sie ihn an der Taille griff und schnell hochzog. Woraufhin er als unwillkürliche Panikreaktion, weil er nicht mit diesem plötzlichen Lift nach oben gerechnet hatte, in einer Gegenbewegung seine Füße zurück auf das Parkett schleuderte. Ein krachender Aufprall, bei dem er sofort realisierte, daß es keine harmlose Prellung war.

„Jivamukti" hieß diese spezielle Yoga-Richtung, die den Workshop ausrichtete, „Befreiung des Lebens" auf Sanskrit, als typisches Beispiel für den blühenden esoterischen Kitsch in den Metropolen der Welt, der sich durch die Verwendung einer exotischen Sprache besser tarnen ließ. Ohne sich weiter um ihn zu kümmern, was einen ernüchternden Kontrast zu dem ständigen yogischen Gerede von Liebe und Achtsamkeit bot, machte die

Lehrerin ungerührt mit dem Unterricht weiter. Was sie vermutlich deswegen tat, weil sie so, überfordert von der Situation, überspielen wollte, daß sie selbst einen Fehler gemacht hatte. Denn natürlich hob man niemand ohne Vorwarnung plötzlich in einen forcierten Handstand hoch. Jedenfalls überließ sie ihn kommentarlos seinem Schicksal. Das dann so aussah, daß er schmerzhaft humpelnd den Saal verließ, mit der U-Bahn nach Hause fuhr und am nächsten Tag die Röntgen-Diagnose vom Arzt bekam, daß der große Zeh gebrochen sei.

In gewißer Weise geschah es ihm recht, dachte er für sich. Denn wenn er ehrlich war, hatte er den Workshop hauptsächlich deswegen besucht, weil eine für ihn speziell attraktive Frau dort teilnahm und er gehofft hatte, vielleicht einen erotischen Fang zu landen. Was zwar nicht ehrenrührig war, Sex hielt schließlich die Menschheit auf Trab und am Leben, aber es war eine Frage der Dosierung. Und Alexander hatte manchmal die Ahnung, daß er mit sexuellen Abenteuern und überhaupt bisher mit Liebesbeziehungen etwas ganz anderes kompensierte: Nämlich, daß er nirgendwo richtig dazugehörte. Zu keiner sozialen Gruppe, keiner politischen oder spirituellen Richtung, nicht einmal zu irgendeiner Sekte.

Er fuhr Taxi, aber er war Autor. Er war Liebster und Ehemann gewesen, aber alle Liebschaften hatten unschön geendet, alle Familienversuche waren zerbröselt; wenn die Verliebtheit nachließ, so schienen Frauen recht nüchterne Wesen zu sein, die weniger seine Inspiration schätzten als kritisch seinen Kontostand checkten. Er hatte exzessiv Yoga, Kampfsport, Astrologie praktiziert, aber er war weder Yogi noch Kampfsportler noch Astrologe. Er hatte auf der Suche nach sozialem Status sogar gepokert, denn

Geld beeindruckte die meisten Leute schon, egal woher es kam. Aber er war trotz eines natürlichen Händchens für alle Spiele auch kein Pokerspieler, denn Geld und Gewinnen interessierte ihn am Ende ja überhaupt nicht.

Das Drama seines Lebens lag darin, daß für das, was er wirklich war, was eine Art authentischer Aura seit frühester Jugend um ihn erzeugte, die auch die unsensibelsten Menschen sofort wahrnahmen und als Realität respektierten – so eindeutig, wie man eine Katze von einem Hund unterscheiden kann –, daß dafür in dieser Gesellschaft kein Platz jenseits der Sonntagsreden vorgesehen war. Nämlich ein Dichter zu sein, introvertiert getrieben und nicht äußerlich bestimmt,

Autoren, die spezialisiert Krimis, Gedichte, Drehbücher oder Romane schrieben, gab es natürlich wie Sand am Meer. Aber sein angebliches Problem sei, wie es ein Agent mal in Worte gefaßt hatte, daß der Buchhandel nicht wußte, in welches konkrete Regal im Laden man ihn einsortieren, wie man ihn als Produkt labeln sollte. Alexander sah in dieser Unschärfe seine authentische Qualität, der Agent und viele andere nur ein Hindernis für den Verkauf.

Für einen typisch sprachverliebten Dichter war er zu real, für einen realistischen Romanautor zu transzendent, er war ja nicht mal gegen den Mainstream als Freak positionierbar, der sich beispielsweise die Stirn bei einer Lesung aufritzte oder sich wenigstens queer oder woke oder wenigstens als kleinsten gemeinsamen Nenner politisch links präsentierte, – sondern Alexander bewegte sich völlig jenseits solcher Kategorisierungen. Er schrieb einfach nur unverdrossen ein Manuskript nach dem anderen, seiner Inspiration folgend, aber keinen Erwartungen gehorchend. Er gehörte zu dem seltenen Menschenschlag, insbesondere in den gegenwärtig digital völlig überdrehten Zeiten, wo der Drang nach Instant-Ruhm die Leute obsessiv beherrschte, der sowohl das Zen-Motto: „Der Weg ist das Ziel" als auch das preußische Ethos: „Mehr Sein als Scheinen" völlig verinnerlicht hatte. So sehr und selbstverständlich, daß es ihm nicht einmal bewußt war. Was von außen wie die Naivität eines Kindes beim Spielen wirken konnte, aber eher Ausdruck ungebrochenen Selbstbewußtseins war.

Ob er über den Einfluß von Musik oder sexuellen Mißbrauch schrieb, ob er Novellen oder Romane oder Tagebücher verfaßte, Verleger und Agenten mieden ihn irgendwann wie die Pest. Selbst diejenigen, die von seiner Begabung überzeugt waren, ghosteten ihn, weil er eine irritierende Eigenschaft hatte, die in Deutschland historisch noch nie hoch angesehen war: Er ging wirklich seinen eigenen Weg, er schrieb weder für den Markt noch den Zeitgeist, sondern fühlte sich nur seinem Sinn für Literatur verpflichtet. Er redete nicht von Unabhängigkeit, sondern er war es. Innerlich, nicht äußerlich.

Das reizte praktisch alle Menschen, die es nicht waren, und das war die Mehrheit, unbewußt bis aufs Blut und erzeugte automatisch echte Aversionen. Und er ließ es seine Gegenüber auch fühlen und das war seine echte Todsünde nicht nur im literarischen Betrieb, daß er sich zwar gerne alle möglichen Meinungen und Kritiken anhörte, aber am Ende des Tages keine kollektiven Vorstellungen bediente, sondern nur seinem eigenen Stern folgte.

Und so landete er dann logischerweise trotz einzelner echter Erfolge, die sich in Übersetzungen und Fernsehinterviews in den Prime Time Nachrichten widerspiegelten, irgendwann mit Ende vierzig im medialen Nirgendwo. Literarisch zu unangepaßt, persönlich zu schwierig. Was ihn allerdings nicht oder nur sehr selten in Depression stürzte. Er betrachtete die Tatsache, daß er als Autor ein öffentliches Schattendasein fristete, als eine Art bedeutungslose Schlechtwetterfront, die irgendwann vorüberziehen würde. Oder als Preis, den man möglicherweise zahlen mußte, wenn man seinen eigenen Weg ging und künstlerische Freiheit nicht nur ein Wort war.

Und schließlich hatten alle Menschen seiner Ansicht nach mehr oder weniger ihre Probleme. Seine besaßen nur eine etwas andere Färbung, weil er nicht die gesellschaftlichen Normen von Anerkennung und Erfolg verinnerlicht hatte, sondern eigenen speziellen Standards folgte: gute Texte zu schreiben. Er war aber deswegen in seinen Augen nicht besser oder schlechter als andere Menschen; nur halt als Dichter etwas anders gepolt.

So war die persönliche Situation und es gab Zeiten so wie heute, wo er sich mit seinem gebrochenen Zeh zum Flußufer schleppte, wo sie ihm miserabel und hoffnungslos erschien. Denn natürlich war das Leben entspannter, wenn man morgens mit einem Kuß von der Liebsten geweckt wurde oder wenn man einen fetten Vorschuß für das nächste Buch kassiert hatte. Andererseits härtete das Leben ohne emotionale und finanzielle Streicheleinheiten auch ab, was spirituell betrachtet vermutlich Vorteile mit sich brachte. Buddha war beispielsweise ein reicher verwöhnter Königssohn gewesen und war erst bewußtseinsmäßig und zur Weltgeltung aufgeblüht, nachdem er sein luxuriöses Leben aufgegeben hatte und als spiritueller Vagabund durch die indischen Lande gezogen war. Für inspirierte Literatur dürfte Taxifahren vermutlich so gesehen wesentlicher vielversprechender sein als eine gut bezahlte Professorenstelle an der Universität.

Er erinnerte sich manchmal an eine Anekdote, die er als junger Mann irgendwo gelesen hatte. Ein ebenfalls junger Mann wollte unbedingt in ein japanisches Zen-Kloster eintreten, um dort seinen Weg zur Erleuchtung zu finden. Doch am Tor wurde er vom Chefmönch mit der Begründung abgewiesen, daß er zunächst einmal dreißig Jahre – ja wirklich: dreißig Jahre – Lastwagen fahren solle. Dann könne er wiederkommen und man werde weitersehen. Fast so lange fuhr Alexander immerhin schon Taxi, diese spirituelle Hürde hatte er also schon einmal genommen. Was Zeit anging, waren Japaner offenbar keine Spaßvögel oder paradoxerweise gerade doch. Sushiköche mußten der Legende nach ja erst mal fünf Jahre lang nur Reis im kalten Wasser waschen, bevor sie Fisch überhaupt nur berühren durften. Und im Karate oder Aikido gab es den Begriff der „Zwanzig Jahre Technik", das hieß, erst nach dieser Zeit konnte man langsam von Qualität reden und war kein reiner Anfänger mehr. Als Autor seit über 25 Jahren trieb er sich in diesen höheren Sphären zumindest sprachlich immerhin schon ein bißchen herum.

Jedenfalls, wenn er schrieb, wenn eine Idee von ihm Besitz ergriffen hatte und sich Wort für Wort, Satz für Satz entfaltete, ging es ihm recht gut und Depressionen hatten keine Chance, seine Seele zu entern. Wenn ihm aber schon länger nichts mehr einfiel, seine Inspiration auf Sparflamme köchelte, taten sich schnell psychische Abgründe auf. Dann begann er sich mit einem nüchternen Blick von außen zu sehen und erinnert sich beispielsweise an die Bemerkung eines studentischen Fahrgastes, der zu seinen Freunden beim Aussteigen sagte: „Eine typisch gescheiterte Existenz". Womit Alexander gemeint war, weil er eben als Mann jenseits der vierzig noch jobmäßig Taxi fuhr.

Als er jetzt unter dem Ahornbaum saß und ins Wasser starrte, war ihm schon lange literarisch nichts Gutes mehr eingefallen. Jeden Tag Yoga, fast jeden Tag Laufen und sogar Sex mit einer betrunkenen Taxikundin mitten in der Nacht hatten nichts Inspirierendes bewirkt. Körperlich bis auf den gebrochenen Zeh war er zwar trotzdem ungewöhnlich fit, er wirkte deutlich jünger als er war, aber geistig war er unendlich müde. Auch die ursprünglichste Quelle sprudelte nicht ewig aus sich selbst heraus, sondern wurde mit Gletscher- oder Grundwasser aus der Tiefe gespeist. Und dieser echte Nachschub fehlte seinem Leben seit einer Weile, das war sein Empfinden.

Deswegen, aufgrund dieser seelischen Müdigkeit, war er so überrascht, daß schon nach wenigen Minuten des Sitzens am Ufer, wo er nur auf das langsam dahinfließende Wasser schaute – manchmal eine Ente oder ein Stück Treibgut wie eine Plastikflasche „Bitter Lemon" mit dem Blick fokussierte –, sich eine seltsam ungewohnte Entspannung in ihm breitmachte.

Eine ähnliche wache Entspannung, wie nach wirklich gutem Schlaf. Was er kaum noch kannte, weil durch das viele nächtliche Taxifahren sein Biorhythmus völlig aus den Fugen geraten war. Ein plötzlich einsetzendes Empfinden von Leichtigkeit, das ihn ziemlich überrumpelte. Er hatte mit einigem gerechnet, aber nicht damit, daß er sich so schnell so unglaublich gut fühlen könnte; einfach nur durch das Sitzen als solches. Alle Lasten, die Minuten zuvor noch auf seiner Seele gedrückt hatten, verloren ihre Schwere. Daß er einsam war, niemand seine Texte veröffentlichte, daß er einen stupiden Job ausübte, all das spielte Augenblick für Augenblick – die Zeit floß ähnlich entspannt und unaufdringlich dahin wie der Fluß vor ihm – überhaupt gar keine Rolle mehr. Er war einfach nur verbunden mit der Welt, wie sie sich in diesem Moment ihm präsentierte. Ohne Wünsche, ohne Forderungen, ohne Ängste, ohne Obsessionen. Das war recht cool. Vor allem, weil sich dieser innere Frieden spontan und völlig ohne seinen Willen eingestellt hatte. Vom Entschluß des Meditierens abgesehen. Ihm fiel in diesem hellwach entspannten Zustand eine Wespe auf, die direkt am Ufer ins Wasser geflogen oder gefallen war und dort heftig mit ihren Flügeln schlug und hin und her rotierte. Ehe sie ertrinken konnte, zupfte Alexander ein Grashalm zu seinen Füßen ab, verließ seine meditative Pose und hielt den Halm so ins Wasser, daß die Wespe darauf krabbeln konnte. Er setzte sie auf der Wiese neben sich ab. Sie schüttelte sich kurz und flog dann davon.

Als er sich wieder wie vorher unter dem Baum hinsetzte, mit einem vorsichtigen Auge auf seinen verletzten Fuß, assoziierte diese kleine Rettungsaktion eine Erinnerung, die vom Verhalten her praktisch das genaue Gegenteil verkörperte:

Vor einer Handvoll Jahren, beim letzten gemeinsamen Urlaub mit seiner Frau vor der Scheidung, hatten sie einige Wochen in einem Sommerhäuschen in Finnland an einem See verbracht. Weil er angefangen hatte, ihr tägliches Trinken als Problem, als schwere Abhängigkeit zu begreifen und dies auch zur Sprache gebracht hatte, war aus seiner einst sehr liebevollen Frau, die zudem sexuell eine willige Gespielin war, ein aggressiver Drachen geworden. Wenn sie im kleinen Dorf-Supermarkt in der Nähe ihres Feriendomizils morgens ein Dutzend Bierdosen auf das Laufband stellte, ihre Tagesration, sah sie ihn dabei mit einer Mischung aus Trotz und Verachtung an.

Weil er ihr Trinken nicht mehr akzeptierte, so kam es ihm vor, fühlte sie sich von ihm nicht mehr geliebt, da für sie das Trinken Teil ihrer authentischen Persönlichkeit war. Diese innige, geradezu eheähnliche Verbindung von Psyche und Alkohol, von Glück und Bier war für Alexander, der bisher noch nie mit wirklich Süchtigen zu tun gehabt hatte, und also nicht wußte, daß diese Fusion von Droge und Seele Standard war, ein Schock gewesen. Er hatte naiverweise gedacht, Sucht sei so ähnlich wie seine ehemalige Abhängigkeit von Zigaretten: Die extrem war, er hatte sich manchmal automatisch eine Kippe angezündet, obwohl er noch eine andere zwischen den Lippen hatte, ohne es zu merken. Aber er hatte tief drinnen immer gespürt, daß es am Ende eine schlechte Angewohnheit war und nicht wirklich seine Identität. Auch wenn er damals das Gefühl hatte, ohne Zigaretten keinen Satz mehr schreiben zu können, er seine literarische Zukunft also bewußtseinsmäßig mit Nikotin vermischte, wußte doch zumindest sein Unbewußtes, seine wahre Intuition, daß dies völliger Quatsch war und nur ein Trick der Sucht, sich am Leben zu erhalten. So hatte er dann auch irgendwann mit dem Rauchen aufhören können.

Seine Frau hatte aber diese Intuition als Kompaß völlig verloren; ihr Unbewußtes war derart von Alkohol als positiver Droge überschwemmt, weil es sie enthemmt oder aggressiv machte, ihre sonst durch zu viel Freundlichkeit und Scham unterdrückten Schattenseiten erblühen ließ, daß sie zur Furie wurde, als würde man einer Mutter ihr Kind wegnehmen, wenn er ihr Saufen kritisierte.

Ihr Urlaub sah dann damals so aus, daß seine Frau spätestens nachmittags, nachdem sie beide einen oft wortlosen Spaziergang durch die finnischen Wälder gemacht hatten, wobei sie oft noch verkatert von der letzten Nacht war, eine Bierdose nach der anderen öffnete und irgendwelche stumpfsinnigen Filme oder ausgeliehene Videos im Fernsehen sich anschaute. Es war noch die Zeit von Videos, auch an Ferienorten in tiefster Provinz, und noch nicht von Streaming. Er erinnerte sich beispielsweise an einen Horrorfilm, wo dauernd Menschen mit einer Kettensäge von schaurigen Halbtoten in Stücke zerrissen wurden; – was seine Frau sich ansah, weil sie es immer noch besser fand, als sich mit ihm über die Folgen von Alkoholabhängigkeit zu unterhalten.

Er wiederum kompensierte seine Enttäuschung durch zwei Dinge: Erstens durch Sex. Denn war sie irgendwann betrunken genug, daß es ihr egal war, was er von ihrem Saufen hielt, wurde sie zu einer willigen und dämonischen Lustpuppe, die wirklich alle seine Phantasien bediente. Ihre eigenen natürlich nicht, denn Alkohol machte ab einer gewissen Menge zu passiv, um noch den eigenen echten Willen auszuleben. Lag sie nachts bewußtlos vom Suff neben ihm, aus dem Mund nach Alkohol und Sperma stinkend, nackt auf dem Bauch, die Beine breit, die Bettdecke irgendwo auf dem Boden verknäult, dann ekelte er sich vor sich selbst. Er ging oft frühmorgens, müde und nach nur ein paar Stunden schlechten Schlafs, zum nahen See, löste ein Ruderboot vom Steg und versuchte, sich durch Angeln vom Ehedrama abzulenken.

Aber es war kein natürliches Angeln, wie er es von früher mit seinem finnischen Vater in der Einöde lappländischer Wälder praktiziert hatte, wo sich im Umkreis von dreißig Kilometern kein Dorf befand. Und sie morgens deswegen angelten, um am Abend was zu essen zu haben. Sondern es war die zweite Kompensation nach dem Sex: Er wollte unbedingt einen Hecht fangen, um jeden Preis. Er hatte das Gefühl, wenn er einen aus dem See fischen würde, dann wäre sein Leben besser und auch er selbst wäre besser, cooler, realer. Das dachte er nicht bewußt, aber unbewußt. Es war ein totaler Zwang, der ihn beherrschte, während er jeden Morgen alle möglichen Stellen auf dem großen See abruderte. Und den Köder, einen in der Mitte geteilten Kunststofffisch, der sich im Wasser dadurch täuschend echte hin- und herbewegte, speziell auf Hechte optimiert, immer wieder weit vom Boot mit der Angel wegschleuderte und dann langsam herankurbelte.

So ging es tagelang ohne jeden Erfolg, bis eines Morgens tatsächlich ein Hecht anbiß und er den wild zappelnden Fisch aufs Boot zog. Es war der typisch torpedoförmige Körper, der grünbraune Rücken, der helle Bauch, der schnabelartige Kopf. Ohne jeden Zweifel ein Hecht; aber er war ein junges Exemplar, kaum größer als eine Regenbogenforelle. Groß genug zum Essen, wenn man am Verhungern war, aber eigentlich für einen Hecht noch zu klein. Dennoch zögerte er nicht und schlug mit der Rückseite der Klinge seines finnischen Gürtelmessers mehrmals hart auf den Nacken des Hechts und tötete ihn damit.

Später aßen er und seine biertrinkende Frau den grätenreichen Fisch gegrillt am offenen Feuer, aber es blieb ein seltsam fader Nachgeschmack für Alexander von dieser Episode zurück. Den er allerdings nie reflektierte, völlig verstrickt damals in den aussichtslosen Kampf mit der Alkoholabhängigkeit seiner Frau und in das Ende seiner Ehe.

Doch jetzt, nachdem er beim Meditieren die Wespe mit einem Grashalm aus der Spree gerettet hatte, brach die Erinnerung an dieses Geschehen vor fünf Jahren wieder bei ihm durch. Er spürte eine brennende Scham in ihm hochsteigen, er hatte das Gefühl, das sich sein Blick mit dem des Hechtes, kurz bevor er ihn erschlug, noch gekreuzt hatte. Was vielleicht eine Einbildung war, aber mit Sicherheit war es keine Einbildung, daß er den Fisch nur deswegen erschlagen hatte, als eine aggressive unbewußte Übersprunghandlung, weil seine Ehe so furchtbar kaputt war und er nicht weitergewußt hatte.

In einem natürlichen psychischen Zustand hätte er den zu jungen Hecht sofort vom Widerhaken des Köders befreit und wieder zurück ins Wasser gelassen. Das war ihm beim Erinnern völlig klar. Er hatte sich mit dieser Tat wirklich schuldig gemacht, zumindest seinen ethischen Standards gemäß. Und er hatte sich schuldig gemacht, den Boden für diese aggressive Handlung dem Fisch gegenüber selbst bereitet, weil er, statt sich von seiner Frau damals sofort zu trennen, als er ihre Alkoholabhängigkeit als seelenzerstörend realisierte, trotzdem weiter an die Ehe geklammert hatte. Und er hatte sich daran geklammert, weil er Angst vor dem Alleinsein gehabt hatte. Und er hatte Angst vor dem Alleinsein gehabt, weil er als Autor isoliert war. Hätte er dem ins Auge geblickt, diesem sozialen Außenseitertum aufgrund seiner Begabung und seiner Berufung als Dichter, so wie er es jetzt während der Meditation tat, hätte sich zwar auch nicht sofort etwas verändert. Aber er hätte niemals einen Fisch dafür leiden lassen, das war hundertprozentig gewiß.

Was Alexander dort mit seinem gebrochen Zeh unter dem Ahornbaum in diesem Augenblick erkannte, war die Tatsache, daß er selbst das Problem war. Daß die Lösung deswegen nicht draußen, in beruflichem Erfolg oder in yogischer Körperbeherrschung oder in exzessivem Marathonlaufen liegen würde, sondern nur in der Art und Weise, wie er innerlich auf die Welt reagierte. Und zwar von Augenblick zu Augenblick, ohne Aufschub und Ausreden. Entweder er rettete die Wespe oder er tötete den Hecht, es passierte immer im Hier und Jetzt. Als er sich etwas steif in den Knien und mit eingeschlafenen Füßen von seinem Meditationskissen erhob, wieder vorsichtig in seinen orthopädischen Schuh schlüpfte und langsam zurück in seine Wohnung humpelte, fühlte er sich trotz seines körperlichen Handicaps lebendiger und wacher als zuvor. Wie ein Dip im Winter in einen eiskalten See hatte die Meditation unter dem Ahornbaum sein Bewußtsein schockartig vitalisiert.

# Oneworld

Auf deutschen, speziell Berliner Autobahnen Gedanken nachzu-
hängen und den Verkehr nur unkonzentriert wahrzunehmen, war
selten eine gute Idee. Caroline Sutowa, die mit ihrem Kleinwagen
einen Laster überholt hatte und wieder auf die rechte Spur ein-
scheren wollte, realisierte im letzten Moment, daß ein feuerrotes
Motorrad dabei war, sie mit ungefähr 200 Kilometern in der
Stunde rechts zu überholen. Sie konnte gerade noch ausweichen
und so den vermutlich tödlichen Crash vermeiden. Von der Figur
her schien die Fahrerin der Maschine eine Frau zu sein, weiblich
hieß keineswegs, immer brav zu sein.

Auch Caroline war kein braves Mädchen mehr. In ihrem vor-
herigen Leben hätte sie vermutlich nach einer solchen Situation
auf der Autobahn zittrige Knie bekommen oder geflucht, jetzt war
sie cooler. Ohne es sein zu wollen, sie war es einfach. Sie hatte den
Zwischenfall im Grunde schon vergessen. Ihre innere Verwandlung hatte relativ harmlos vor einem halben Jahr bei einer alltäglichen Party ihren Anfang genommen. Sie steckte damals in einer
langjährigen Beziehung, die vor sich hin kriselte. Mit ihrem
Freund, der schon das war, was sie noch werden wollte, sie stu-
diere Jura, ein erfolgreicher Anwalt, stritt sie sich immer öfter.
Vom Mann ihres Lebens, der großen Liebe, war er allmählich zu
einer Nervensäge für sie mutiert. Erzählte er ihr von den Fällen

seiner boomenden Kanzlei, sei es Internet-Urheberrecht oder strafrechtliche Unternehmensberatung, meist knochentrockenes und verwuseltes Zeugs, schienen ihr sogar diese spröden Berichte inzwischen interessanter zu sein als er selbst. Ihre Verliebtheitsphase hatte zwar in aller Heftigkeit real existiert, aber sie lag schon lange zurück. Wirkte eher wie eine vage Erinnerung, wie ein uraltes Instagrambild. Seinen Hüftspeck, den sie am Anfang knuffig und süß gefunden hatte, fand sie inzwischen eher eklig schwabblig. Als weiteres Symptom der Entfremdung legte Caroline ihre Yogastunden vom Morgen in den Abend. Offiziell, weil sie früher in die Uni mußte, in Wahrheit aber, um ihn, wenn er von der Arbeit zurückkam, erst später zu sehen. Sie wohnten damals noch zusammen.

Dieser Wechsel der einst echten Gefühle war nicht dem gewöhnlichen und natürlichen Abklingen der erotischen Leidenschaft geschuldet, sondern es hatte eine Begebenheit gegeben, die in ihr tiefe Zweifel gesät hatte, ob dieser Mann wirklich der ihres ganzen Lebens werden sollte. Oder doch besser nicht.

Es war auf einer Feier der Kanzlei gewesen. Sie hatte sich aufgebrezelt, kleines Schwarzes, Pumps. Und als echten Eyecatcher hatte sie sich zum Spaß für diesen Abend ihre blonden Haare, die damals bis zum Po reichten, im „Khaleesi"-Look gemacht, die platinblonde Königstochter aus „Game of Thrones", also ein paar kunstvolle Zöpfe in ihre lange Mähne integriert. Die anderen Frauen waren auch alle herausgeputzt, die Männer trugen teure Anzüge. Es wurde viel getrunken, auf der Toilette auch gekokst.

Sie unterhielt sich mit einer Bekannten, als sie mit halbem Ohr Zeuge eines Gesprächs wurde, das ihr Freund, beschwipst und daher nicht auf sie achtend, mit einem Kollegen führte. Der andere sagte: „Deine Süße ist mit Abstand die Geilste hier. Diese goldenen Löwenhaare, mein Gott! Eine total sexy Märchenfee, von hinten fast besser als Emilia Clarke in ‚Thrones'. Aber hättest du dich eigentlich auch mit kurzen Haaren in sie verliebt? Ihr Gesicht ist ja eher, wie soll ich sagen: nicht wirklich modelmäßig, klein, die Augen zu nah beieinander, das Kinn zu spitz. Ich schildere nur die Faktenlage! Keine Wertung natürlich. Und zum Blasen kriegt sie den Mund bestimmt weit genug auf. Haha!"

Caroline erwartete irgendwie, als sie das hörte, robuste Männergespräche hin oder her, daß ihr Freund diesem Typen die Fresse polierte, wenigstens verbal. Obwohl, im tiefsten Herzen hätte sie sich ein sofortiges Zuschlagen gewünscht. Stattdessen sagte er: „Völlig hypothetische Fragen. Hätte sie sich in mich verliebt, wenn ich ein armer Schlucker gewesen wäre?! Jeder ist ein Bild und jeder macht sich eins! Alles andere ist Blabla. Um ehrlich darauf zu antworten: Eher nicht." Sein Kumpel lachte. Dann wechselte das Thema zwischen ihnen, aber Caroline war für einen Moment erstarrt.

Sie gehöre nicht zu den psychisch besonders empfindlichen Frauen, so daß sie schnell ihre innere Contenance wieder fand. In gewißem Sinn hatte er für ihren rationalisierenden Verstand sogar recht; sie hätte sich möglicherweise tatsächlich nicht in ihn verliebt, wenn er ihr als gutverdienender und aufstrebender Anwalt karrieremäßig nicht ein paar Schritte voraus gewesen wäre, als leuchtendes Vorbild. Hatte vermutlich denselben durch Ehrgeiz verblendeten Grund, warum sich so viele sporttreibende Ladys automatisch eher in ihren Lehrer, sei es Tennis, Fitneß oder Yoga, verknallten und nicht in irgendeinen netten, aber hüftsteifen und keuchenden Anfänger.

Zudem wollte Caroline im Suff gesprochene Worte im Sinne des harmonischen Miteinanders nicht auf die Goldwaage legen. Aber ihr Unbewußtes machte genau das, in vino veritas und legte die Worte ihres Freundes auf die Waage der Liebe und befand sie als viel zu leicht. Weil sie sich aber nicht trennte, nicht auf ihre innere Stimme hörte, das gemachte Nest nicht verlassen wollte, sondern stattdessen die gefühlskalte Reaktion ihres Partners verdrängte, entstand aus diesem Zwiespalt eine immer größere Aversion. Wie es sich eben oft in Beziehungen entwickelte, wenn man den Dingen nicht wirklich ins Auge sah.

Zu jener Zeit ging sie jeden Tag zum Yoga, auch wenn sie ihre Tage hatte oder verkatert war, völlig egal. Ein in der Szene bekanntes Phänomen: Kaputte Beziehungen konnten einen wie süchtig auf die Matte treiben. Fast wie Alkohol, sie wollte einfach nur für zwei Stunden ihr Leben vergessen. Was speziell an ihr nagte, war eine ernüchternde Erkenntnis.

Aufgrund der Bemerkung des Mannes auf jener Party, daß der Abstand ihrer Augen zu klein sei, hatte sie, mutig und ängstlich zugleich, die sogenannte „Marquardt mask", mit der man die Schönheit eines Gesichts analysieren kann, aus dem Internet heruntergeladen, auf Transparentpapier ausgedruckt und dann über ein eignes Porträtfoto gelegt. Dieser Marquardt, ein amerikanischer Chirurg, hatte sich in den Siebzigerjahren des vergangenen Jahrhunderts gefragt, besonders bei durch Unfälle schwer verstümmelten Menschen, nach welchen Kriterien man ein verwüstetes Gesicht plastisch wieder herstellen sollte. Denn es mußte in Hollywood damals so gewesen sein, daß man an jeder operativ neu gemachten Nase erkennen konnte, an der Form, wiedererkennbar wie der Pinselstrich von Van Gogh, wer der verantwortliche Schönheitschirurg gewesen war. Er war also auf der Suche nach objektiven Kriterien. Und fand sie. Und das Ergebnis war eben eine Gesichtsmaske, die die für Schönheit relevanten Proportionen zeigt. Das objektive Ergebnis in Carolines Fall war für sie erschütternd: Ihr Gesicht war zu wenig breit, der Kopf zu klein, die Verhältnisse von Nase, Mund, Augen wichen deutlich vom Ideal ab, sie war eindeutig das typische Anti-Model.

Die meisten dachten ja naiverweise, daß wahre Schönheit im Auge des Betrachters liege, aber tatsächlich war es so, daß weltweit als schön empfundene Gesichter, egal ob von Afrikanern, Asiaten, Europäern, Latinos oder auch Eskimos, ein objektives Kriterium aufwiesen: Eine dominante Häufigkeit von „goldenen Schnitten", also die harmonischen Proportionen der einzelnen Details zueinander. Der Abstand von den Augen zu den Nasenlöchern war beispielsweise proportional zum Abstand von den Nasenlöchern zu der Mittellinie der Lippen, oder der Abstand von der Seite des Gesichtes zum Äußeren des Auges entsprach dem Abstand vom Augenrand zum Zentrum der Pupille.

Es gab über zwanzig solcher signifikanter Merkmale im Gesicht. Das klang zwar alles sehr technisch, aber Carolines juristisch auf Konsequenzen erkennen geschulter Geist verstand sofort, daß diese „Kleinigkeiten" den Unterschied von großer Liebe und schneller Scheidung ausmachten oder bestimmten, ob jemand eine internationale Karriere als Covergirl von *Vogue* hinlegte oder ein zumindest öffentlich unbeachtetes und alltägliches Leben an der Kasse im Supermarkt führte.

Dieses harmonische Verhältnis des goldenen Schnitts ließ sich mathematisch durch eine irrationale Zahl ausdrücken: „Phi". Sie galt, las Caroline bei *Wikipedia*, sogar als die „irrationalste" überhaupt, ihr exakter Wert war: 1,6180339 ... Die Korrelation „Phi" fand sich überall in der Natur, etwa in den Gehäusewindungen einer Schnecke, den Anordnungen von Blütenblättern, sogar in dem Verhältnis männlicher und weiblicher Bienen in einem Bienenstock, – und so weiter.

Und eben im Gesicht von Menschen; allgemein als schön wahrgenommene Gesichter, viele weltberühmte Schauspielerinnen, sei es früher Grace Kelly oder heute Scarlett Johansson transportierten im Unterschied zu normalen Leuten eine Vielzahl von „Phi" mit ihrem Porträt, präsentieren überall goldene Schnitte. Selbst Babys schienen wissenschaftlichen Studien zufolge davon fasziniert zu sein; und schauten derart als schön definierte Menschen, die harmonische Strukturen sichtbar verkörpern, länger und fröhlicher an als andere. Und als Krönung signalisierte ein derartig strukturell harmonisch geprägtes Antlitz evolutionär strotzende Gesundheit. Da schadeten dann selbst ein paar Falten á la George Clooney nichts.

Auch wenn Caroline gefühlt schon hundert Mal gehört hatte, von verliebten Männern meistens, sie sei schön, im Angesicht jener Maske wurde ihr klar, daß objektiv gesprochen und als Jurastudentin hatte sie einen ausgeprägten Sinn für schnöde Fakten, dies leider nicht der Fall war. Sie mochte schön für manche sein, für ihre Liebsten, für sich selbst, aber im Sinne des goldenen Schnitts war sie eine typisch durchschnittliche Katastrophe.

Als Perfektionistin war das Akzeptieren dieser Tatsache, die sie sich vorher nie derart direkt vor Augen geführt hatte, eine harte Nuß. Sie verstand plötzlich sogar jene Frauen, die sich die Lippen aufspritzen oder die Nase verkleinern ließen. Obwohl es ein krasser Irrweg war, denn das objektive Wesen der Schönheit war eben nicht das einzelne Detail, sondern die Stimmigkeit aller Details. Wenn also eine Frau ihre Lippen von einem dieser Frankenstein-Chirurgen voller und saftiger machen ließ, stimmten die natürlichen Proportionen des übrigen Gesichtes nicht mehr. Sehr leicht konnte jetzt beispielsweise der Kopf als Ganzes zu klein für diese neuen Lippen wirken. Und was blieb dann, diesen austauschen?! Das war vermutlich der wahre Grund – die natürlich gewachsene Stimmigkeit auch eines reizlosen Mauerblümchens –, warum ein normales Gesicht immer viel schöner war als eines, in dem Leute mit Botox und Skalpell herumgepfuscht hatten.

Diese Variante äußerer Veränderung kam also nicht in Frage. Sie hatte ihre Realität stattdessen so, wie sie war, zu sehen und zu akzeptieren. Zwar machte sie sich auch ein bißchen Gedanken, warum ihr Kinn eigentlich ungerechterweise spitzer war als etwa das von Scarlett Johansson. Alles hatte in Carolines Welt immer einen Grund. Die im Internet gelesene These, daß die eigene Ernährung sowie die der Eltern oder Großeltern das Aussehen eines Kindes beeinflußte, fand sie frappierend schlüssig. Wer beispielsweise als Kind nur wenig echte knochenbildende Nahrung bekam, weil die Eltern oder sonstigen Erziehungsberechtigten keine selbstgemachten Kraftbrühen kochten, sondern nur Fertiggerichte in den Ofen schoben, dessen oder deren Wangenknochen waren dann aufgrund des spezifischen Nährstoffmangels nicht deutlich ausgebildet. – Das Kinn, durch fehlende Knochenmasse, würde zu spitz sein, „Phi" ade. Mit dem praktischen Effekt, daß sich später selten jemand nach einem umdrehen würde.

All solche erklärenden und tröstenden Gedanken – auch das eigene Spiegelbild reflektierte Schicksal und lag nicht nur in der eigenen Hand, drückte möglicherweise mehr Ernährungsmängel als Charakter aus – änderten aber nichts daran, daß Caroline sich zutiefst unwohl in ihrer Haut fühlte. Und letztlich nicht wegen ihres Gesichts, das war schließlich nicht zu ändern, sondern wegen ihrer Beziehung. Je mehr Yoga sie machte, desto schlechter fühlte sie sich komischerweise. Nicht sofort nach dem Yoga, da ging es ihr blendend, aber so ein paar Stunden danach, wenn die euphorisierende Wirkung nachließ. Irgendetwas mußte passieren, so ginge es nicht weiter, dachte sie. Denn auch ihr Studium schwächelte. Hatte sie früher oft solange gelernt, daß sie am Schreibtisch über Gesetzbüchern manchmal einschlief, war sie inzwischen nur noch bei Yogahaltungen mit Herzblut bei der Sache.

Dort passierte es dann in einer Nachmittagsklasse, daß sie in einer alltäglichen Pose, dem „herabschauenden Hund", realisierte, daß keine Haltung so einfach sein konnte, keine Situation zu banal, als daß man sie nicht ernst nehmen mußte. Passenderweise während sie tief ausatmete, was mental ja einer introvertierten Fokussierung entsprach, im Gegensatz zum Einatmen, das ein Sich-Öffnen bedeutete. Während ihre Wirbelsäule sich wie eine räkelnde Schlange anfühlte, wurde ihr bis in die Bandscheiben klar, daß nur der Moment im Hier und Jetzt zählte. Was praktisch hieß: Wenn sie Jetzt und Hier unglücklich mit ihrem Partner war, mußte sie auch sofort handeln. Durch Yoga wurde ihr paradoxerweise klar, daß sie sich mit Yoga nur vor einer wichtigen Entscheidung ablenkte und herumdrückte.

Sie beendete abrupt die Klasse. Sie rollte ihre Matte zusammen und bemerkte zu ihrer perplexen Lehrerin, daß ihr gerade was klargeworden sei und verließ das Studio. Zuerst checkte sie telefonisch bei Hairstylisten, ob jemand einen Termin frei hätte. Sie hatte Glück. Als sie auf dem Friseurstuhl Platz nahm und ihren

Wunsch äußerte: sportlich kurz, war die gepiercte und tätowierte Angestellte für einen Moment schockiert und wollte sie umstimmen: „Die wachsen nicht über Nacht nach, du hast wunderschönes Haar! Warum nicht Locken oder Rastas, Färben oder Kürzen. Man kann auch ohne Abschneiden seinen Typ völlig verändern! So ein Kahlschlag ist eine totale Verschwendung von Potential." Caroline dachte kurz, daß Friseure inzwischen auch schon wie Investmentbanker quatschten. Aber sie blieb stur. Und so nahm die Schere ihren Lauf.

Ihr Partner Martin hatte für den Abend zwei Karten für Mozarts „Cosi fan tutti" in der Staatsoper gekauft. Mozart war eine große Liebe von ihr, für ihren mondän orientierten Freund war es mehr eine Gelegenheit, gesehen zu werden und mit Caroline ein bißchen anzugeben. Sie hatten verabredet, sich vorher in der *Newton Bar* am Gendarmenmarkt zu treffen. Es war die Vor-Lockdown Zeit, das Wort war noch völlig ohne Bedeutung, man konnte einfach mit einem Cocktail dicht an dicht herumstehen, in der Menge und mit Viren aller Art baden und Teil des Glamours der Stadt sein. Oder sich zumindest so fühlen.

Ihr beim Yoga spontan geborener Plan war, dort an der Bar, wo die menschlichen Eitelkeiten sich tummelnd präsentierten, indem sie alle cool so taten, als würden sie es nicht tun, mit kurzen Haaren aufzukreuzen und die spontane Reaktion ihres Freundes zu sehen. Er würde es jetzt mit ihrem wahren Gesicht zu tun bekommen, keine ablenkende, becircende Undine-Mähne mehr. Wie auch immer er reagieren würde, genau dort und dann würde sich für Caroline das Schicksal ihrer Beziehung entscheiden. Ihre Liebe war jetzt in der K.O. Runde angelangt, es gab nur noch Sieg oder Niederlage.

Als sie im Friseurladen am Ende der Schnippelei in den Spiegel schaute, in ihr nacktschneckenhaftes Gesicht ohne Gehäuse, war sie überhaupt nicht geschockt, wie sie vorher insgeheim befürchtet hatte, nicht einmal erstaunt, sondern nur völlig erleichtert. Das war sie wirklich, die wilde Haarpracht war nur ein blendender Rahmen gewesen. Sie zog sich auch nicht mehr für die Oper um; erstens war die Zeit dafür zu knapp, aber hauptsächlich würde ihr ungestylter und ungeschminkter Alltagslook noch besser ihre neue Frisur und damit ihre neue natürliche Haltung betonen.

Als Caroline in der Bar ankam, saß Martin auf einem der kirschroten Barhocker am edlen Tresen aus poliertem dunklen Holz. Im Hintergrund sah sie lebensgroße Fotografien von nackten Frauen mit High Heels an der Wand. Das war genau die richtige Szenerie für ihren Auftritt, dachte sie. In einer Hand hielt er einen Tumbler mit gelbschimmernden Whiskey Sour mit aufgeschäumter Eiweißkrone, in der anderen sein Smartphone. Innerlich war sie auf alle möglichen Reaktionen vorbereitet; am wahrscheinlichsten schien ihr, daß er sein Mißfallen oder Unbehagen versuchen würde zu überspielen. Keineswegs ihr zuliebe, sondern weil es dem pseudotoleranten Zeitgeist zufolge extrem uncool sein würde, politisch inkorrekt, der Länge der Haare seiner Freundin irgendeine wirkliche Bedeutung beizumessen.

Gerade weil er ein an allgemein herrschende Maßstäbe angepaßter Mensch war, ein Opportunist wie viele Anwälte es schon berufsbedingt sein mußen, war seine Reaktion auf ihr verändertes Aussehen eine um so schockierendere Offenbarung. Ihm fiel nicht nur die Klappe herunter, wie man so sagte, sondern wirklich das Glas aus der Hand. Sein Blick auf Caroline, dabei die Nase unwillkürlich gerümpft und die Augenbrauen zusammengezogen, war ungläubig und ehrlich entsetzt, wenn nicht gar angewidert. Nun war es an ihr, geschockt zu sein. Auf eine derart brutale und instinktive Reaktion auf ihr wahres Gesicht wäre sie im Traum nicht gefaßt gewesen. Mit der Schnelligkeit eines Wimpernschlags realisierte Caroline, daß Martin tatsächlich nur in ein Bild von ihr verliebt gewesen war. Es waren dann eben nicht nur ein paar belanglose und wieder nachwachsende Haare, die sie hatte abschneiden lassen, sondern es war ungefähr so, als würde er erkennen, daß das angebliche Meisterwerk in seiner Sammlung eine Fälschung war. Sie realisierte in diesem stummen, sekundenkurzen Augenblick, wo sie sich nur anschauten, daß sie für ihn als reale Person de facto gar nicht existierte.

Von dieser Erkenntnis an war es einfach für sie. Der erste verletzte Impuls, ihm eine zu scheuern oder sogar wütend vor ihm auszuspucken, verschwand wie von Zauberhand. Die Gewißheit, so negativ sie auch war, daß ihre Liebe eine reine Fata Morgana gewesen war, gab ihr ein plötzliches Gefühl von Klarheit und Freiheit. Es war erstaunlich. Sie sagte ruhig: „Ab heute schlaf ich woanders. Es ist aus."

Er zuckte mit den Achseln. „Von mir aus!", erwiderte er bissig. Er tat ihr fast leid in seiner von einem Bild abhängigen Verstörtheit. Sie drehte sich um und verschwand aus der noblen Bar und aus seinem Leben.

Sie zog dann zu ihrer guten Freundin Beate, die auch Jura studierte. Mit ihr saß sie ein paar Tage später am Kai des Monbijou Parks an der Spree in der Abenddämmerung. Schwäne schwammen vor ihnen im Wasser, sie tranken Wein direkt aus der Flasche. Beate erzählte, daß sie nebenher für eine Escort-Agentur arbeite, edel und teuer und fragte Caroline, ob sie es nicht auch mal versuchen wolle. Jetzt, wo ihre Beziehung hinüber sei – auch noch nach einem Friseurbesuch, komische große Liebe sei das ja gewesen –, könne sie ja frei herumexperimentieren. Und nicht nur das. Die Trennung bedeutete für Caroline einen Batzen zusätzlicher Kosten, in erster Linie Miete. Berlin war im Vergleich zu wirklich teuren Städten wie etwa Genf, wo an jeder Ecke statt einer Kneipe oder Café ein Juwelierladen zu sein schien, zwar vergleichsweise billig, doch geschenkt gab es deswegen noch lange nichts. Als Studentin bekam sie finanzielle Unterstützung vom Staat, aber dieses sogenannte „Bafög" reichte nur zum Überleben, nicht zum Leben.

Beate erzählte von den Suiten in den Luxushotels, riesige Marmorbäder mit goldenen Armaturen und den reichen und manchmal berühmten Leuten, die sie so kennenlernen würde. Einmal sei sie im *Adlon* gewesen, im hoteleigenen Morgenmantel am offenen Balkon um Mitternacht, in einem der oberen Stockwerke und habe über das Brandenburger Tor auf den dunklen Tiergarten geschaut. Von dort oben habe die eigentlich stinknormale Luft plötzlich wunderbar nach Freiheit gerochen. Wie im Märchen sei es gewesen. Natürlich bezahle man dafür, damit, daß hinter ihr ein Typ stehe und ihren Arsch kneten würde. Und sich für den Größten hielte. Aber das ginge vorüber und die Männer zahlten total irre Preise für ihre Dienste und vor allem ihre Zeit. Wenn sie geschickt sei.

Woraufhin sie gefragt hatte: „Aber ist das nicht eklig, so Sex mit Fetten oder Alten oder überhaupt Leuten, wo die Chemie vielleicht gar nicht stimmt?" – „Na ja. Erstens arbeite ich in einer Agentur, wo man jederzeit einen Kunden ablehnen kann. Hab ich

157

auch schon gemacht. Und zweitens: Es ist nur eklig, solange du Liebe oder Attraktion in den Sex mischt. Wenn du das nicht machst, bist du eher wie ein Arzt oder Psychodoktor, die sich ja auch nicht vor Körpern oder Seelen ekeln, egal wie kaputt diese sind. Ein Job wie jeder andere am Ende, nur stundenmäßig viel besser bezahlt. Wie verkaufen körperliche Träume, die Nachfrage danach ist groß. Sieh es so." Beate lachte. Sie meinte ihre Worte durchaus ernst. Caroline fragte sie: „Wenn du dich richtig verlieben würdest, würdest du es dann auch noch machen?" Beates Gesicht verlor für einen Moment Lächeln und Lachen: „Natürlich nicht."

Manchmal waren es gerade die Dinge, vor denen man sich scheute, die einen dann weiterbrachten. Caroline hatte beispielsweise monatelang einen totalen Block, den Handstand beim Yoga überhaupt nur zu üben. Das hieß, die Hände vor der Wand auf den Boden zu drücken und sich beherzt hochzustemmen. Die Wand fing einen ja auf und die Kraft in den Armen hatte sie. Aber sie hatte eben auch Angst, irrsinnige Angst. Sie bekam nicht einmal einen Fuß kniehoch nach oben. Ihre mentale Angst blockierte völlig den körperlichen Impuls, sie klebte am Parkett wie ein traumatisierter Elefant. Irgendwann, nach zahllosen Anläufen war sie innerlich bereit gewesen. Mit dem Gedanken: „Dann sterb ich halt jetzt" schwang sie sich eines schönen Tages das erste Mal an der Wand in den Handstand hoch. Von da an war es kein großes Problem mehr; weil sie sich dauernd der Angst gestellt hatte, auch wenn sie sie nicht sofort überwand, hatte sie eben genau durch diesen ständigen Kontakt die Angst dann tatsächlich überwunden.

Es war diese Erinnerung des Loslassens, zeitgleich mit der Trennung von ihrem Freund, die den inneren Ausschlag gab, es als

Escort Girl zu versuchen. Wenn Männer mit Frauenbildern zufrieden waren, sollten sie Bilder bekommen. Psychische Abhärtung schien ihr jetzt angesagt, ein extrem nüchterner Blick auf die Welt. Und so kam es dann, daß sie sich auf der Homepage einer High Class Escort-Agentur – also vergleichsweise sehr teuer, ihre Dates fingen bei fünfhundert Euro die Stunde an – als erotische Yogamieze präsentierte, gelenkig, spirituell, geil. Und sie ging weg wie warme Semmeln, konnte sich vor Anfragen kaum retten. Ein Agenturbild, wo sie auf allen vieren im „herabschauenden Hund" ihren Po nach hinten streckte, wurde ununterbrochen angeklickt. Es schien eine kollektive Phantasie von Männern zu sein, sie in dieser Haltung sexuell zu besitzen.

Weil sie zudem alle Spielarten der körperlichen Liebe anbot, tabulos von Kopf bis Fuß, schwamm sie plötzlich im Geld, zumindest für ihre Verhältnisse. Der Fluch der Marquard-Maske, der unschön kurze Abstand ihrer Augen und andere unvollkommene Details, hatten keinerlei Einfluß auf ihre einträglichen Dates. Sie verkörperte nicht mehr die langhaarige Elfe, sondern jetzt die abgründige, mit allen dämonischen Wassern der Lust gewaschene Tantra-Yoga-Braut. War sie natürlich auch nicht, aber dieses Bild schien eine krasse Marktlücke zu schließen. Frauen, die ihren Fuß hinter den Kopf bringen konnten und Ähnliches, gab es halt nicht so viele im horizontalen Gewerbe.

Weil es so hervorragend lief, fragte sie sich nach einer Weile ernsthaft, ob sie nicht eine Pause vom Jurastudium einlegen sollte, um ihr Bankkonto mit sexuellem Honorar zu mästen. Beate riet ihr zwar von solch einem „Sabbatical" ab, weil sie meinte, die Gefahr sei sehr real, daß sie sich an den luxuriösen Lebensstil mit relativ leicht verdientem Geld gewöhnen und gar keine Lust mehr aufs Studium haben würde. Und in ein paar Jahren, wenn ihre Reize zumindest kommerziell welken würden, wäre sie einfach nur eine abgebrochene Jurastudentin. Und als Yogalehrerin sich ökonomisch durchzuschlagen, was sie vermutlich könnte, sei trotzdem mit Sicherheit viel schwieriger als als Anwältin. Vom Verdienst zu schweigen.

Das klang alles sehr vernünftig und genau deswegen schoß Caroline Beates Ratschläge in den Wind. Sie wollte nicht mehr vernünftig sein. Morgen war sie vielleicht tot, was nützte ihr dann selbst ein mögliches „Sehr gut" im ersten Staatsexamen im nächsten Jahr? Die Idee, stattdessen als Yoganutte das Hier und Jetzt unsicher zu machen, gefiel ihr deutlich besser. Und schien ihr auch spiritueller und authentischer. Ihr Exfreund hatte ein Prädikatsexamen und eine etablierte Kanzlei und war trotzdem ein neurotisch armseliger und in seinen beschränkten Vorstellungen verlorener Mensch. Dieser Lebensstil war kein Vorbild mehr für sie.

Sie hatte also ihre temporäre Entscheidung contra Jura schon gefällt, suchte auch bereits nach einer eigenen Wohnung, um ihre neue Selbstständigkeit auf allen Ebenen zu aktivieren, als plötzlich der Coronavirus auftauchte. Und die Welt, insbesondere das regelungswütige Berlin erstarrte über Nacht im Lockdown. Auch sexuelle Dienstleistungen waren wegen möglicher Ansteckungsgefahr verboten.

Was insofern skurril war, weil beim Aufkommen von AIDS – der HIV Virus war sehr viel gefährlicher als Covid 19, soweit Caroline sich erinnerte – in den Achtzigerjahren sicher mehr Menschen gestorben waren als durch Corona, ohne daß Sex und Geselligkeit deswegen auf die schwarze Liste gesetzt wurden. Wer damals keine Kondome benutzte, also sozusagen ohne Maske Sex hatte, tat es auf eigenes Risiko, aber es war nicht verboten. Die persönliche Freiheit des Lebens – und führte sie auch zum Tod –, wurde höher gewichtet als ein vages Sicherheitsgefühl. Die Menschen heute schienen immer ängstlicher und panischer, statt mutiger und wacher zu werden.

Diese neue Situation jedenfalls, die professionelle Sexualität unter Strafe stellte, veränderte auch Carolines Haltung. So sehr sie das schnell verdiente Geld schätzte und sich inzwischen daran gewöhnt hatte, sie nahm den Lockdown als Wink des Schicksals, vielleicht doch Distanz zu dieser Halbwelt der Prostitution zu halten. Sie hatte zwar nicht Angst vor Ansteckung und witzigerweise als Jurastudentin auch nicht wirklich Angst vor Illegalität, aber als Escort suchte sie Geld und Abenteuer, nicht Stress und Heimlichtuerei. Ihr Verhältnis zur Gesellschaft war im Großen und Ganzen positiv, sie wollte im Einklang mit deren Maßstäben wie auf einer Welle surfen. Im Zweifel war sie eine soziale Surferin, wendig und wach, auch wenn sie in Berlin lebte und nicht auf Hawaii.

Allerdings war sie heute von Beate spontan gebeten worden, kurzfristig einen Stammkunden von ihr zu übernehmen, da sie sich den Fuß geprellt habe und kaum gehen könne. Ungeachtet der offiziellen Verbote von sexuellen Dienstleistungen ließ sich gerade in der gehobenen Escort-Szene der Kontakt zu Stammfreiern kaum kontrollieren Und wer keine Angst vor Corona hatte oder wer wirklich Geld brauchte, fand immer einen versteckten Trampelpfad im ältesten Gewerbe der Welt. Ihren neuen Vorsätzen zum Trotz, die Finger vom Escortjob zu lassen, hatte Caroline zugesagt. Es würde eine Ausnahme bleiben und etwas Extra Cash für eine neue Sommerjacke kam ihr gerade recht. Ihre alte war an den Ärmeln und den Seitentaschen schon arg und unschick ausgefranst.

So war sie jetzt auf der Autobahn unterwegs in den wohlsituierten Südwesten von Berlin. Beate hatte ihr die Adresse aufs Smartphone geschickt, eine Villa im Bezirk Wannsee. Der Freier war irgendwie erfolgreich im Filmbusiness oder Journalismus, sie hatte es wieder vergessen. Da sie Beate vertraute, hatte sie nicht wie sonst immer mit *Google* den Namen gecheckt. Das Internet war inzwischen derart präsent, daß von echter Anonymität keine Rede mehr sein konnte. Und als Escort gab es etwas innere Souveränität, wenn man aufgrund von zum Beispiel *Facebook*-Fotos vorher ungefähr wußte, wie der Kunde aussah, was er von Beruf war und so weiter. Nicht, daß man gefährlich Perverse am Ende wirklich an ihren Gesichtern erkennen konnte, aber man hatte zumindest das Gefühl, daß man es könnte.

Kleidungswunsch war „unauffällig" gewesen, so daß Caroline – bis auf den Satinslip und den Strapsen unter den Jeans – mehr oder weniger als sie selbst an der Toreinfahrt eines von recht hohen Mauern umgebenen Grundstücks klingelte. Über dem Namensschild war eine bewegliche Kameralinse angebracht. Es war eine stille kleine Straße mit Kopfsteinpflastern, flache moderne Einfamilienhäuser und herrschaftliche Villen wie die, vor der sie stand, bestimmten die Architektur.

Eine männliche, etwas selbstgefällige Stimme tönte aus dem Lautsprecher: „Gehen Sie am Haus rechts vorbei, dann kommen Sie in den Garten!" Eine kleine Tür neben dem Einfahrtstor summte und ließ sich aufdrücken. Caroline betrat den Vorplatz der klassischen Jugendstilvilla, auffällig waren Muschelmotive am geschwungenen Dachfries. Sie ging einen gepflegten Kiesweg entlang und kam hinter dem Haus auf eine große Liegewiese mit alten Bäumen. In einem Pavillon mit Gartenmöbeln um einen Tisch saß ein Mann mittleren Alters auf einer Liege. Er hatte eine der typischen blauweißen Masken auf und vor sich einen eisgefüllten Kübel mit einer Flasche Champagner und zwei Sektgläsern. „Willkommen, Mandy! Beates Freundinnen sind auch meine Freundinnen!" „Mandy" war Carolines Escort-Name. Beates Escort-Name war zwar „Lou", aber da er Stammkunde war, kannte er inzwischen offenbar ihren richtigen Namen. Es war ein Wirrwarr an Identitäten.

Sie setzte ihr professionelles, zwischen herzlich und cool oszillierendes Lächeln auf, sagte „Hallo!" und betrat den offenen Pavillon. Der Mann stand auf, etwas an seiner Figur irritierte sie. Er sagte: „Die Maske ist nur Scherz. Ich meine, so nah wie wir uns gleich kommen werden, Beate meinte ja, du bist besonders willig, ist es natürlich lächerlich, sich nicht einmal die Hand geben zu dürfen." Er streckte seine Hand aus. Sie nahm sie und drückte sie weiblich zart. Sie vermutete anhand seiner wenigen Worte intuitiv, daß er eher auf passiven Frauen stand und paßte sich sofort diesem Bild an. Sie erwiderte: „Da haben Sie recht!" Indem sie ihn siezte, baute sie ihn als Respektsperson auf. Es war eine simple Masche, oft wirkte sie. Wenn er wider Erwarten eher auf dem weiblichen Kumpeltyp stehen sollte, konnte sie immer noch zum Du wechseln.

„Setz dich! Willst du was trinken?!" Daß er sie kommentarlos und etwas herrisch weiterhin duzte, paßte in ihr spontanes Bild. Er wollte dominieren und verstand wie so viele Männer überhaupt nicht, daß echte Dominanz eben genau darin bestand, nicht dominieren zu müssen. Wahre Stärke war nicht auf Folgsamkeit aus.

Sie setzte sich. Er öffnete die Champagnerflasche und goß ein. Neben ihr Glas legte er einen offenen Briefumschlag. Vermutlich war dort das Honorar für zwei Stunden drin, tausend Euro. Als er dann die Maske abnahm und mit ihr anstoßen wollte, erstarrte sie. Sie stellte abrupt ihr Glas wieder auf den Tisch, dabei viel vom Getränk verschüttend. Ihr war, als würde ein Messer tief und schnell in ihr Herz stechen. Der Mann vor ihr war nicht Martin, ihr Exfreund, aber der Mann, der dort als Freier sein bezahltes Date in Angriff nahm, sah fast genauso aus. Ein paar Jahre älter, um die vierzig, aber im Gesicht praktisch ein Doppelgänger ihres Ex. Vom Typ ungefähr wie Bruce Willis in jüngeren Jahren und auch körperlich die gleiche kräftige athletische Statur, der gleiche Rettungsring um die Hüften. Auch seine Augen waren grün wie die ihres ehemaligen Freundes.

Caroline lächelte nicht mehr, sie schaute weg. Eine Art fahriger Abwesenheit überkam sie. Er fragte: „Was ist?! Willst du nicht nachzählen?" Er setzte sich neben sie und legte eine Hand auf ihren Oberschenkel. Er war ein routinierter Freier, das war offensichtlich. Sie verfluchte den heutigen Tag; normalerweise checkte sie ja mit *Google* visuell ihre Kunden und hätte bei einer solchen Ähnlichkeit mit ihrem ehemaligen Freund niemals in ein Treffen eingewilligt.

Angesichts des hochschießenden Schmerzes, den seine so sehr an Martin erinnernde Erscheinung bei ihr auslöste, wußte sie innerlich, daß sie genau in diesem Augenblick vor einer schicksalhaften Weggabelung stand. Wenn sie ihr wahres Gefühl ernst nahm, müßte sie das Date sofort beenden. Wie kaputt ihre Beziehung am Ende auch immer war und wie verblendet vielleicht auch von Anfang an, trotzdem hatten sie sich einmal auf ihre Weise –

und es gab letztlich niemals eine andere als eben die real stattfindende Weise – geliebt. Würde sie jetzt diesem Mann gegenüber am Tisch all seine geilen Sehnsüchte erfüllen, würde sie die vergangene Liebe zu Martin verraten, sie für die Dauer des Treffens aus ihrer Seele abspalten müssen. Und damit auch sich selbst spalten. Sie wollte sich aber nicht mehr schizophren spalten, nicht einmal für eine Sekunde. Auch nicht für tausend Euro.

Sie sah ihrem Kunden abrupt fest in die Augen. Ihre Stimme war völlig verändert, nichts Devotes und Becircendes ging mehr von ihr aus, sie sagte: „Das muß komisch für dich sein. Du siehst ja, daß ich plötzlich irgendwie seltsam bin. Ich google normalerweise die Leute. Das habe ich heute nicht gemacht. Also, du siehst genau so aus wie mein Ex. Mit dem ich lange zusammen war. Ich kann das jetzt nicht mit dir machen, Sex und alles. Sorry!"

„Okay...", die Stimme des Mannes klang im Unterschied zu vorher unsicher. Caroline sah seine Enttäuschung. All sein cooles Gehabe war tatsächlich nur Show gewesen. Gott allein wußte, was für ein wüster Hardcore-Film mit ihr und ihm in den Hauptrollen sich vorher in seinem Kopf abgespielt hatte. Aber er war offenbar einer von den Netten; immerhin war er ja auch ein Stammfreier von ihrer Freundin, die eine gute Menschenkenntnis besaß. Der Mann räusperte sich. Er sagte: „Das verstehe ich schon. Soll ich dir noch Geld für Taxi geben?! Das ist ja wohl so üblich, wenn die Chemie nicht stimmt."

Caroline erwiderte: „Es ist nicht die Chemie, wirklich nicht. Du bist voll okay. Freu dich auf Lou, ich meine Beate, wenn sie wieder kann!" Der verschmähte Freier öffnete den Umschlag und entnahm einen fünfzig Euroschein. „Nimm's trotzdem! Für die

Anfahrt. Du machst es ja auch nicht zum Spaß! Ach so und noch etwas!"

Caroline sah ihn fragend an. Er holte aus seiner Sakkotasche ein Flugticket. „Kannst du das Beate geben? Das ist ein Boarding Pass für den Flug Berlin-Bangkok-Berlin. Für sie als Geschenk gekauft, aber wegen des Lockdowns Geld zurück und ungültig. Sie freut sich aber vielleicht über die Geste." Es war ein Ticket der Airline *Finnair*. Auf dem mit den Flugdaten bedruckten Papier war ein blauer Kreis, das Logo der *Oneworld* Alliance, ein Zusammenschluß von verschiedenen internationalen Fluggesellschaften. Caroline steckte den Geldschein und das Ticket nach einem Zögern ein, sie gaben sich kurz die Hand und sie verließ den Garten.

Caroline raste zunächst auf dem Rückweg in den Prenzlauer Berg über die Avus fast genauso schnell wie die Motorradfahrerin auf der Hinfahrt, die sie rechts überholt hatte. Als würde sie ihrer Vergangenheit mit genügend Tempo entfliehen können. Ein rot aufleuchtendes Blitzlicht an Straßenrand ließ sie zusammenzucken. − „Scheiße!" Sie schlug wütend aufs Lenkrad, sie hatte die hier erlaubte Höchstgeschwindigkeit um gute 50 km/h überschritten, das würde teuer werden, vom einmonatigen Fahrverbot abgesehen. Einspruch einzulegen, weil sie aufgrund einer temporären psychischen Störung Opfer einer neurotischen Übersprunghandlung − aka Temporausch − geworden war, dürfte sinnlos sein. Allerdings hatte es auch etwas Charmantes: So bekam sie ein offizielles Erinnerungsfoto des heutigen Tages. Der auch später in der Zukunft etwas Besonderes für sie bedeuten würde, das wußte sie schon jetzt.

Als sie an diesem Abend in ihr provisorisches Zuhause bei Beate zurückkehrte, erzählte sie ihr natürlich vom Erlebnis mit dem Freier. Daß ihr klargeworden sei, daß selbst eine sehr bescheidene und durch Projektionen verblendete Liebe wie ihre frühere zu Martin eine Würde habe, die nicht einmal in Spurenelementen käuflich sei. Die wahre Welt sei unteilbar und eine Einheit aus Körper und Geist, Fleischeslust und Mitgefühl. Und daß sie deshalb plötzlich einen inneren Ekel davor spüren würde, die Zeichen der Liebe, also sexuelle Willigkeit, zu verkaufen. Und so an der Trennung der Welten statt an ihrer Vereinigung mitzuwirken. Sie würde es niemals mehr tun.

Caroline zeigte auf das Ticket, das auf dem Küchentisch lag und inzwischen schon einige Rotweinflecken abbekommen hatte. „Siehst du das blaue Logo da, *Oneworld*?! Der Kreis da? Dieser Name ist mein neues Programm. Meine neue Inspiration! Das ist doch ein krasser Zufall, oder?! Einsteins Spruch, daß Gott nicht würfeln würde, das ist der Beweis! Also für mich!" Caroline lachte. Beate grinste und füllte ihre beiden Gläser mit Wein aus dem Supermarkt auf.

167

# „Ave verum corpus", 9/11

Oliver hatte das Angebot der alten Frau – deren Resolutheit für sein Gefühl von tiefer Traurigkeit durchdrungen schien –, vor dem Pflegeheim auf sie zu warten, bis sie mit ihrem Besuch fertig sein würde, nicht angenommen. Mit einem müden Lächeln hatte er gesagt: „Danke. Hier kriegen Sie überall Taxis. Für mich ist jetzt wirklich Schluß."

Ein Vorsatz, den er bereits gute fünf Minuten später und eine Handvoll geraster Kilometer weiter, brach. Am glanzlosen Anfang des Ku'damms, am Rathenauplatz, dort, wo die Skulptur eines einbetoniert in den Boden ragenden Autos schon seit Westberliner Urzeiten vom geistigen Ende der grenzenlosen Mobilität kündete, winkte eine junge Frau. Sein automatisches und völlig gedankenloses Abbremsen und Spurwechseln Richtung Bürgersteig waren eine Art unwillkürlicher Reflex; geschuldet wahrscheinlich seinem Singledasein, wo jedes halbwegs attraktive weibliche Wesen auf eine ziemlich wahllose Weise eine neue Chance auf große Liebe oder für ein aufregendes Abenteuer bedeutete.

Allerdings ärgerte sich Oliver über sein Verhalten schon, bevor er ganz angehalten hatte. Nicht wegen der Frau, die als ziemlich hübsche, vielleicht fünfundzwanzigjährige Augenweide am Straßenrand stand, sondern weil ihm als innere Peinlichkeit bewußt wurde, daß er tatsächlich nur eines unkontrollierten sexuellen

Instinktes wegen abbremste. Aller Unabhängigkeit zum Trotz war er auf der parasympathischen Ebene offenbar seinen Trieben ausgeliefert wie ein streunender Kater. Was im Augenblick um so idiotischer schien, weil ihm in Wirklichkeit sein müder Sinn ja überhaupt nicht nach Flirten stand, ob heiß oder lau, sondern nur nach Schlafen, möglichst tief.

Aber es war zu spät für eine halbwegs ehrenvolle Umkehr, die neue Kundin in Jeans und Sommerjäckchen machte bereits die hintere Tür auf und stieg ein. Ihr Körper wirkte sportlich, ihr geschminktes Gesicht müde. Für Oliver hatte sie weder eine Begrüßung noch Blickkontakt, nur die sachliche Angabe der Fahrtrichtung übrig: „Nach Pankow, Florastraße, über den Stadtring, Seestraße, Pankstraße, dann sage ich weiter." Die Stimme von Katharina Wassermann, eine Kunststudentin, die als Kellnerin jobbte, klang matt und kühl gleichermaßen. Angesichts dieses ernüchternden und unfreundlichen Anfangs fädelte Oliver sich mit dem leicht fatalistischen Gefühl, daß die kleinen Sünden im Leben immer sofort bestraft wurden, wieder in den Kreisverkehr des Rathenauplatzes ein und nahm die Abfahrt zur Autobahn.

Gegen seine immer stärkere Müdigkeit, die jetzt wie ein niederdrückender Sumoringer mit seinem Bewußtsein rang, schaltete er wieder das Radio ein. Im Schnelllauf überflog er die Sender, alles sofort ausfilternd, was nicht aufputschend genug war und blieb schließlich bei irgendwelchen harten Technobeats hängen. Monoton wie das Rumpeln einer Waschmaschine, nervtötend wie das langgezogene Quietschen mancher ungeölter U–Bahnbremsen bei der Einfahrt in den Bahnhof, in den Körper jagend wie das Hämmern eines Preßlufthammers, als ungefähr diese Mischung klang der Sound aus dem Radio zwar nicht unbedingt wie Musik, war aber ein physischer Wachmacher.

Als Oliver im Rückspiegel nach der jungen Frau schaute, ein eigentlich bei jeder Fahrt schon aus Sicherheitsgründen wiederholt praktizierter, in sein Fleisch und Blut übergegangener Fahrgastcheck, stutzte er. Ihr schwarzgelockter Kopf lehnte leicht gegen die Scheibe und sie weinte; leise zwar, aber offenbar intensiv genug, daß ihre Schultern leicht zitterten.

Zuerst die mit Traurigkeit geschlagene Oma, jetzt die vor sich hin weinende Frau, – und auch die anderen Fahrgäste heute, an die er sich allerdings kaum mehr erinnerte, schienen ihm in der Mehrzahl psychische Problemfälle gewesen zu sein. Er brauchte nur an das mit der bloßen Faust eingeschlagene Seitenfenster hinter ihm zu denken. Zwar sofort vom Fahrgast bezahlt, aber natürlich war es eine total psychopathische, unkontrolliert gewalttätige Aktion gewesen. Das gehäufte und in sich selbst verfangene innere Elend der Leute begann Oliver jetzt am Ende der Schicht richtig auf die Nerven zu gehen. Auch wenn er oder sein Taxi offenbar irgendetwas an sich haben mußten, was die wahren Empfindungen der Leute aus ihren Verdrängungen und alltäglichen pseudofröhlichen Verkrampfungen löste, ein Kompliment eigentlich, so war dieses Dauerbombardement von fremden Emotionen bei allem Mitgefühl natürlich nach einer Weile für einen einzelnen Menschen schwer erträglich. Irgendwann stumpfte man psychisch ab.

Während Oliver über die fast leere Autobahn Richtung Wedding jagte, wurde Katharinas Schluchzen auf dem Rücksitz trotz der gar nicht so leisen Radiomusik in periodischen Wellen hörbar lauter. Es mischte sich mit den dumpfen Beats, reicherte den roboterhaften Rhythmussound wie auf einer zusätzlichen Tonspur mit etwas menschlicher Melodie an. Wahrscheinlich war sie von Liebeskummer geschüttelt, dachte Oliver. Es kostete ihn zwar echte Überwindung, sie weinen zu lassen. Sein erster Impuls war eigentlich, irgendwie sich als mitfühlender Kavalier zu zeigen, aber manchmal war es ein Zeichen größeren und echteren Mitgefühls, fremden Schmerz zu akzeptieren, ihn auszuhalten und nicht mit oberflächlichem Getue wegtrösten zu wollen. Denn was wußte er schon von ihr und den Gründen ihrer Verzweiflung? Und sich über Anteilnahme an ihrem unbekannten Schmerz erst in ihr Herz und dann vielleicht in ihr Bett zu schleimen, dazu war er nicht nur zu müde, sondern auch zu stolz.

Das immer wieder sich erneuernde Aufschluchzen von Katharina zerrte jedoch derart an seinen Nerven, berührte seine Beschützerinstinkte unwillkürlich so stark, er war schließlich nicht aus Stein gemacht, daß er seinen weisen Entschluß, sie sich selbst zu überlassen, kurz vor dem Fahrtziel nicht mehr durchhielt. Zudem die Lautstärke ihres Weinens nicht abklang, sondern eher zugenommen hatte. Er wandte seinen Kopf und fragte mit ruhiger und, wie er hoffte, beruhigender Stimme: „Ist es so schlimm?"

Wieder schluchzte sie. Ihr Gesicht war stark gerötet, von echter Verzweiflung verwüstet, sie sah Oliver nicht an, als sie tonlos antwortete: „Meine Eltern waren im World Trade Center, als es passiert ist. Sie sind beide tot. Ich habe es gerade auf Arbeit erfahren. O mein Gott!" Weinkrämpfe schüttelten sie erneut, ihr Kopf sackte auf ihren Busen hinunter. Oliver zog das Taxi – eher unterbewußt als willentlich gesteuert, er hatte seinen Fahrstil inzwischen fast ganz auf Autopilot umgestellt –, mehr in die Mitte der Weddinger Pankstraße, weil rechts zwischen den parkenden Autos ein torkelnder Besoffener auftauchte.

Er fuhr schweigend weiter, von ihren Worten aufgerüttelt und völlig wachgeworden. Jede mögliche Antwort blieb zunächst in seinem Hals stecken, da Trost unmöglich war und billig gewesen wäre. Er hatte, als die gekidnappten Flugzeuge am vergangenen Dienstag in die beiden Hochhaustürme in New York einschlugen, diese Bilder wenige Stunden nach dem weltweit übertragenen Ereignis im *KaDeWe* in der Fernsehabteilung das erste Mal gesehen. Zunächst hatte er sich über die seltsam stillen Menschentrauben gewundert, die sich an den sonst eher nur zum Verkauf und nicht zum Hinstarren angebotenen TV-Monitoren gebildet hatten. Bis er sich dann selbst dort hinstellte und angesichts der zusammenstürzenden Wolkenkratzer und der wie Konfetti durch die Luft gewirbelten, todgeweihten Menschen das betroffene und gebannte Schweigen der Leute verstand, sofort selbst Teil dieses Schweigens wurde.

Im gleichen Stockwerk – Musikanlagen, Küchengeräte, Computer, Frotteeteppiche fürs Badezimmer und natürlich tausend anderes Zeugs –, hatte er gerade die an diesem Tag releaste neue Dylan-CD „Love and Theft" gekauft. Für Oliver eine mit Eurochequekarte äußerlich vollzogene innere Sympathiekundgebung an den Poeten und an die Unverwüstlichkeit seiner „Never Ending Tour", vielleicht letztlich ein bißchen mehr menschliche als musikalische Begeisterung. Aber was spielten solche Unterscheidungen schon für eine Rolle, auch geistige Zuneigung brauchte, ebenso wenig wie körperliche, keine Kategorien und Begründungen, sondern in erster Linie Erfahrung.

Diese grauweiße CD, ein grobkörniges Schwarzweiß-Foto als Covermotiv, war immer noch folienverschweißt; obwohl es schon ein paar Tage her war, fühlte Oliver bis auf weiteres einen unbestimmten inneren Widerstand, die CD, deren Erwerb sich zeitlich derart mit dem Anschlag auf das World Trade Center verknotet hatte, wie jede andere zu hören, sie überhaupt zu hören. Sie war für ihn kein Konsumgut mehr, sie war unterderhand für sein Empfinden ein Zeichen, ein Hyperlink für etwas ganz andres als Musik geworden: ein Hinweis auf Terror, auf die Existenz des Bösen in der Welt.

Katharinas Schluchzen auf dem Rücksitz hatte unterdessen nicht aufgehört, haltlos und unkontrolliert schlug ihr Kopf manchmal gegen die Seitenscheibe. Obwohl sie nur noch ein paar Minuten vom Fahrtziel entfernt waren, konnte Oliver die Verzweiflung der jungen Frau nicht mehr passiv mitansehen und mitanhören. Er bremste sanft ab und hielt rechts an einer leeren Bushaltestelle. Seine mitfühlenden und offenbar angeborenen Beschützerinstinkte hatten endgültig die Oberhand über seine vernünftige Coolness gewonnen; er hatte sich entschlossen, sie wenigstens für einen Augenblick tröstend in den Arm zu nehmen.

Die monotonen, wenn auch gerade deswegen grundehrlichen Technotöne aus den Lautsprecherboxen – keine Verkleisterung und Verschleimung der simplen Struktur durch ornamentale Melodik wie in mancher billig produzierten Popmusik – konnte er allerdings ebenfalls nicht mehr mitanhören. Nachdem er angehalten hatte, suchte er die Frequenzen nach zur Situation besser passenden Klängen ab. Er fühlte sich dabei nervös, fast gehetzt, als wäre er nicht nur für die sichere Fahrt, sondern wegen seiner Verfügungsgewalt über das Radio auch für die durch die Musik vielleicht positiv oder negativ beeinflußten Empfindungen der jungen Frau verantwortlich.

Ein eigentlich absurdes Verantwortungsgefühl, das allerdings de facto der Realität durchaus gerecht wurde: Jede Musikwahl, auch gar keine, war letztlich ein eigener Kommentar zum Schicksalsschlag seiner Taxikundin. Zum Beispiel den schon fast anorganisch anmutenden gegenwärtigen Radiosound weiterlaufen zu lassen, hätte als innere Botschaft ungefähr so viel bedeutet wie: „Stell dich nicht so an, das Leben geht weiter!" Oder der Musik noch gemäßer: „Ist sowieso alles sinnlos, scheiß drauf!" Ein bißchen Mitgefühl vorausgesetzt und das hatte er ja, gab es für Oliver kein Entrinnen mehr vor dieser plötzlich und ungewollt mit der Psyche der Frau auf dem Rücksitz verstrickten Verpflichtung. Und so sprach er stumm mit sich selbst, während er am Radiogerät hektisch die Schalter drückte: ‚Bitte, bitte, komm schon! Irgendwas wirklich Gutes jetzt! Du blöde Schrottkiste, gib dir jetzt mal Mühe!'

Sein inneres Flehen wurde „on air" erhört; einen Knopfdruck später erfüllte erhebender Orgelklang, auch den rasendsten Puls sofort beruhigende Geigentöne und entrückter lateinischer Chorgesang das Taxi. Oliver stellte den Sender etwas lauter, er hatte die richtige Musik für diesen Augenblick erwischt, das spürte er. Er erkannte das mit klarer Schönheit und klarem Schmerz direkt ins psychische Mark dringende Stück und hatte deswegen auch keine Schwierigkeiten mit dem Verständnis des Gesangs, der gerade mehrstimmig über dieser Textstelle schwebte: „Natum de Maria virgine." – „Geboren aus der Jungfrau Maria." Obwohl er kein Latinum besaß, so hatte ihn sein lebenslanges Interesse an Musik doch nebenbei in die Lage versetzt, zwar nicht mit tausend Zungen reden, aber doch ein bißchen mit mehrsprachigen Ohren hören zu können: Rockpop-Englisch wie heutzutage jeder Grundschüler sowieso, ein wenig Chanson-Französisch und Latinopop, reichlich Opernitalienisch und zur Not wie jetzt bei der Motette von Mozart auch einen Touch Kirchenlatein.

Er verließ seinen Fahrersitz und stieg hinten links, dort wo die Scheibe eingeschlagen war, zu Katharina auf die Rückbank. Sie weinte immer noch, ihr Gesicht inzwischen in den Händen vergraben. Er zögerte eine Sekunde, dann legte er seinen Arm um ihre verkrampfte und vorgebeugte, zitternde und warme Schulter. Der kleine Chor im Radio erreichte gerade eine Klimax an tonaler Höhe und menschlichem Abgrund mit den Worten: „Immolatum in cruce." – „Genagelt ans Kreuz."

Oliver spürte, wie sie sich unter seiner Berührung körperlich etwas entspannte, und innerlich anscheinend etwas beruhigte, da ihr Schluchzen zumindest aufhörte. Er fragte, auch schon deswegen, damit sie seine Annäherung wirklich als Trostversuch wahrnahm und nicht als Anmache mißverstand: „Ist es denn ganz sicher, daß sie ...– ? Dort herrscht doch totales Chaos, was ich gehört habe."

Erstaunlich nüchtern nach all ihrem Weinen antwortete sie: „Ihre Leichen sind identifiziert. Sie waren oben drin, haben einen Freund besucht, der dort arbeitet. Sie selbst waren ja im Urlaub. New York war immer ihr Traum gewesen, schon als die Mauer noch stand." Wieder begann sie zu schluchzen, ihr Kopf sackte diesmal an seine Brust und sank von dort auf seine freie Hand, die auf seinem Schoß ruhte.

Oliver umarmte sie jetzt fester, ihr Oberkörper begann unter erneuten Weinkrämpfen zu zucken. Sie verbiß sich vor Verzweiflung und ohne es bewußt wahrzunehmen, in den Baumwollstoff seines Sakkoärmels. Oliver entzog ihr diesen Arm nicht, sondern streichelte mit der anderen Hand beruhigend und sehr langsam ihre bebende Schulter. So wie sie manchmal, zuhause auf ihrem Sofa liegend, in halbschlafähnliche Tagträume verfallen konnte, entfernte sich jetzt Katharinas aufgewühltes Bewußtsein in einem fließenden Übergang aus der Gegenwart. Eine hochdrängende, wie ein Narkotikum ihre brennende Verzweiflung lindernde Erinnerung an ihre Eltern zog sie mit sanfter, aber unwiderstehlicher Gewalt mitten hinein in eine andere, für sie vom heutigen Horror unbefleckte Zeit:

Sie war zwölf Jahre alt gewesen, hatte zusammen mit ihrer damals dreißigjährigen Mutter in aller Herrgottsfrühe vor dem Ehebett gestanden, und auf ihren noch schlummernden Vater geschaut, auf sein entspanntes, wie ein Schiff im Hafen ruhendes Gesicht. In ihren Armen hielt sie eine schwere und mit Wasser gefüllte Glasvase mit neununddreißig taufrischen und bordeauxroten Rosen. Vorsichtig und leise stellte Katharina sie auf dem Nachttisch ab.

Sie nahm ihre Gitarre, die an der Wand lehnte und setzte sich auf einen Hocker neben dem Bett. Sie schaute ihre Mutter an, die ihr mit einem Augenzwinkern zulächelte und dann den Vorhang aufzog, helle Morgensonne in den Plattenbau am Alexanderplatz hineinlassend. Ihr Vater mochte Jazz, speziell Django Reinhardt und so hatte Katharina wochenlang vor seinem heutigen Geburtstag einen Evergreen auf ihrer Gitarre einstudiert: „Minor Swing".

Gitarrespielen machte ihr Spaß, auch wenn sie selbst eher Popsongs versuchte nachzuspielen statt Jazz oder Klassik. Aber sie wollte ihrem Vater eine echte Freude bereiten und so hatte sie sich die Finger blutig geübt und konnte nun das weltbekannte Stück halbwegs auf ihrem Level spielen. Sie schaute noch einmal ihre Mutter an, die ihr mutmachend zuzwinkerte und dann legte sie los. Sie wiederholte zunächst das weltbekannte Intro solange, bestimmt sechs Mal, bis ihr Vater aufwachte. Dann wechselte sie in den charakteristischen „la Pompe"-Rhythmus, wo man die Saiten immer wieder kurz peitschenartig anschlug und dabei etwas abdämpfte, was den sofort wiedererkennbaren Gypsy Jazz Swing erzeugte. Ein richtiger Muntermacher. Dann begann sie mit der Melodie und dem Solo.

Die Wirkung ihres Auftritts war wundervoll gewesen: Ihr Vater hatte, noch mit Schlafkörnern in den Augen, nach einer Weile Zuhören angefangen zu lächeln, wie sie ihn noch nie hatte lächeln sehen. Er schien gleichzeitig vor Rührung zu weinen und vor Freude zu lachen. Sie hatte gespürt und das hatte sie damals mit irrsinniger Freude erfüllt, daß er in diesem Moment nicht nur von ihrer Darbietung völlig überrascht, sondern auch glücklich gemacht worden war.

Als Katharinas mit Lampenfieber und Herzblut gespieltes „Minor Swing" zu Ende war, hatten Mutter und Tochter sich kurz zunickend angelächelt und waren dann auf das Bett zum Vater und Ehemann gesprungen. Während sie ihn knuddelten und küßten und ihm „herzlichen Glückwunsch zum Geburtstag!" wünschten, ihm fast den Atem mit ihrer Zuneigung raubten, krachte unter ihnen, derart ungestümen Beglückwünschungen aufgrund von Materialermüdung nicht mehr gewachsen, das Bett zusammen.

Ihr Vater, mitten in der plötzlich zu Sperrmüll mutierten Schlafstätte, auf der jetzt nicht mehr weichen, sondern durch direkten Bodenkontakt harten Matratze, in herzlichen Umarmungen verknäult mit seinen liebsten Menschen auf der Welt, hatte als erster angefangen zu lachen, — derart, daß er gar nicht mehr aufhören konnte. Angesteckt davon und ganz betrunken vor guter Laune, hatten dann auch Katharina und schließlich ihre Mutter in dieses von allem gewöhnlichen Alltag schlagartig befreiende Gelächter eingestimmt.

Dieses kleine, mit ihren Eltern auf engstem Raum innig geteilte Erlebnis gehörte zu den schönsten Erinnerungen ihrer Kindheit überhaupt. Als sie jetzt im Taxi wieder daran dachte, wie das Bettgestell aus Massivholz mit einem splitterndem Knirschen an einer Ecke weggebrochen war, und ihre ganze kleine Familie schräg zu Boden gerutscht war, mußte Katharina in ihre Tränen hinein kurz lächeln.

Sie löste ihre Lippen von den Zierknöpfen von Olivers Sakko, an denen sie verzweifelt und unbewußt genuckelt und geknabbert hatte. Sie richtete ihren Oberkörper auf, der Arm des Taxifahrers löste sich von ihrer Schulter. Der Innenraum des Taxis war erfüllt vom feierlichen Ende der Motette, dem Gesang des kleinen Chores: „Esto nobis praegustatum in mortis examine." – „Sei uns ein Vorbild in des Todes Prüfung."

Katharina wandte sich zu Oliver, sie sagte: „Ich verstehe kein Wort, aber es ist sehr, sehr schöne Musik." Sie schaute aus dem Fenster und fügte hinzu, mit halbwegs fester Stimme: „Wir sind ja schon fast da. Ich steig hier aus. Entschuldigung für mein Benehmen, ich bin sonst nicht so. Wieviel macht es?!"

Oliver sagte den Fahrpreis, sie zahlte, er nahm mit einem leichten Gefühl von Scham das Geld. Abgesehen davon, daß zusammenstürzende Wolkenkratzer eigentlich kaum etwas am Einmaleins seines Jobs änderten: Im Zweifelsfall immer Cash, war es auch so, daß es ihm peinlich gewesen wäre, nicht abzukassieren. Weil es ihm nach einer verqueren, aber intuitiv als wahr gefühlten Logik dann so erschienen wäre, daß Katharinas Unglück durch den billigen Vorteil einer Freifahrt verharmlost worden wäre. Diese etwas seltsamen Gedankengänge, die zum Teil vielleicht seiner Müdigkeit geschuldet waren, wurden beendet durch Katharinas Frage: „Wie heißt diese Musik, was ist das?"

Als er Anstalten machte zu antworten, unterbrach sie ihn bittend: „Warte, schreib es mir hier auf, als kleine Erinnerung." Sie hielt ihm ihre offene Hand hin und mit der anderen reichte sie ihm einen Kugelschreiber.

Oliver sah kurz in ihre verweinten Augen, ruhig erwiderte er: „Okay." Ihre Hand festhaltend schrieb er behutsam auf die Innenseite, quer über alle Lebens- und Herz- und Schicksalslinien: „Ave Verum Corpus".

Katharina sah kurz auf die Schrift, nickte und sagte, mit wieder schwächerer, fast tonloser, den Tränen naher Stimme: „Danke, hier, auch was für dich. Vielleicht bringt es dir Glück!" Sie hatte aus ihrer kleinen Handtasche etwas gekramt und war sofort, nachdem sie es ihm gereicht hatte, schnell aus dem Taxi gestiegen und schnellen Schrittes davongeeilt, ohne ihn noch einmal anzusehen.

Er hielt ein kastanienkleines, sehr leichtes und leeres Döschen in seiner Hand, auf dessen Oberseite das jugendstilartige Bild eines anmutigen Engelskindes gedruckt war, das einen reich mit

Früchten behangen Ast in seinen Händen hielt. Oliver lächelte, berührt über dieses kleine Geschenk. Er steckte die Dose in seine Tasche, befühlte den noch von ihrem Speichel feuchten Sakko-Ärmel und gähnte. Er rieb sich die trockenen Augen und bewegte schnell seinen Kopf hin und her; wie ein Hund nach einem Wasserbad schüttelte er sich gewissermaßen die Nacht, die Schicht, die Schicksale seiner Mitmenschen aus dem Körper. Er hatte genug, restlos genug. Er beugte sich vom Rücksitz nach vorne zum Armaturenbrett, und schaltete das Radio aus, wo inzwischen eines der Brandenburgischen Konzerte von Bach lief. Ehe er wieder am Steuer Platz nahm und das Taxi, ohne für irgendwen mehr anzuhalten, in den Betriebshof fuhr und für diese Nacht abstellte, wischte er sich als kurze und nötige Erfrischung mit den noch regenfeuchten Blättern eines Baumes am Straßenrand das Gesicht ab.

# Der Weltmeister

Die meisten Leute waren nicht präsent, lebten in der Gegenwart in einer versponnenen Traumwelt aus Begierden und Ängsten, zudem ausgeliefert wie ein einzelner Hering im Schwarm der jeweiligen Strömung des Zeitgeistes, ohne Sinn für die Wirklichkeit jenseits ihres subjektiven Horizonts. Als Weltmeister kannte ich diesen Unterschied zwischen Wahn und Wahrheit, zumindest im Schach. Einerseits hatte ich vor dem Brett und den Figuren, wie auch immer die Stellung war, die Perspektive einer Drohne, die von hoch oben die Struktur der Landschaft überschaute und der keine noch so kleine Bewegung dort unten entging; andererseits wühlte ich mich wie ein Wildschwein ohne Berührungsangst mit konkreten Problemen tief in das Erdreich von verschlungenen Varianten. Ich sah die einzelne Welle im Ozean und den Ozean in der einzelnen Welle, das Besondere verschmolz auf energetische Weise mit dem Allgemeinen. Das war ungefähr so, ein kleiner Gedankensprung, wie wenn ein kleines Kind einen fremden Menschen im Supermarkt anlächelt: Das Lächeln ist zwar unpersönlich, zutiefst voraussetzungslos und offensichtlich so, – aber genau deswegen ist es nicht banal, sondern es spiegelte sich darin das echte, das allumfassende Lächeln der Menschheit. Das Private war transzendiert von etwas Größerem und auf dieser mythischen Ebene spielte ich fast unschlagbar gut Schach.

Ich erwarte nicht, daß man jeden meiner Sätze sofort völlig versteht. Als Schachweltmeister verstand man ja auch nicht sofort jeden meiner Züge. Alles Lebendige hat eine gewiße Unschärfe, glaube ich. Jedenfalls, spielte ich Schach, war ich hyperpräsent und angstlos, im Kontakt sowohl mit dem Absoluten als auch dem Alltäglichen, – ich war beim Klötzchenschieben ohne Übertreibung tatsächlich erleuchtet. Es existierte kaum ein Sterblicher in Vergangenheit und Gegenwart, der mir auf den 64 Feldern das Wasser reichen konnte oder kann. Jede Schachapp auf jedem Smartphone zwar inzwischen schon, aber von solchen demystifizierenden Dingen später mehr, wenn meine kleine Geschichte etwas Fahrt aufgenommen hat.

Mein besonderes Talent hatte die praktische Konsequenz, daß ich finanziell frei aller Sorgen war. Allein das Preisgeld meiner ersten gewonnenen Weltmeisterschaft hatte mich schon im zarten Alter von zweiundzwanzig zum Millionär gemacht. Allerdings nagte an mir immer wieder mal, wie an so vielen Großmeistern dieses Spiels, die ernüchternde Erkenntnis, daß auch ich nur ein Patzer war; nicht im Schach, aber mehr oder weniger in allen anderen Gebieten des Lebens. Für gewöhnlich tat ich solche Anwandlungen mit einem Achselzucken als ausgleichende Gerechtigkeit ab.

Als Mensch konnte man nicht überall gleich gut sein. Davon überhaupt zu träumen, war vermessen. Andererseits, wenn die Kluft zwischen der Hochbegabung und der Gewöhnlichkeit im restlichen Leben zu groß war, erzeugte dies eine psychisch durchaus gefährliche Hochspannung. Fast ein Gott, sei es mit der

Geige, mit dem Ball oder eben mit Schachfiguren, aber gleichzeitig beim Essen oder Sex oder sonstigen materiellen oder emotionalen Wünschen eine recht gewöhnliche und gierige Kreatur. Eine echte Spaltung, die sehr schwer zu ertragen war. Denn wer einmal den bewußtseinsverändernden Schub erfahren hat, mit einer Sache und sei sie so unbedeutend wie Schachspielen, hundertprozentig verschmolzen zu sein, verlor den Geschmack von dieser tiefen Identität nicht mehr. Ähnlich wie einmal erlebte große Liebe, wenn sie wirklich eine solche war, einen verdunkelnden Schatten auf alle anderen Beziehungen werfen konnte.

Das Leben ging natürlich trotz solcher Erkenntnisse immer unverdrossen weiter und vermutlich wäre es mein Schicksal gewesen, meine menschliche Begrenztheit anzunehmen. Wäre ich vernünftig gewesen, hätte ich es dabei belassen können, im Schach sozusagen erleuchtet und glücklich zu sein und demütig zu akzeptieren, daß ich im restlichen Leben eher wie eine Qualle im Ozean dahintrieb, mehr oder weniger bewußtlos und vergänglich. Es gab gewiß Schlimmeres als einer der besten Schachspieler aller Zeiten zu gelten. Es möglicherweise sogar zu sein.

Andererseits war es kein Zufall, daß viele meiner berühmten und berüchtigten, weil psychisch doch etwas gestörten Vorgänger praktisch über Nacht die Lust an diesem Spiel verloren. Klassisch der Ausspruch des Amerikaners Fischer – der in den siebziger Jahren des letzten Jahrhunderts die erdrückende schachliche Dominanz der damaligen Sowjetunion im Alleinangang beendete und sich dann in Einsamkeit zurückzog –, daß Schach ein so schweres Spiel nun auch wieder nicht sei. Meine Sätze sind übrigens deswegen manchmal so ungewöhnlich verschlungen, weil ich wie beim Schach sofort komplexe Varianten eines Sachverhaltes aufschimmern sehe. „Leichte Sprache", also simple Hauptsätze würden diesem weiten Horizont nicht gerecht.

Ein tiefes und freudloses Angeödet-Sein sprach aus diesen Worten des ehemaligen, aber immer noch schachlich bewunderten Weltmeisters. Und wissenschaftlich hatte er von heute aus gesehen sogar recht. Der Grund, warum inzwischen simple Smartphones auch einen Ausnahmespieler wie mich schlagen – als die gegenwärtige Ära bisher dominierender Spieler ist dies kein Prahlen, sondern nur eine Beschreibung –, liegt darin, daß Schach mathematisch und relativ einfach darstellbar ist. Es ist ein geschlossenes System, eingepfercht in klare Regeln und definierte Spielfeldgrenzen. Im Unterschied etwa zu den Bewegungen eines Regenwurms, dessen irreguläre Dynamik, wenn er sich durch das feuchte Erdreich wühlt, tatsächlich mit Logarithmen und Gleichungen und Formeln für alle Zeiten theoretisch unfaßbar ist. Zu viele Variablen. Ganz ähnlich wie beim Wetter, das niemals exakt voraussagbar sein wird, weil es von zu vielen Faktoren beeinflußt wird, deren chaotisches Ineinandergreifen und einander Aufschaukeln mathematisch nicht modellierbar sind.

Selbst sogenannte Supercomputer, neuronale Netzwerke und was noch alles, nützen dann nichts. Denn ohne eindeutigen mathematischen Input, formulierbare Gesetzmäßigkeiten, sind Computer hilflos wie auf dem Rücken liegende Käfer. Im Schach aber, trotz der die Unendlichkeit streifende Anzahl an möglichen Zügen, also der gigantischen zu verarbeitenden Datenmengen, die zu früheren Zeiten die Rechner an ihr Limit brachten, sind Computer dank extrem verbesserter Prozessoren und Speicherkapazitäten inzwischen die wahren Herrscher des Universums.

Weil es ein mathematisch abbildbares Bubble-Universum ist. Aber eben nicht im wirklichen Universum.

Weil die Menschen ohne solche elektronische und offiziell verbotene Hilfe bis heute allerdings immer noch völlig die Orientierung beim Spielen verlieren, simples Rechnen können Computer halt doch viel besser, ist das Spiel noch nicht geistig tot. Psychisch sowieso nicht, denn jene politisch ziemlich unkorrekte Bemerkung, die auch zu Fischers bekannten Zitaten zählte, ist immer noch im Unbewußten vieler Spieler zutiefst lebendig: Es mache ihn glücklich zu sehen, wenn das Ego seines Gegners im Angesicht des Verlustes zerbreche. Diese Schattenseite des Schachs, die Besessenheit, besser als der Gegner zu sein, ist bei Amateuren und Profis gleichermaßen weitverbreitet. Bei Leuten wie mir, also Weltmeistern, ist sie vermutlich eine notwendige Bedingung. Ohne diesen überdrehten Ehrgeiz kommt man nicht auf den Gipfel.

Mir war besonders dieses Beispiel eines anerkannt genialen Schachspielers immer eine Warnung, mich trotz aller Erfolge nicht zu sehr mit meiner Begabung zu identifizieren. Man kann offenbar einer der Allerbesten in seinem Metier sein und dennoch zutiefst unbefriedigt. Doch zu Gewinnen war  – wie gerade angedeutet – für mich auch eine echte Droge. Und ich bin nicht sicher, ob ich von selbst jemals wirklich hätte davon loslassen können. Menschen tun letztlich meistens immer weiter das, worin sie gut, an das sie gewöhnt sind. Gewohnheiten zu brechen, ist eine der schwierigsten Herausforderungen; vermutlich weil Synapsen im Gehirn grundsätzlich neu verschaltet werden müssen. Gleichgültig ob man als Alkoholiker clean werden oder als Mönch plötzlich die Freuden der Sinnenlust entdeckt. Oder eben als

Schachweltmeister seine Krone in den Müll werfen möchte, auf der Suche nach etwas noch Besserem.

Dieses psychische Hintergrundrauschen vom Zweifel am Sinn meines Lebens wäre nicht der Rede oder höchstens einen kleinen Post in den sozialen Medien wert, wäre es eben dabei geblieben: diffus, etwas irreal, vergängliches Gefühl zu sein.

Doch eine seltsame kleine Begebenheit schob dieses vage Unbehagen an mir selbst plötzlich in den Vordergrund meines Bewußtseins. Ein ganz neues Spiel begann vor einem Jahr praktisch über Nacht und warf mein bisheriges Leben über den Haufen. Über diese innere Revolution will ich hier erzählen. Denn so, wie ich das sehe, ist diese Mutation, die ich durchmachte, zumindest psychisch ein Horizont für viele Menschen und insofern von allgemeinem Interesse. Zumindest von größerem Interesse als selbst die beste meiner besten Schachpartien – und ich sage das als Weltmeister. Oder eigentlich korrekter: Exweltmeister.

Witzigerweise fiel diese zumindest auf den ersten Blick sehr introvertiert motivierte Geschichte genau in die Zeit, in der ich völlig im Rampenlicht der internationalen Öffentlichkeit stand, da ich meinen Weltmeistertitel gegen eine Frau verteidigen mußte. Das erste Mal in der Geschichte des Schachs hatte es eine Frau geschafft, eine Amerikanerin mit thailändischen Wurzeln, sich gegenüber der von Männern dominierten Elite durchzusetzen und sich als offizielle Herausforderin für ein WM-Match zu qualifizieren. Dies war nicht nur für die Schachwelt eine Sensation und führte dazu, daß einer der größten Computerfirmen der Welt das Sponsoring übernahm. Das Preisgeld war für schachliche Verhältnisse gigantisch: sieben Millionen Dollar für den Sieger und noch drei Millionen für den Verlierer.

Als Location wurde für drei Wochen die prestigeträchtige Berliner Staatsoper gemietet; was damit zu tun hatte, daß der amerikanische CEO der Computerfirma, privat ein leidenschaftlicher Musikliebhaber, mit dem Chef der Oper befreundet war. Wäre er aber mehr mit dem Manager der „Met" befreundet gewesen, hätte der Wettkampf vermutlich in New York stattgefunden; ich wäre nie zum gleichen Zeitpunkt in Berlin gewesen und die Story hätte sich nie ereignet. Ich erwähne diese für die eigentliche Geschichte völlig unwesentliche Tatsache deswegen, weil sie, obwohl unwesentlich, paradoxerweise dennoch wesentlich ist.

Völlig unberechenbare Ereignisse bilden den Hintergrund des konkreten Lebens, das eben genau deswegen nicht wie das durch klare Regeln eingezwängte Schach kalkulierbar ist. Ich reite immer wieder mal auf diesem Aspekt herum, weil mir scheint, daß die weltweite Verbreitung der Smartphones dazu geführt hat, daß immer mehr Leute Apps und sogenannter Künstlicher Intelligenz inzwischen mehr trauen als ihrem eignen Verstand, ihrer eignen Intuition. Das Irrationale und Unbewußte, seit Alters her Gütesiegel des Lebendigen, wird oft ausgeschlossen. Leidenschaft wird beispielsweise zum kalkulierten „Match" bei Partnerbörsen, deren Software niemals eine „Romeo und Julia" Geschichte erlauben würde: Kontakt wäre systemisch unmöglich, da die beiden User aus verfeindeten Familien stammen, die Profile sich im modernen Sinn also ausschließen. Etwa so, als würde sich die Tochter eines radikalen steinreichen Islamisten in einen israelischen Straßensänger verlieben. Dafür gibt es keine Logarithmen.

Aber ich will nicht zu sehr abschweifen. – Ich joggte also im Frühling vor einem Jahr vormittags am Berliner Spreeufer entlang, regelmäßiges Laufen war teil meines Alltags geworden. Ich war ein

Fitneßfreak und niemand würde auf den ersten körperlichen Blick auf die Idee kommen, daß ich Schachweltmeister war. Ich sah einfach zu durchtrainiert für einen derart hochintellektuellen Beruf aus. Am Nachmittag würde ich wieder auf der Bühne der Staatsoper um die Weltmeisterschaft spielen. Über uns unter dem Kuppeldach hing ein riesiger Kronleuchter, die roten Sitze auf den mehrstöckigen Rängen bildeten einen angenehmen Kontrast zum Elfenbeinweiß der Wände und Emporen, die mit goldenen Ornamenten verziert waren. Obwohl der Saal mit moderner Hightech unsichtbar vollgestopft war, verkörperte optisch das Ambiente noch die Langsamkeit der vordigitalen, eigentlich sogar der vorelektrischen Zeit und hatte deswegen etwas äußerlich sehr Beruhigendes.

Im Unterschied zu meiner Gegnerin; Pailin Freeman war für eine Herausforderin einer Schachweltmeisterschaft blutjung, 19 Jahre alt und pflegte einen haarsträubend aggressiven Spielstil. Einen Spielstil, der eigentlich nicht mehr zeitgemäß war, da die Spieler selbst auf Amateurlevel in der Verteidigung inzwischen viel zu versiert waren, um noch durch pure Aggression überrannt zu werden. Aber „Pai", wie sie liebevoll von ihren Fans genannt wurde, schaffte es, durch objektiv oft halbseidene Züge extrem chaotische Stellungen auf dem Brett zu erzeugen, in denen sich ihre menschlichen Gegner früher oder später heillos verirrten. Während sie hingegen mit einer Mischung aus präziser Kalkulation und Intuition fast immer alle auftauchenden Klippen umschiffte.

Natürlich, gegen einen modernen Computer, der mit seiner Rechenpower und banaler Variantenanalyse auch durch sogenannte komplex anmutende Stellungen navigierte, hätte sie keine Chance gehabt; aber gegen Menschen sah die Sache anders aus. Sie konnte gleichsam mit mehr geistigen Bällen gleichzeitig jonglieren als ihre Konkurrenten. Statt mit ein, zwei oder drei Bällen, also simplen strategischen Ideen und taktischen Überlegungen, mit denen die meisten Topspieler halbwegs zurechtkamen, schaffte sie es, immer noch einen sozusagen vierten Ball ins Spiel und damit Chaos zu bringen. Ein bei Tageslicht zutiefst rationales Spiel mutierte in ihren Händen zu einem irrationalen nächtlichen Dschungel, den kaum einer ihrer bisherigen Gegner unbeschadet überstanden hatte. Sie war ein Naturtalent. Vielleicht sogar so gut wie ich; zumindest war sie im taktischen Nahkampf eine echte Gefahr.

Allerdings gab es einen Grund, warum ich mich seit zehn Jahren konstant auf dem Thron hielt: Ich konnte wie ein Chamäleon seine Farben meinen Spielstil übergangslos wechseln, also jeden Gegner mit seiner verdrängten Schattenseite, seinen Schwächen konfrontieren. Schachlich selbstverständlich nur. Gegen Pai, die im Infight genial aufblühte, wie ein hochgefährlicher Mix aus geschultem Navy Seal und unberechenbarer Psychopathin, spielte ich völlig knochentrockenes, langweiliges Schach.

Eine Taktik, die mir zwar vorerst keine Chancen bot zu gewinnen, ihr aber auch nicht und, so mein Kalkül, sie irgendwann ungeduldig werden lassen würde, so daß sie dann überzog. Auf diese Weise waren bisher fünf Partien ereignislos und zäh Remis ausgegangen, bissig kommentiert von den internationalen Medien, die über mein „feiges" Spiel schimpften.

Doch wenn ich lief, wie an jenem Mittwoch Ende April vor einem Jahr, kümmerte mich meine offizielle Rolle als Weltmeister weniger. Ich dachte zwar beim Laufen auch manchmal an den Wettkampf, an konkrete Eröffnungen, an meine Reaktionen in Interviews, an mein Image im Allgemeinen, aber auf eine entspanntere Weise. Mein obsessiver Ehrgeiz, der Beste im Schach zu sein und vor allem zu bleiben, fiel in diesen Momenten von mir ab. Vielleicht nur deswegen, weil mein Ehrgeiz sich beim Laufen auf das Laufen verlagerte und ich mehr darauf fokussiert war, meinen Kilometerschnitt von vier Minuten dreißig Sekunden zu verbessern als auf alles andere. Joggen war letztlich keine extreme Herausforderung wie die, sich als Schachweltmeister gegen die ständig anbrandende Flut von erfolgshungrigen Konkurrenten zu behaupten. Die wirklich immer größer wurde, weil inzwischen Indien und China als bevölkerungsreichste Staaten das Spiel entdeckt hatten und praktisch im Jahresrhythmus neue Supertalente präsentierten. – Aber eben weil Laufen eher körperlich und nicht geistig anstrengte, war es meine Art von Entspannung.

Außerdem erdete mich das Laufen im wahrsten Sinne des Wortes. Durch meine vielen Reisen rund um den Globus – als Elitespieler erhielt ich dauernd Einladungen zu Turnieren – verlor ich manchmal völlig den Überblick, wo auf der Welt ich mich gerade befand. Vor Berlin war ich zum Beispiel drei Monate in Koh Mak gewesen, eine paradiesische Insel vor Thailand, um mich dort mit einem Schach-Team auf die Weltmeisterschaft vorzubereiten. Aber es war für mich nichts Besonderes; eher so, wie man in Rußland, wo ich ja ursprünglich herstamme, am Wochenende zur Datscha, zum Landhäuschen fährt. Ähnlich wie Piloten ein anderes Entfernungsgefühl entwickeln als Taxifahrer, so hatte auch ich eine globalere, weniger ameisenhafte Perspektive auf den Ort, an dem ich mich befand. Was zu einer Art Bindungslosigkeit führte: Von den jeweiligen Luxushotels aus gesehen, in denen ich meist residierte, verschwanden die lokalen Besonderheiten in einer Art internationalen Nebel. So wie Einkaufszentren in Bangkok oder Paris sich atmosphärisch auch viel mehr ähnelten als die Umgebung, in die sie eingebettet waren.

Laufen wie gesagt brachte mich in Kontakt mit dem realen Alltag jenseits dieser internationalen und zudem noch schachorientierten Blase. So auch an jenem Mittwoch, wo ich im Berliner Tiergarten am Ufer der Spree entlang trabte und meine Augen und Gedanken frei schweifen ließ. Vielleicht nicht ganz „frei", denn da ich oft Musik durch kabellose Kopfhörer hörte, filterte diese zumindest atmosphärisch meine Wahrnehmung. In jenem Tagen war ich ganz verrückt nach Alicia Keys' Stimme, besonders die Liveaufnahmen berührten mich, ihr „Ave Maria" wühlte mich emotional seltsam auf, trieb mir fast die Tränen beim Joggen in die Augen. Trotz dieser durch die Musik erzeugten Gefühlsaufwallungen, die sich oft genau so schnell verflüchtigten wie sie gekommen waren – tatsächlich ganz ähnlich wie Wolken am Himmel kommen und wieder verschwinden –, war mein beobachtender Blick auf die Umgebung meist nüchtern und klar.

Aber letztlich war ich insofern ein typischer Schachspieler, als daß ich mich beim Laufen, aller Entspannung zum Trotz, auch mit der Eröffnung beschäftigte, die ich heute spielen würde. Normalerweise wäre es jedenfalls so gewesen, aber dann beobachtete ich eine Situation, die mir nicht nur bis zum heutigen Tag klar in Erinnerung blieb, sondern die letztlich die seltsame Kettenreaktion auslöste, die mich aus der Welt des Schachs katapultieren sollte. Während ich flott lief, manchmal die vielen Spaziergänger wie Slalomstangen umkurvte, näherte ich mich einem Mann, der kerzengrade unter einem Kastanienbaum auf der leicht zum Wasser abfallenden Wiese am Ufer saß.

Seine Beine waren zum Lotussitz verschlungen, die Hände ruhten gefaltet im Schoß. Er saß auf einem Handtuch, barfuß; ein Paar Sneaker lag säuberlich parallel neben ihm, was einen Sinn für Ordnung auch in der freien Natur vermittelte. Er trug einen schwarzen Hoodie. Seine dichten grauen Haare fielen mir auf, weil sie im gleichen Stil wie meine wellenmäßig nach hinten gekämmt waren; „Brow Flow", diese Frisur war gerade wieder Mode in der Männerwelt. Offenbar auch generationenübergreifend, ich schätzte den Mann auf ungefähr fünfzig Jahre. Er war eine recht untypische Erscheinung. Ich meine, welcher Mensch meditierte in Berlin, wo in allen Bevölkerungsschichten eher eine hysterische Betriebsamkeit herrschte, in einem öffentlichen Park?!

Ein paar Meter neben ihm hatten sich ein Vater mit seinem vielleicht zehnjährigen Jungen eine Weile lang einen Fußball gegenseitig in die Arme geworfen. Und es passierte das, was eigentlich zu erwarten war: Der Ball prallte aus den Händen des Jungen ins Wasser und trieb langsam vom Ufer weg in die Mitte der Spree. Der übergewichtige Junge schaute traurig und passiv dem Ball hinterher, der Vater zuckte gleichgültig mit den Achseln und fingerte an seinem Handy herum.

Was mich nun in den Bann schlug, war, daß plötzlich Bewegung in dieses menschliche Stillleben unter dem Baum geriet. Der Mann entknotete seine Beine, zog schnell seinen Kapuzenpulli, Hose und T-Shirt aus, ein muskulös schlanker Oberkörper wurde sichtbar – und sprang, nur noch mit Boxershorts bekleidet, mit einem Hechtsprung in den Fluß. Er tauchte durch den Sprung unter Wasser ab und kraulte wieder auftauchend zum inzwischen in der

Mitte der Spree treibenden Ball. Ich war stehengeblieben. Auch der Junge schaute ihm fasziniert zu. Er warf den Ball im Wasser näher Richtung Ufer, schwamm hinterher, nahm ihn erneut und warf ihn mit einem Lächeln dem Jungen in die Arme. Der ihn verdutzt, aber sehr glücklich auffing. Der Vater hatte immer noch nichts oder wollte nichts mitbekommen und starrte nur auf sein Smartphone. Der Junge stupste ihn begeistert an, den Ball zeigend: „Schau mal!"

Der Mann stemmte sich an der flachen Uferbefestigung wieder aus dem Fluß. Er ging zu seinem Platz unter der Kastanie. Das Handtuch, auf dem er dort gesessen hatte, nahm er jetzt, um sich abzutrocknen. Er zog sich an und stopfte das Handtuch in einen Rucksack. Neben ihm lag ein Fahrrad auf der Wiese, er war offensichtlich im Aufbruch begriffen. Der Vater wirkte erstaunlich wenig erstaunt, als ihm sein Sohn den Ball vor Augen hielt, er hatte eine autistische Ausstrahlung. Statt sich bei dem Ballretter zumindest zu bedanken, wandte er sich schweigend mit seinem Jungen ab und sie gingen fort. Nur der Junge drehte sich wiederholt um.

Auch die anderen Spaziergänger, die neugierig stehengeblieben waren, machten sich wieder auf ihre Wege. Ich allerdings nicht. Ich hatte mal ein bißchen in Triathlon hineingeschnuppert – Laufen, Radfahren, Schwimmen – und wußte daher, daß niemand ohne Training einfach so mit einem Kopfsprung ins Wasser hechtete und turbomäßig losschwamm. Gerade, weil es bei ihm es so einfach ausgesehen hatte, ließ es auf echte Erfahrung schließen. Im Wasser irgendwie planschen und sich fortbewegen konnten viele Leute, richtig gut Schwimmen schon sehr viel weniger.

Was mich aber wirklich faszinierte, war weniger seine Sportlichkeit. Die Welt war voll von fitten Menschen, ich war sogar einer davon. Sondern daß der Mann aus einem Zustand völliger Ruhe, als er unter dem Baum meditierte, blitzartig in hellwache Action verfallen, nämlich ins Wasser springen konnte. Vielleicht deswegen, weil ich sofort realisierte, daß ich jenseits des Schachspielens weder über solche innere Ruhe noch solche äußere Entschlossenheit verfügte, ganz zu schweigen von dem übergangslos harmonischen Wechsel zwischen beiden. Er ließ mit seiner kleinen Show, die trotz der geballten Energie zutiefst bescheiden und unaufdringlich daherkam, das im Alltag aufscheinen, was mir nur auf den 64 Feldern eines Brettspiels gegeben war: Verschmelzung mit dem Augenblick, Souveränität, Freiheit. All diese guten Dinge.

Mit anderen Worten und selten genug für jemanden wie mich, als Weltmeister zumindest von vielen Schachspielern als Vorbild angehimmelt: Ich gestand mir ein, daß auch ich gerne so agieren können würde wie dieser Mann im schwarzen Hoodie. Dieses Gefühl, jemanden imitieren zu wollen, hatte ich das letzte Mal in meiner Kindheit gehabt, als ich legendäre Schachpartien mit dem Wunsch nachspielte, auch einmal solche Meisterwerke der Welt schenken zu können. Dieser Kindheitstraum war in Erfüllung gegangen, aber der plötzliche Erwachsenentraum schien um vieles schwieriger zu sein. Sportlich war ich zwar und mit etwas Training konnte ich ohne Zweifel auch elegant ins Wasser hechten und einen Ball oder sogar einen Menschen retten. Aber vor seinem Meditieren davor mußte ich passen.

Ich fühlte, ohne es in irgendeiner Weise zu verstehen, daß sich genau in seiner hellwachen Ruhe vor dem kleinen Sturm eine Art allumfassende Qualität verbarg, die nicht wie meine spezielle

Hochbegabung im Schach nur in einer Nische des Lebens blühte. Für mein großes Ego war diese Empfindung, die nur starker Intuition und keinem klaren Gedanken entsprang, wie ein plötzlicher Schlag ins Gesicht. Es relativierte alle meine Erfolge; ich hatte das Gefühl, daß mein Weltmeistertitel angesichts der Aura dieses Mannes vergleichsweise wertlos war. Ich neigte schon immer zu Übertreibungen und sicher war es Ausdruck meines zutiefst krankhaften Ehrgeizes, mich sofort vergleichen zu müssen. Statt mich daran zu freuen, daß es hellwache Menschen gab, die wirkungsvoll und spontan im Alltag und Augenblick handelten, sah ich den Unterschied zu mir selbst, fühlte mich auf der existentiellen Ebene minderwertig und war deswegen sofort verstimmt.

In diesem Zustand, beeindruckt und gestresst gleichermaßen, faßte ich mir ein Herz – denn ich war ein eher schüchterner Mensch und drängte mich ungern anderen auf – und ging zu dem Mann, der gerade sein Fahrrad hochhob. Ich sprach ihn an: „Das war toll! So zu switchen zwischen Action und Relaxen. Aber wie kann man so versunken sein und trotzdem so wahnsinnig schnell reagieren?!" Wenn ich wollte, konnte ich natürlichen Charme ausstrahlen, speziell, wenn ich meiner Intuition vertraute.

Von Nahem wirkte sein von Falten verwittertes und sonnengebräuntes Gesicht mit markantem Kinn und buschigen Augenbrauen deutlich älter als sein durchtrainierter Körper. Seine körperliche Präsenz bildete eine eigenartige Einheit von Vitalität und Zahn der Zeit, von Sunnyboy und Großvater.

Er lächelte mich an, sein Lächeln hatte eine ironische Note. – „Sorry?" Er wirkte geistesabwesend, etwas entrückt fast, was einen seltsamen Kontrast zu seiner gerade gezeigten Geistesgegenwärtigkeit darstellte. Ich wiederholte mich in kürzerer Version: „Tolle Show! Aber wie kann man so versunken sein und trotzdem so schnell reagieren?!" Sein Blick nahm diesmal für länger Kontakt mit meinem auf, er antwortete: „Oh, das meinst du. Auch wenn es so aussah, das war gar nichts besonderes."

„Für mich schon!", sagte ich und fügte hinzu: „Ziemlich schräg, daß der Vater von dem Kleinen sich überhaupt nicht bei dir bedankt hat." Er schaute kurz von mir weg auf die Spree, wo ein Ausflugsdampfer vorbeifuhr. Er drehte sich wieder um. – „Eigentlich nicht. Wer dauernd in sein Smartphone starrt, verschwindet oft aus der realen Welt. Wie Kinder beim Spielen oder Schizophrene, die Stimmen hören. Ich nehm das nicht persönlich." Sein Deutsch hatte den typisch amerikanischen Akzent. Wie in so vielen Großstädten heutzutage war das traditionell Lokale, also auch die Sprache, vom Internationalen durchdrungen. Witzigerweise höre ich den amerikanischen Akzent sofort bei Deutsch sprechenden Leuten heraus und irre mich fast nie, – und könnte ihn doch nicht bewußt beschreiben. Was immerhin die Macht des Unbewußten demonstriert.

Er wirkte freundlich, aber nicht besonders interessiert an dem Gespräch. So daß ich mich innerlich schon aus der Situation verabschiedete; Smalltalk konnte schnell unangenehm zäh werden, wenn nicht beiden Gesprächspartnern daran gelegen war. Ich sagte: „Ich hab immer gedacht, daß gerade Leute, die meditieren, aus der Welt verschwinden. Wollte aber nicht stören. Und wenn ich weiter quatsche, komme ich aus dem Flow." Ich wies auf meine Laufschuhe. Er lächelte kurz, wechselte dann zu einem prüfenden Blick auf mich. – „Das denken viele. Das mit dem Wegdriften. Ist aber eher das Gegenteil, ein Andocken." – „Das verwirrt mich ja so. Denn verträumt war dein Sprung ins Wasser ja gerade nicht."

Er setzte sich auf sein Rad. – „Darüber zu reden ist vollkommen sinnlos. Die meisten Menschen verstehen nicht, daß sie selbst tief drinnen das Problem und nicht die Lösung sind. Ich bin morgen, wenns hell wird, also so Sonnenaufgangszeit, wieder hier. Kannst vorbeikommen und mitmachen." Es war mehr ein freundliches Angebot als eine echte Frage, das hieß, er machte nicht den Eindruck, daß es ihn brennend interessieren würde, ob ich käme oder nicht. Andererseits war es natürlich trotzdem eine Geste der Sympathie.

– „Vielleicht", erwiderte ich. Allerdings war ich mir sicher, daß ich kommen würde. Es schien mir aber zu uncool, mein Interesse sofort zu zeigen. Er nickte mir mit dem Anflug eines Lächelns zu und radelte davon. Mir fiel dabei das tellergroße Emblem auf der Rückseite seines Hoodies auf: Es zeigte das Yin Yang Symbol in Rot und Gold, allerdings ungewöhnlich eingerahmt von zwei stilisierten Pfeilen und chinesischen Schriftzeichen. Und darunter stand: „California 1967". Optisch eine mysteriöse Mischung aus Asien und USA. Für einen aus den 60er Jahren des letzten Jahrhunderts aus der Gruft der Zeit gestiegenen Hippie war er zu durchtrainiert und zu jung, obwohl er mein Vater sein könnte. Ich würde ihn beim nächsten Mal fragen, was es damit auf sich hatte. Wenn ich Dinge nicht verstand, wurde ich immer schnell neugierig.

Als ich dann am gleichen Nachmittag meine sechste WM - Partie gegen Pai spielte, agierte ich am Brett für meine Verhältnisse sehr schlecht, seltsam fahrig und unkonzentriert. Statt mich in die Stellung zu versenken, nahm ich die vergoldeten Ränder der roten Zuschauersitze auf den Rängen wahr; ich realisierte den zarten Flaum am Nacken meiner Gegnerin, der frei lag, weil sie ihre Haare zu einem langen Zopf gebunden hatte; ich bemerkte die Lichtreflexe der Scheinwerfer von der Decke auf der glänzenden Rückseite des aufgeklappten Laptops eines Journalisten. Meine Wahrnehmung verlor sich in völligen Nebensächlichkeiten. Normalerweise hatte ich beim Schach den totalen Tunnelblick und nahm wirklich praktisch nichts außerhalb des quadratischen Spielfelds wahr. Oft konnte ich mich, auch wenn ich stundenlang meinem Gegner gegenüber gesessen hatte, nach der Partie nicht einmal mehr an die Farbe seiner Augen erinnern oder ob er eine Brille trug oder nicht. Nun gut, bei Pai wußte ich es inzwischen, es war ja auch schon die sechste Partie gegen sie. Keine Brille, schwarze Augen.

An diesem Tag war ich jedenfalls schachlich völlig unfokussiert. Offenbar hatte die Begegnung mit dem Mann an der Spree mein Bewußtsein derart in Aufruhr versetzt, daß meine Konzentration geblockt war. Witzig eigentlich, weil es ja gerade sein fokussierter Zustand gewesen war, sowohl beim Meditieren als auch beim Hineinspringen ins Wasser, der mich beeindruckt hatte. Mir wurde während des Spielens bewußt, daß ich mehr der morgigen Begegnung bei Sonnenaufgang entgegenfieberte als dem weiteren Verlauf des Weltmeisterschaftskampfes.

Das objektive Ergebnis all dieser unsichtbaren psychischen Verschiebung war, daß ich haarscharf an einer Niederlage vorbeischrammte. Statt der mit meinem Sekundanten Pierre abgestimmten Strategie zu folgen und risikoloses Sicherheitsschach zu spielen, ließ ich mich nachlässig von spontanen Ideen treiben, geriet schnell in Schwierigkeiten und hatte einfach nur Riesenglück, daß meine Gegnerin nicht völlig auf der Höhe war und ich mit einem Remis davonkam.

Aber diese Fast-Katastrophe, vom Match-Standpunkt aus gesehen, perlte auch äußerlich sichtbar an mir ab: Ich blieb im Interview nach der Partie gelassen. Untypisch für mich, da ich oft nach schlechtem Spiel ruppig Interviews entweder verweigerte oder sehr kurz angebunden und aggressiv in meinen Kommentaren war. Diesmal verströmte ich eher entspannte Plauderlaune und war weit davon entfernt, meine Beherrschung zu verlieren. Was so ungewöhnlich für mich war, daß Pierre, mein Manager, Coach und guter Freund gleichermaßen, mich nach der Pressekonferenz zur Seite nahm und tatsächlich fragte, ob ich was geraucht hätte. Zwar nahm ich manchmal moderne Drogen, drehte ich mir also hin und wieder einen Joint oder trank Alkohol, aber nie, wenn ich professionell Schach spielte. Ich beruhige ihn und antwortete, daß ich heute einfach keine Lust gehabt hätte. Er solle sich keine Sorgen machen, ich würde am Ende sowieso gewinnen. Wie immer.

Am nächsten Morgen gegen sechs Uhr spazierte ich vom Adlon, wo ich eine Suite für die Dauer des Wettkampfes gestellt bekommen hatte, wieder zum Kastanienbaum an der Spree, wo mein neuer, vermutlich amerikanischer Bekannter gestern meditiert hatte. Die Morgendämmerung hatte nicht nur die Stadt im Allgemeinen angefangen zu erhellen, sondern eben auch diesen singulären Baum, seine Blätter und Äste, den Stamm und die Wurzeln. Als Tatsache natürlich eine Banalität, da ja der Begriff der Stadt den Baum einschloß, aber als plötzliche intuitive Erkenntnis frappierend: Ohne die Wahrnehmung des Einzelnen war das Allgemeine nur eine Art Wahnvorstellung.

Schon seltsam, was mir so durch den Kopf ging, wenn ich keine Schachvarianten vor meinem inneren Auge imaginierte. Vielleicht war es auch ein Wink des Unbewußten, durch die gestrige Begegnung inspiriert, daß Meditation etwas mit hellwacher Aufmerksamkeit und nicht mit verträumten Abschalten zu tun hatte. Ich hatte ja keinerlei eigene, also bewußte Erfahrung mit Meditation, nur irgendwelche Vorstellungen aus zweiter oder dritter Hand. Was ungefähr so wenig der Realität entsprechen dürfte, wie die Vorstellungen von Laien über Schachweltmeister.

Ich setzte mich zum Baum und schaute den grau schimmernden Wellen des Flusses zu, sie waren klein und quirlig, passend zum leichten Wind. Ein Schwanenpaar schwamm am Ufer entlang und sie stoppten tatsächlich, als sie auf meiner Höhe ankamen. Sie starrten mich an, vielleicht erwarteten sie Futter von mir. Dann begannen sie, sich mit ihren langen Hälsen zum Ufer zu beugen und direkt vor meinen Füßen Gras zu rupfen und sich in ihre Schnäbel zu stopfen.

Hinter mir knirschte der Kies vom Uferweg, ich drehte mich um. Mein amerikanischer Bekannter war vom Fahrrad gestiegen, er zwinkerte mir zu: „Hätte nicht wirklich gedacht, daß du kommst." Ich erwiderte: „Ja, gleichfalls. War mir bei dir auch nicht sicher." Er setze sich eine Armlänge Abstand neben mich und streckte seine Hand zu mir aus: „Richard!" Ich drückte sie und sagte: „Jan."

Es war eine etwas komische Situation, da wir uns eigentlich überhaupt nicht kannten, aber dennoch nebeneinandersaßen wie alte Freunde. Zudem bestand in den gegenwärtigen hypersexualisierten Zeiten die gar nicht unwahrscheinliche Möglichkeit, daß Richard mich keineswegs zu einer Mediationssession eingeladen hatte, sondern vielleicht auf ein sexuelles Abenteuer aus war. Öffentliches Schwulsein oder überhaupt „sexpositiv" zu sein, sich also über Sexualität als Persönlichkeit zu definieren, war ja speziell in Deutschland inzwischen derart Mode, geradezu kulturelle Staatsräson, daß ich manchmal Schwierigkeiten hatte, Alltagskontakte richtig einzuschätzen. Ich war nicht nur traditionell „russisch" aufgewachsen – Männer sind Männer, Frauen Frauen, aber die Welt der Triebe und Lüste war bei allem Respekt keineswegs die Hauptsache im Leben –, sondern empfand innerlich auch wirklich so. Eine gute Schachpartie, beispielsweise, bewertete ich höher als sogenannt guten Sex. Anders wäre ich vermutlich auch nie Schachweltmeister geworden.

Ich erinnere mich an eine kleine Anekdote, die mein Vater einmal lachend erzählte. Er war gerade mit mir und meiner Mutter als Rußlanddeutscher nach dem Fall der Sowjetunion nach Berlin übergesiedelt. Eines Nachts kam er spät von einer Party nach Hause. Er kam am Stuttgarter Platz vorbei, wo es damals einen Haufen Sexclubs gab. Ein russischer Türsteher, auf einem Barhocker am Eingang sitzend, sprach ihn an, wollte ihn reinlocken. Als mein Vater im Weitergehen lächelnd seinen Ehering zeigte, verdrehte der Türsteher als Reaktion darauf nur spöttisch die Augen. Diese Anekdote drückt ein bißchen das Traditionelle in meiner Seele aus: Sex ist zwar eine Macht, die sich um Moral nicht schert, sie oft genug und problemlos dominiert, aber es liegt dennoch immer in der Hand eines jeden selbst, ob er oder sie sich diesem Dämon völlig ausliefert.

Der Türsteher hatte also nur über den Ehering als Argument die Augen verdreht, aber nicht über die Entscheidung meines Vaters, den Puff links liegen zu lassen. Verglichen mit heute, wo

Sexualität von meinungsbildenden Seelen weniger als Trieb und mehr als Ausdruck von Identität begriffen wird, war jener spöttische Türsteher geradezu mit Weisheit gesegnet.

Meine Intuition sagte mir allerdings, daß Richard kein sexuelles Auge auf mich geworfen hatte. Unabhängig davon, ob er schwul war oder nicht, er wirkte zu in sich ruhend und nicht getrieben. Ich erwähne meine Gedanken dazu, weil sie zeigen, wie sehr das allgemein sexualisierte Bombardement auch an meiner Psyche nicht spurlos vorüber gegangen war. Beispielsweise lesbische Pärchen in gefühlt jeder zweiten *Netflix* Serie; und als ich einmal U-Bahn in Berlin fuhr – und nicht den üblichen Limousinenservice mit Chauffeur für mich in Anspruch nahm –, fiel mir die großflächige Plakatwerbung für Kondome auf. Oder riesige Fassadenwerbung für Bier, vor dem Hintergrund einer Regenbogenfahne, die ein schwules Pärchen beim Zungenkuß zeigte. Diese Art von Propagierung sexueller Freizügigkeit, die mit der Entwertung der klassischen Familie einherging, näherte sich schon der Gehirnwäsche an. Die Kehrseite dieser Pseudo-Freiheit waren in dieser Stadt dann die vollverschleierten muslimischen Mädchen und Frauen. Alles sehr unharmonisch und krampfig für einen unbefangenen Blick.

Da aber die Story, die ich hier erzähle, eine der Befreiung ist, vor allem auch der psychischen Befreiung – manche werden allerdings sagen, ich sei einfach nur völlig verrückt geworden –, sind all solche auf die Psyche wirkenden Kleinigkeiten eben keine Kleinigkeiten. Schaut man genau hin, allerdings nur dann, sind es immer die unscheinbaren Details, die die größten Welten spiegeln. Die kleinste Pfütze kann die größten Sterne spiegeln, das wußten die Menschen eigentlich schon immer.

Richard kramte aus seinem Rucksack eine Thermoskanne und zwei Keramikschalen. „Für alle Fälle hab ich auch eine Matchaschale für dich mitgebracht. Magst du?" Er zeigte mir eine außen dunkle Schale, die innen etwas abgenutzt aber noch erkennbar mattgold schimmerte. „Das ist dieser japanische Tee?!", fragte ich. Er nickte. Er schraubte eine kleine Dose auf und entnahm daraus mit einem schmalen Bambuslöffel ein Häufchen grünes Pulver, das er durch ein Minisieb aus Metall in die Schale drückte. Dann goß er aus der Thermoskanne ungefähr eine Espressotasse heißes Wasser hinein und begann mit einem kleinen Bambusbesen, der wie ein Rasierpinsel aussah, mit schnellen Bewegungen das Teepulver mit dem Wasser zu verrühren.

Er reichte mir die Schale, auf der Oberfläche hatte sich eine dichte hellgrüne Schaumschicht gebildet. „Japanische Zen-Mönche haben das früher immer vor dem Meditieren getrunken, damit sie nicht einschlafen! Es kickt nicht so hart wie Espresso, hält aber dafür stundenlang an." – „Okay. Danke!" Ich nahm einen Schluck.

– „Schmeckt fruchtig, auch irgendwie nach Algen." – „Ja, das ist die Umami-Note bei gutem Matcha." – „Umami?", fragte ich etwas ratlos. – „Natürlicher intensiver Geschmack. Das, was zum Beispiel in Chips oder Tütensuppen mit Glutamat künstlich erzeugt wird. Und wonach die Leute, die das Echte nicht mehr kennen, ganz verrückt sind." – „Oh, zu denen gehöre ich wohl auch. Jedenfalls beim Essen."

Er lächelte. „Mit Selbsterkenntnis fängt alles Gute an. Du hast noch nie meditiert?" Ich schüttelte den Kopf. – „Das ist eigentlich gut, dann bist du noch nicht verbildet. Wir machen die ganz klassische Version, einfach nur sitzen. Nichts sonst. Zazen. Hier, für dich!" Er zog vom Gepäckträger seines Fahrrads, das neben ihm auf der Wiese lag, ein halbmondförmiges kleines Kissen und gab es mir. – „Darauf kannst du dich setzen. Kreuz die Beine so gut es geht, Körper und Gesicht nicht verkrampfen, Hände im Schoß. Ich machs mal vor!"

Er setzte sich direkt ans Ufer mit dem Rücken zu mir. Er trug wieder seinen schwarzen Hoodie mit dem seltsamen rotgoldenen Yin Yang Symbol auf Höhe der Schultern, ich schaute direkt darauf. Richard strich gelenkig mit der Hand seine Wirbelsäule entlang und sagte: „Rücken aufrecht, so, als würdest du Luft zwischen die einzelnen Wirbel lassen, die Schultern entspannt. Und schau einfach übers Wasser oder mach die Augen zu. Das ist egal. Und egal, was du siehst oder was du denkst oder was du fühlst, laß es einfach passieren, ohne darauf zu reagieren. Das ist das Wichtigste."

Er stand auf und machte eine Geste zum Kissen. Ich setzte mich im Schneidersitz darauf und streckt meinen Rücken gerade. Er ließ sich einen Meter neben mir nieder, verschlang seine Beine zum Lotus, sein Oberkörper war kerzengerade, er faltete die Hände so im Schoß, daß die gestreckten Daumen sich berührten und ein Dreieck mit der Hand bildeten. Richard sprach nicht mehr, sondern schaute mit halbgeschlossenen Lidern über das Wasser der Spree. Ich imitierte seine Handhaltung und seinen Blick und versuchte, mich zu entspannen.

Macht man das erste Mal eine ganz neue Erfahrung, passiert es manchmal, daß man sofort mit der Essenz der Sache in Berührung kommt, auch wenn man praktisch betrachtet der totale Anfänger ist. Wer beispielsweise das erste Mal das Gaspedal eines Autos hinunterdrückt und merkt, wie sich dadurch das Fahrzeug

bewegt, dürfte zumindest für eine Sekunde unbewußt davon fasziniert sein. Eine minimale Bewegung des Fußes sorgt tatsächlich
dafür, daß plötzlich die Welt mit einem selbst drinnen in
Bewegung gerät, neue Freiheit und Abenteuer versprechend.

Meistens versinkt diese erste, oft schockartige Faszination, die
aber eigentlich die Essenz der jeweiligen Erfahrung darstellt –
völlig egal ob Autofahren, Musizieren, Klettern, was auch immer –
durch Gewöhnung schnell wieder im Unbewußten. Aber von dort
wirkt das erste positive Erlebnis dergestalt nach, daß man sozusagen auf dem Geschmack gekommen ist. Und so war es bei mir
mit dieser ersten Meditation.

Was schon nach den ersten Minuten einsetzte, wo ich einfach
nur auf das Kommen und Gehen der morgengrau schimmernden,
der kräuselnden Wellen der Spree schaute, war ein plötzlich einset-
zender Bedeutungsverlust aller Gedanken, die einem so durch den
Kopf gehen, wenn man die Seele baumeln läßt. Als mir zum Beispiel in den Sinn kam, am Nachmittag eine extrem dubiose Eröffnung gegen Pai zu spielen – um ihre gegen meine bisherige solide
Strategie angepaßte Vorbereitung zu umgehen, Schach war ein
sehr homework-lastiges Spiel auf dem Elitelevel geworden –, verlor diese professionell durchaus ernstzunehmende Idee jede
Schärfe, jede Wichtigkeit.

Und zwar einfach nur deswegen, weil ich ununterbrochen
meine Aufmerksamkeit auf das konkrete Geschehen im Wasser
richtete: auf eine Stelle fünf Meter von mir entfernt; wo aber
nichts passierte – außer, daß das Wasser sich dort ununterbrochen
leicht bewegte und in immer neuen Schattierungen von Graublau
schimmerte. Diese Verankerung meiner Wahrnehmung im wirklichen gegenwärtigen Augenblick, unterstützt durch meinen ruhi-

gen Atem, relativierte alle um die Zukunft kreisenden Vorstellungen. Für Momente war es sogar so, daß die Zeit in einem geradezu wissenschaftlichen Sinn aufhörte zu existieren; also nicht nur als nützlicher Rahmen für den Alltag zerfiel, sondern sie löste sich praktisch als Kategorie auf. Wie eine Seifenblase, die zerplatzte. Wie jede echte Erfahrung kann man auch diese mit Worten nur andeuten, nicht wirklich vermitteln. Sprache ist eine seltsame Sache; sie ist wie ein Kompaß, aber den Weg muß man doch immer selbst gehen.

Dieser Verlust des Zeitgefühls war allerdings nur die Ouvertüre für eine noch erstaunlichere Erfahrung. Um diese frühe Zeit war der Tiergarten hauptsächlich von Joggern und Leuten mit Hunden bevölkert; so daß es eigentlich nichts Besonderes war, daß plötzlich ein Hund an meinem Knie schnupperte. Aber er schien mir einer dieser sogenannten „Kampfhunde" zu sein: bullige, kleine Statur, die kräftige Schnauze voller messerscharfer Zähne mit tonnenhafter Beißkraft, vermutete ich; wie Kriegsbemalung eine Seite des Kopfes mit schwarzem, die andere mit weißem Fell überzogen; bernsteinfarben funkelnde Augen.

Weit und breit weder Maulkorb noch Leine noch Halter in der Nähe. Außerdem blinkte auf seinem Halsband wie ein Fahrradrücklicht eine LED Leuchte. Diese Angewohnheit, Tiere im Dunkeln oder in der Dämmerung mit solch einem unnatürlichen Licht herumlaufen zu lassen, hatte mir schon immer als neurotisches Zeichen von Hundebesitzern gegolten. Hunde, die solchen Herrchen oder Frauchen ausgeliefert waren, schienen mir oft besonders aggressiv zu sein. Ich wäre es übrigens auch, wenn man mich zwingen würde, mit einer flackernden Dauerlampe auf dem Kopf herumzulaufen.

Da ich kein Hundeflüsterer war, der auch mit gestörten Tieren souverän umgehen konnte, wäre ich normalerweise in eine leichte Angststarre gefallen oder hätte vielleicht hektisches Abwehrverhalten gezeigt, wenn einer von diesen „Pitbulls" auf Tuchfühlung an mir herumschnüffelte. Das Seltsame war nun, daß ich völlig ruhig blieb. Mein Atem veränderte sich kaum, ich hatte überhaupt keine Angst. Offenbar hatte gleich meine erste Meditation – vielleicht Anfängerglück – mich in einen Zustand versetzt, wo die üblichen automatischen emotionalen Reaktionen aussetzten, bisherige Konditionierungen aufgeweicht wurden.

Und ich spielte ja nichts vor, ich hatte wirklich keine Angst. Auch dann nicht, als der Hund gähnend sein Maul aufriß, seinen roten Rachen zeigte, hellweiße Zähne aufblitzen und er plötzlich seinen warmen und schweren Kopf auf meinem Oberschenkel ablegte und von dort wie ich seelenruhig auf das Wasser der Spree starrte. Ohne jede Eingewöhnungszeit waren wir wie ein Herz und eine Seele, aber es schien nicht einmal etwas Besonderes zu sein, es war einfach passiert. Ich schaute sogar schon wieder auf die Wellen des Flusses, die Hundeschnauze auf meiner Hose gehörte für diesen Augenblick so selbstverständlich zu mir wie mein Finger zu meiner Hand, meine Telefonnummer zu meinem Smartphone oder eben wie die Wellen vor mir zur Spree.

Als recht weit weg ein Pfiff ertönte, riß sich mein neuer Freund mit einer abrupten Bewegung los, die mich fast umwarf und rannte fort. Aber auch dieser erneute Wechsel der Umstände perlte an mir ab, in dem Sinne, daß ich zwar körperlich kurz das Gleichgewicht verlor, doch innerlich völlig entspannt blieb. Ich hatte so eine unverwüstliche innere Ruhe schon beim Schachspielen erlebt, aber noch nie im Trubel des Alltags, geschweige denn angesichts eines potentiell lebensgefährlichen Hundes.

Aber selbst beim Schachspielen war es immer eine Coolness, die nur aus Vertrautheit mit der Situation kam, es war keine Ruhe aus mir selbst gewesen; denn nahm man die Schachfiguren fort, zerbrach mein fokussierter Geist gleichsam wieder in tausend zersplitterte Teile. Hier jetzt am Flußufer unter der Kastanie zu meditieren, war so gesehen eine neue Erfahrung, tatsächlich unvergleichlich. Es machte mir deswegen auch nichts aus, als ich merkte, daß meine Füße im ungewohnten Schneidersitz einschliefen. Ich akzeptierte es als Teil des Gesamtpakets. Wenn man verliebt ist, stört man sich ja auch nicht am kleinen Pickel auf dem Po seiner Liebsten.

Irgendwann, vielleicht nach einer Stunde Sitzen, ich hatte ja kein echtes Zeitgefühl mehr, rief Richard plötzlich sehr laut und durchdringend: „Pat!" Und klatschte explosiv in die Hände. Da er direkt neben mir saß, fuhr mir seine volle Stimme schockartig in die Glieder. Ich öffnete meine halbgeschlossenen Augen ganz und schaute ihn im ersten Moment verwirrt an. Er lachte. – „Alles gut! Du hast deine erste Meditation geschafft!"

Ich sagte: „Jetzt hab ich mich echt noch erschrocken. Gegen deinen Schrei war der Hund vorhin harmlos!" – „Amstaffs sind ganz liebe Tiere." – „„Amstaffs?"" – „American Staffordshire. Bin mit einem aufgewachsen. Können richtig kuschlig sein. So wie bei dir vorhin. Aber dafür, daß du dich nicht auskennst, warst du schön ruhig."

Ich streckte meine Beine aus und massierte meine Füße. – „Ja, eigentlich kaum zu glauben. Du bist ziemlich tough, scheint mir." – „Wenn man wirklich meditiert, ist man automatisch angstlos. Du siehst es ja bei dir selbst. Aber ich muß los!" Er stand auf und packte die Teesachen in seinen Rucksack.

„Können wir das hier wiederholen?", fragte ich. Er schüttelte den Kopf: „Hier sicher nicht. Ich flieg heute zurück. Kalifornien. Aber vielleicht irgendwann mal wieder. Gib mir mal deine Nummer." Er reichte mir sein Smartphone, das eine von diesen Hüllen hatte, die sogenannten Militärstandards genügten, also extrem bruchsicher waren. Da sein Gerät technisch auf dem neuesten Stand war, konnte ich durch kurzes Ranhalten von meinem Smartphone an seins per Namedrop unsere digitalen Identitäten austauschen.

Ich fragte: „Was bedeutet eigentlich das Symbol auf deinem Hoodie?" Er lächelte sein ironisches Lächeln: „Ach, das hab ich mal in einem Second Hand-Laden aufgetrieben. Retro, aber dann auch wieder gar nicht. Ist das Symbol für den Kampfstil von Bruce Lee, eine wilde Mischung von allen Stilen. Er war ja der Vorläufer von den Mixed Martial Arts. Eigentlich nicht meine Welt, bin Yogalehrer. Aber meditiert hat er auch. Und ich schaue mir auch alles unvoreingenommen an. Menschen und Weltbilder. Also so gesehen schon meine Welt."

Ich sagte: „Paßt auf jeden Fall zu deinem schnellen Sprung ins Wasser gestern. Irre schnell war Bruce Lee ja auch." Richard nickte und zwinkerte mir zu, als wir uns mit einem robusten Handschlag verabschiedeten.

Ich spazierte durch den Tiergarten zurück zum *Adlon*. Ich bewohnte übrigens die gleiche Suite, wo schon Michael Jackson damals residierte, als er sein Baby aus dem Fenster gehalten und einen internationalen Shitstorm für dieses risikoreiche Verhalten geerntet hatte. Auch wenn ich sein dauerndes Facelifting künstlich

und die seriösen und offiziellen Anschuldigungen wegen Kindesmißbrauch erschreckend fand, es gab einige Songs von ihm, die
sich für immer in mein Ohr gebrannt hatten. Ich erinnerte mich,
wie ich sein schmelzendes Lied: „You Are not alone" im Radio
beim Streichen meiner Wohnung gehört und damals die Farbrolle
abgesetzt und einfach nur fasziniert von seiner Stimme zugehört
hatte. Menschen zu verurteilen, in Gut und Böse einzuteilen, ist
viel leichter als das Gesamtbild zu respektieren. Es ist wie ein
psychisches Jonglieren mit sehr vielen emotionalen und spirituellen Bällen, dessen nur wenige Menschen fähig sind.

Auf dem Weg durch den Park hatte ich den Eindruck, daß
meine Wahrnehmung geschärft war. Ich bemerkte die rissigen und
blassen und schmalen Lippen eines älteren Mannes, der seinen
Dackel ausführte. Ich realisierte den kleinen Leberfleck am Knö-
chel einer Joggerin. Mir fielen die feuchten Schwanzfederspitzen
einer Taube auf, vermutlich vom Morgentau auf der Uferwiese,
wo sie nach Brotkrumen pickend herumlief. Es waren keine
besonderen Dinge, die mir auffielen, aber daß sie mir ohne
Anstrengung auffielen, war das Besondere.

Ein Obdachloser schlurfte mir auf dem Uferweg mit einem
vollgestopften Einkaufswagen entgegen, der offenbar seine
ganzen Habseligkeiten enthielt: Einen Schlafsack, eine Isolier-
matte, eine azurblaue Kinder-Ukulele und viele zerknitterte Plas-
tiktüten mit Gott-weiß-was drin. Ein grauer Vollbart wucherte um
sein wetterfestes Gesicht. Als seine Augen meine trafen, griff er in
den Einkaufswagen und hielt mir eine viertelvolle Wodkaflasche
hin.

– „Will der feine Herr vielleicht einen Schluck?!" Seine Stimme
wirkte höhnisch, gefolgt von einem grellen Lachen.

210

Was ich dann tat, hätte ich mir nie im Leben vorstellen können. Ich streckte meine Hand aus und sagte: „Her damit!" Es war ein Impuls, den ich ohne die Meditation weder gehabt noch dem ich – falls doch – jemals nachgegeben hätte. Ich verspürte ein spontanes Bedürfnis in mir, sogenannten Grenzen des sozialen Verhaltens aufzuweichen. Ein bißchen auch provoziert dadurch, daß der Obdachlose selbst nicht im Traum daran zu denken schien, ich könnte sein Angebot annehmen, es also eher eine Mischung aus Aggression und Verbitterung darstellte. Nicht nur die Wohlhabenden steckten in ihren zwanghaften Mustern, auch die ganz Armen schienen mir psychisch ferngesteuert. Ich hatte die Vorstellung, daß es ihm eine echte Freude machen würde, wenn ich ihn nicht nur beachtete, sondern mich für einen Moment praktisch mit ihm verbrüderte.

Zögernd und verblüfft reichte er mir die Flasche. Ich nahm einen tiefen Schluck und gab sie ihm mit einem Lächeln zurück. „Danke!", sagte ich. Er zeigte mit dem Finger auf seinen Mundwinkel, ich sah die Herpesbläschen. – „Außerdem hab ich Corona! Damit du Bescheid weißt." Er sah mich mißtrauisch an und ging dann weiter, etwas hinkend. Ich realisierte in diesem Moment, daß er sich selbst offenbar als Paria, als Unberührbarer, begriff und wohl auch von den meisten, wenn nicht allen Leuten so behandelt wurde. Ein Obdachloser mit Corona, der den Weg kreuzte, das war für viele hyperverängstigte Menschen heute so wie früher der Kontakt mit Leprakranken.

Ohne daß ich es darauf angelegt hatte, für einen Augenblick fühlte ich mich dem historischen Jesus nahe, der auch keinerlei Berührungsängste gehabt hatte, weder vor Aussätzigen noch Ausgestoßenen. Es war eine sehr seltsame Erfahrung, so als sei die

Trennung zwischen Menschen nach sozialen oder sonstigen Kriterien eine totale Illusion. Als sei es nicht vielmehr so, daß auch der unangenehmste und fremdeste Zeitgenosse in Wirklichkeit wie ein Bruder oder eine Schwester war; zwar durch das Schicksal von einem getrennt, aber letztlich aus ganz genau dem gleichen inneren Stoff gemacht wie man selbst. Und dies war eben keine angelesene Weisheit, sondern stieg gleichsam aus meinen Eingeweiden als neue Erkenntnis auf.

Ich hatte auch gar keine Angst, mich selbst mit irgendetwas angesteckt zu haben. Auf dem weiteren Weg zurück zum Hotel verloren meine Gedanken allerdings langsam diesen tranceartigen allumfassenden Schmelz. Stattdessen geriet ich wieder in den Sog meines normalen, von knallharter Konkurrenz geprägten Alltags und begann, mich mit der Strategie für die heutige Schachpartie zu beschäftigen. Die intuitiven Einsichten der Meditation verblaßten fürs Erste wieder wie Mondlicht bei Sonnenaufgang. Allerdings sollte der introvertierte Mond, um im Bild zu bleiben, sehr bald wieder auf sehr extrovertierte Weise erscheinen.

Als ich am Nachmittag Pai zur siebenten Partie der Weltmeisterschaft gegenübersaß, folgte ich zunächst wieder dem ursprünglichen Rat meines Sekundanten Pierre und spielte für die Zuschauer ödes Sicherheitsschach. Wie gesagt mit der Absicht, meine junge und wilde Gegnerin durch Langeweile zu zermürben.

Anders also wie gestern, aufgewühlt durch die Begegnung mit Richard intuitiv und zudem noch schlecht zu spielen, agierte ich diesmal wieder nach wohlüberlegten Plan. Allerdings schien die morgendliche Meditation einen überraschend konkreten Einfluß auszuüben. Statt wie sonst oft nach meinem Zug aufzustehen, um die Bühne Richtung Spielerseparée zu verlassen – ein abgetrennter

Bereich mit Sofa und kleiner Snackbar, wo ich mich ungestört von meiner Herausforderin und Zuschauern zurückziehen konnte –, blieb ich heute die ganze Zeit wie angewurzelt am Brett sitzen. Auch dann, wenn ich nicht überlegte oder wenn Pai am Zug war. Die Unruhe, die mich sonst oft packte, wenn ich nicht in eine Schachstellung versunken war und die mir oft buchstäblich derart in die Beine fuhr, daß ich in jedem Spielsaal auf der Welt meistens nervös hin und her tigerte, schien extrem abgeschwächt zu sein.

Es war eine derart spontane Veränderung meiner gewohnten Zappeligkeit, daß es mir zuerst gar nicht auffiel. Als ich dann aber realisierte, daß ich ja schon seit zwei Stunden am Stuhl wie festgeklebt schien, war ich total perplex. Jeder, der schon einmal versucht hat, in Fleisch und Blut übergegangene Verhaltensmuster zu verändern, weiß, wie schwer dies ist. Daß es selten spontan „passiert", sondern eigentlich nur durch konstantes und bewußtes Ab- beziehungsweise Antrainieren möglich ist. Eßgewohnheiten zum Beispiel. In Thailand aßen die Leute oft mit Löffel und Gabel, aber nicht die Gabel wurde zum Mund geführt wie bei Europäern, sondern der Löffel. Weil es so viel leichter war, die reichliche Sauce bei Thaigerichten, Currys etwa, mit dem Reis aufzunehmen. Aber auch wenn ich diese Sitte imitierte, als ich im Trainingslager für die Weltmeisterschaft in Thailand war, – es fühlte sich selbst nach Wochen noch fremd und irgendwie künstlich an.

Offenbar hatte die Morgenmeditation mit Richard dazu geführt, daß ich sogar schon unbewußt Geschmack am „Stillsitzen" gefunden hatte. Das war aber nicht alles. Nicht nur mein Körper, auch mein Geist bewegte sich in anderen als den üblichen Bahnen.

Während ich auf die ziemlich öde Stellung auf dem Brett schaute, die zwar noch voller Figuren war, aber sich demnächst in einem Massenabtausch vermutlich völlig vereinfachen und verflachen würde, so daß ein Remis eigentlich unvermeidlich war, hatte ich eine seltsame Eingebung. Als ich am Morgen mit Richard meditiert hatte, hatte es einen Augenblick gegeben, wo absolut alles an Obsession, an Vergangenheit, an Ideen, an Wünschen, an Vorstellungen von mir abzufallen schien und ich tatsächlich nur das treibende Blatt in der Spree, an dem von unten manchmal ein kleiner Fisch zu nippen schien, im Fokus hatte. Es war ein irrsinnig befreiendes Gefühl von völliger Einheit mit dem Augenblick, voller Leichtigkeit und Klarheit. Im Prinzip – und das meine ich so – unbeschreiblich. Meine Worte sind nur eine Annäherung. Jeder, der die gleiche Erfahrung gemacht hat oder machen sollte, wird es verstehen. Alle anderen vermutlich nicht, aber dann wissen sie wenigstens, daß es etwas ganz Besonderes im Leben zu verpassen gibt. Das dramatischerweise extrem alltäglich und unscheinbar daherkommt wie eben ein treibendes Blatt im Fluß.

Ich war beim Meditieren vom Sosein der Welt um mich herum gebannt gewesen. Es war ja nicht nur das Blatt auf der Spree, es waren die Lichtreflexe der aufgehenden Sonne in den Wellen, es waren die leichte Beugung der Spitze des Grashalms am Ufer, die Wärme des Hundekopfes in meinem Schoß; – all das und noch zahllose weitere Eindrücke, brandzeichenartige Prägungen des Augenblicks, hatten eine Intensität und Freiheit erzeugt, die ich niemals mehr missen mochte.

Und das bedeutete, und das war jetzt meine Eingebung am Schachbrett, daß jeder Moment, auch genau dieser jetzt im Spiel um die Weltmeisterschaft mit Pai, das gleiche Potential dazu hatte.

Ich mußte diese Freiheit und Lebendigkeit nur ausschöpfen, sie zulassen, statt in alltäglicher Routine zu verharren und gleichsam psychisch zu erstarren.

Während ich also auf das Brett schaute, vom Brett manchmal in das hübsche, aber stark geschminkte Gesicht von Pai – womit sie leichte Akne vor den Kameras verbergen wollte –, während ich die Varianten durchrechnete, an deren Ende so oder so ein Remis stehen würde, wurde mir also plötzlich klar, daß mein wahrhaftiger Kontakt zu diesem Moment eine andere Reaktion erforderte als weiterzuspielen.

Denn ich hatte auf all das Spielen gar keine Lust mehr. Ob ich der Beste war oder nicht, auch historisch gesehen oder nur in der Gegenwart, es interessierte mich nicht mehr. Und es würde mich nie mehr interessieren. Das wußte ich. Meine Liebe zu diesem Spiel war gestorben. Unwiderruflich. Es war vorbei. Ähnlich wie bei Fischer tat sich ein seelischer Abstand zu dem Brettspiel auf, eine Entfremdung, die ich nie mehr überbrücken würde können. Die Mediation am Morgen war intensiver gewesen als jede Stellung und jeder Sieg es je würde sein können. Und das hatte Konsequenzen.

Ich holte tief Luft, am Ende war das authentische Leben auch eine Mutfrage. Ich war nicht nur schachlich am Zug, sondern als Person, als Jan, als der, der ich wirklich war. Und so streckte ich also meinen Arm aus, meinen linken, ich war ja Linkshänder und wischte mit einer großzügigen und energischen Bewegung von links nach rechts alle Figuren vom Brett. Es scheppterte und klapperte kurz und laut. Ich streckte meine Hand aus, in der Schachszene das Zeichen für Aufgabe und sagte lächelnd zu Pai, die sie völlig irritiert ergriff: „My chesstime is over. Congrats for the title!" Damit stand ich auf und verließ zügig und ohne Kommentar die Staatsoper in Berlin, vom Blitzlichtgewitter der Presse begleitet. Diese kleine Story ist meine Art der Presseerklärung; verspätet, aber ich brauchte etwas Abstand.